복합문화공간

소풍을
빌려드립니다

복합문화공간

소풍을 빌려 드립니다

문하연 장편소설

알파미디어

차례

| 제2장 |

...

제1장

...

낯선 도시의 이방인

　새벽바람이 차가웠다. 호수엔 물안개가 산을 배경으로 수채화를 그려내고, 연재는 준비해 온 텀블러를 열어 커피 향을 맡는다. 찬바람, 희뿌연 새벽빛, 고요한 정적을 깨뜨리는 풀벌레 소리, 모두 연재가 꿈꿔온 풍경이고 세상이다. 텀블러에서 올라온 커피 증기는 금세 물안개가 되어 수채화 속으로 스며들었다. 연재는 마치 3D 그래픽 아트 속을 거니는 듯 산책을 시작했다.

　이내 저만치 등장인물이 늘어났다. 그중 다가올수록 괴상한 형상이 눈에 들어온다. 분명 사람 같은데, 손에 흉기 같은 것을 들고 있다. 연재는 불현듯 무서운 생각이 스친다. 사건 사고가 많은 요즘, 새벽 산책 길이라고 안전하란 법이 없다. 그는 점점 빠르게 다가오고, 연재는 빨리 여기서 벗어나고 싶은데 몸이 얼어붙어 움직이질 않는다. 호흡이 가빠오고 식은땀이 흐르는 순간 연재 뒤에서 규칙적으로 달려오는 발소리가 들린다. 돌아보니 젊은 청년이다. 그가 옆에 올 때까지 기다렸다가 그의 등 뒤에 바짝 붙어 덩달아 뛰면서 괴상한 형체와 가까워지는데…….

맙소사, 후드를 뒤집어쓰고 뒤로 걷는 사람이다. 손에 든 흉기는 등산용 지팡이를 접은 것. 나이 마흔다섯에 아직도 심약하다니, 이래서 혼자 살기가 가능할까? 연재는 헛웃음이 난다. 보통 드라마에 나오는 중년 여자들은 대체로 염치없고 겁 없고 억척스러운데, 연재는 그렇지 않을 거라고 생각한다. 휠체어를 탄 사람 엘리베이터를 잡아주고, 넘어진 아이 일으켜주고, 택배 기사님에게 음료수를 건네는 사람 대부분은 중년 여성이다. 그리고 겁이 많기로는 개구리랑 비슷하다. 뒤로 걷는 사람 보며 후들대는 연재처럼.

걷다 보니 사방이 식별할 수 있을 만큼 밝아졌다. 맨발 걷기 열풍이라더니 운동 나온 사람들의 절반이 맨발이다. 연재도 신발을 내려다본다. 벗을까? 잠시 망설이다가 찬 기운이 올라오는 게 싫어서 그냥 걷는다. 혼자 걷는 기분이 묘했다. 불안함, 설렘, 약간의 외로움, 이런 감정이 뒤엉키는 걸 보며 연재는 이 도시에 이방인임을 깨닫는다. 모든 시작은 떨림에서 시작한다. 그래서 연재는 이 불안정한 떨림이 한편 좋다. 앞으로 어떤 날들이 펼쳐질지 모르니까. 물론 전보다 나은 삶이란 보장은 없다. 하지만 나로 오롯이 살아보겠다고 마음먹은 지금, 연재는 비로소 멈췄던 심장이 뛰는 것을 느낀다.

텀블러의 커피가 떨어질 무렵, 연재도 반환점을 돌았다. 호수 가운데 작은 섬엔 커다란 나무가 서 있는데, 나뭇가지마다 앉은 새가 얼마나 많은지 그 무게에 버드나무도 아닌데 축축 늘어져 있다. 그러니 저건 버드

(bird)나무다. 새들이 꼼짝도 하지 않고 있는 걸 보면 아직 자는 모양인데, 아마도 저 나무가 새들의 아파트인 모양이다. 그리고 보니 뷰 맛집에 공기 맛집, 사방이 물로 둘러싸여 있으니 보안 맛집까지 되시겠다. 버드(bird)나무를 보며 연재는 마지막 남은 커피를 마시고 뚜껑을 덮는다.

연재가 물의 도시, 호수의 도시인 '춘하시'를 고른 건 예술과 풍경 때문이다. 춘하는 많은 예술가를 배출한 도시기도 하고 이런 풍경을 매일 보고 산다면 힐링은 기본이고 작가가 아닌 연재도 뭔가 그럴싸한 작품을 쓸 수 있을 것 같은 치기마저 생겼다. (실행 가능성은 없지만 말이다) 서울에서 기차로 한 시간 남짓 거리인 것도 선택한 이유 중 하나다. 숨 막혔던 서울을 떠나 살고 싶은 마음과 그럼에도 그런 서울과 너무 멀어지지 않으려는 마음은 뭘까? 말로는 정확한 설명이 불가한 감정을 연재는 이렇게 정리했다. 두 마음 다 내 마음이라고. 연재는 태어나서 서울을 떠나 살아본 적이 없다. 그 사건 이후, 연재를 숨 막히게 했던 서울을 결국 떠났지만, 서울 이외의 도시에서 살아본 적 없었기에 이 정도의 거리가 연재에게 안도감을 줬다.

연재가 이 큰 2층짜리 펜션을 사겠다고 했을 때, 손님이 없어 파리 날리던 동네 부동산 사장님마저도 진지하게 다시 생각해 보라고 했다. 아무리 아름다운 호숫가 옆에 있다지만 유명 관광지도 아니고, 펜션이 밀집한 곳도 아닌 호숫가에 덜렁 한 채 지어진 펜션에서 복합적인 뭣을 하며 산다는 건 상당히 문제가 있어 보인다고. 틀린 말은 절대로 안 한다는 이 사장님은 차라리 펜션 뒤 아파트가 있으니 (달랑 두 동인 아파트지만) 그리로 가는 게 어떠냐며 세상 물정 몰라 보이는 연재를 향해 걱정스러운 표정을 지었다.

사실, 이 집은 원래 집주인이 자기가 살려고 지었다가 갑자기 서울로 이사를 하면서 펜션으로 바꿔 숙박 앱에 올려놓았고, 외지 사람들이 호수와 내부 인테리어 사진을 보고 시설에 비해 저렴한 맛에 이용했던 곳이다. 아름다운 호수 덕에 휴가철엔 그나마 이용객이 있는 편이지만 나머지 계절엔 거의 비어 있었다. 연재가 아파트로 가지 않은 이유는 명확하다. 이 집을 이용해 먹고살아야 하기 때문이다. 아파트에 전 재산을 다 때려 박고 일터에 나가 종일 일만 하는, 다람쥐 쳇바퀴 도는 삶을 더는 살고 싶진 않다. 연재는 자기만의 공간에서 자기만의 세상을 차근차근 만들고 싶다. 일도, 사람과의 관계도. 끝내 부동산 계약서에 도장을 찍는 연재를 보며 부동산 사장님은 자기가 모르는 무슨 대책이 있는 모양이라며 말끝을 흐렸다. 연재는 매 순간 대책을 세우고 아등바등 살았는데, 대책이라는 게 한순간 대책 없이 무너졌다. 내 맘 가는 대로 살아 보는 것, 그것이 지금 연재의 유일한 대책이다.

연재는 우선 숙박업소로 등록된 집을 복합 문화 공간으로 신고했다. 북토크도 할 수 있고, 공연도 하고, 강연도 들을 수 있으며 소소하게 뭔가를 배울 수 있는 곳 말이다. 문화생활을 위한 공간 대여도 한다. 연재의 계획은 2층 한쪽 공간에 거주하면서 나머지 공간을 이용해 최소한의 생계유지 비용을 버는 것. 그러기 위해 최대한 기존 인테리어를 살리면서 공간 배치를 바꿔야 했다.

일단 1층 주방 일대는 그대로 두기로 한다. 카페처럼 이쁜 공간을 굳이 손댈 이유가 없다. 아일랜드 싱크대 위 조명도 치우기엔 너무 이뻤고,

그 아래서 책을 읽거나 간단한 식사를 할 수 있는 괜찮은 공간이었다. 아일랜드 장 앞에 놓인 커다란 장식장과 생활용품들을 모두 치우고 창가 쪽으로 테이블을 놓으면 제법 넓은 공간으로 카페로 활용할 수 있다. 사무실 겸, 카페 겸 다용도인 셈이다.

나머지 방과 거실은 벽을 모두 허물어 최대한 개방감 있는 공간으로 꾸몄다. 중간에 접이식 문을 둬서 필요시 공간을 두 개로 나눌 수 있게 만들었다. 두 개의 공간은 각각 '소풍 1', '소풍 2'라고 표시했고 벽 중앙에 큰 거울을 걸었다. 통창을 통해 안으로 들어온 호수가 거울에 비쳐 유리 안과 밖이 모두 호수 같았다. 2층 연재가 사는 집과 나란히 붙은, 그러나 출입구는 서로 다른 공간은 '소풍 3'실이다. 처음부터 3실까지 개방할 필요는 없을 것 같아 일단 1층 위주로 사용하기로 마음먹었다. 이제 마지막으로 남은 것은 간판.

거대한 간판은 달고 싶지 않다. 그냥 여느 집 앞 문패처럼 작고 소박하게 만들고 싶었다. 그래서 목공소를 찾아가 도마만 한 크기의 원목을 사고, 그 위로 연재가 직접 글자를 썼다. 몇 년 전, 행정복지센터에서 배운 캘리그래피가 이렇게 유용하게 쓰일 줄 몰랐다. 목공소 사장 강훈이 연재의 필체 그대로 홈을 파서 글자를 만들었다. 글자에 검은색을 입히니 작품이 탄생했다. 그렇게 만든, 간판도 문패도 아닌 예쁜 이름표가 탄생했다.

복합 문화 공간 '소풍'

마지막 점검을 끝낸 연재는 통창 앞에 서서 호수를 바라봤다. 가을

이 시작되는 지금, 햇살은 따뜻했고 윤슬은 눈부셨다.

'복합 문화 공간 소풍에서 공간을 빌려 드립니다'라고 쓴 용지를 동네 여기저기 붙였다. 두 동이 있는 아파트 분리수거장 전봇대에 용지를 붙이는데, 짜증스러운 여자의 목소리가 들렸다.

"여기다 전단 붙이시면 안 돼요!"

몰래 죄짓다 들킨 사람처럼 깜짝 놀란 연재가 돌아보니 유모차에 아이를 태운 젊은 여자다. 갑자기 얼굴이 화끈해진 연재는 서둘러 전단을 떼며 죄송하다고 머리를 조아렸다.

순간, 연재는 예전 일이 섬광처럼 떠올랐다. 서울에서도 중산층이 주로 거주하는 아파트 41평 7층. 연재가 살았던 아파트다. 연재가 장을 보러 가기 위해 집을 나서는데 누군가 후다닥 계단을 내려가는 뒷모습이 보였고, 순간 본능적으로 문을 보니 아니나 다를까 전단이 붙어 있었다. 전단을 떼어 가방에 대충 넣고 엘리베이터를 타고 내려갔다. 경비실 앞에는 18층 여자가 경비아저씨에게 전단을 내보이며 '이렇게 아무나 들이면 어쩌냐고' 화를 내고 있었다. 18층 여자는 연재를 보자 이 전단이 연재 집에도 붙어 있었는지를 확인했다. 그러고는 더 흥분해 입에서 곧 거품이 나올 기세였다.

잠시 후 계단을 내려갔던 전단을 든 여인이 붙잡혔고, 사람들 앞에서 공공연하게 질책당했다. 연재는 이게 그렇게까지 할 일인가 싶었지만, 괜히 엮여 시간 뺏기고 싶지 않았기에 모른 척했다. 그런데 하필 그 일이 지금 떠오르다니, 연재는 더 얼굴이 화끈거린다.

젊은 여자는 뗀 전단을 달라고 손을 내민다. 여자에게 전단을 주고 황급히 자릴 뜨려는데, 여자가 소풍이 뭐냐고 관심을 보였다. 연재는 침착하게 숨을 고르고 찬찬히 설명했다. 전에 '아름다운 호숫가 펜션'이었던 곳에 새로 오픈한 복합 문화 공간이라고. 덧붙여 한 달은 무료라고.

한 달이 무료인 것은 순전히 위기 모면용이었다. 나, 이런 공간을 가지고 있고, 내가 거기 사장이라고. 한 달쯤은 무료로 줄 수 있는 능력 있는 사람이라고. (능력이라는 단어에 스스로 의구심이 들었지만 말이다) 그러니 전단을 붙였다고 우습게 보지 말라고.

한 달 무료에 이렇게 큰 의미가 있는지 젊은 아기 엄마는 알 턱이 없겠지만, 고개를 끄덕이는 아기 엄마를 보며 연재는 왠지 안도했다. 그때 18층 여자처럼 공공연하게 공격하지는 않겠구나, 싶은 안도였다. 분리수거 나온 남자가 쓰레기를 버리며 아기 엄마가 든 전단을 힐끔 보았다. 연재는 용기를 내 힐끔거리는 남자에게 전단을 내밀었다. 아기 엄마는 이 남자를 아는 듯, '한 달은 무료래요'라는 말을 남기고 유모차를 끌고 사라졌다. 아기 엄마가 사라지자 남자는 담배를 입에 물고 전단을 본다. 연재가 머뭇거리다 자릴 뜨려 하자 남자가 묻는다.

"여긴 뭐 하는 뎁니까?"

가지가지 한다

　가지를 넓게 썰어 프라이팬에 구웠다. 가지가 익는 동안 양념장을 만들며 연재는 생각했다. '이게 될 일인가? 아무도 오지 않으면 어쩌지?' 앞으로 6개월은 수입이 없어도 어찌어찌 버티겠지만, 이후로는 어림없다. 수만 가지 경우의 수가 머릿속을 떠다닌다. 핸드폰을 들고 구직 사이트에 들어가 일자리가 있는지 다시 살피고, 통장의 잔액도 다시 확인하는 사이 가지가 타버렸다. 새까맣게 탄 가지를 보니 연재는 정신이 번쩍 든다.

　그렇게 오늘만 잘 살자고 다짐했건만 또 내일 걱정이라니.

　탄 가지를 걷어내고 새 가지를 꺼내 다시 넓적하게 자르다 보니 생각나는 말이 있다.

　참 가지가지 한다.

　잡곡밥에 잘 구워진 가지를 가위로 잘게 자르고 그 위로 달걀 프라이를 얹고 매콤 고소하게 양념한 양념장을 뿌려 쓱쓱 비빈다. 맛있는 걸 먹고 배가 부르면 근심의 절반은 사라진다고 연재 엄마 승숙은 늘 말했다. 승숙의 '포인트'는 대단한 요리가 아니라도 '영양 있는 맛있는 것'이다. 라면이나 즉석식품이 아닌 자연의 재료로 만든 음식 말이다. 지금은 승숙의 자연주의 밥상 철학을 물려받은 연재도 한때 승숙의 그 음식 철학이 유독 여성의 노동을 강제하는 거라 싫었다. 그 마음이 바뀐 것은 아들 둘을 키우면서부터다.

아들 둘에게 자연주의 밥상 철학을 설파했는데, 생각보다 잘 수긍하고, 잘 따라 했다. 연재가 일하러 나가 집을 비울 땐 큰아들이 김치볶음밥을 만들어 둘째랑 먹는다든지, 둘째가 상추나 깻잎을 듬뿍 넣고 참치비빔밥을 만들어 형과 나눠 먹는 식으로 말이다. 즉석식품이 아닌 제대로 된 음식을 만들어 먹었다는 사실만으로도 연재는 안도했다. 노동의 주체가 남자든 여자든 그게 중요한 게 아니라 자기가 먹을 음식을 만들 줄 알고 나눌 줄 아는 것은 생존에서 가장 기본인데, 그 기본을 알려준 것 같아 뿌듯했다.

그리고 연재가 혼자 살게 된 지금, 여러모로 쓸모 있는 철학이다. 나를 위한 자연주의 밥상. 연재가 지금까지 살면서 깨달은 건 내가 나를 극진히 대접하지 않으면 아무도 나를 극진히 대접해 주지 않는다는 사실이다. 가지에 간장 넣고 비벼 먹는 주제에 뭐가 그리 거창하냐고 할 수도 있겠지만, 혼자 살면서 매번 뭔가 만들어 먹는 일은 생각보다 거창한 일이다.

소풍의 첫 손님은 뜻밖에 전봇대에 전단을 붙일 때 만난 아기 엄마다. 아기 엄마는 자신을 혜진이라고 했다. 혜진은 동네 또래 아기 엄마들과 퀼트를 하는데, 이 공간을 쓰고 싶다고 했다. 단, 무료인 한 달만.

머쓱해 하는 혜진에게 연재는 하루 두 시간이라며 긍정의 답을 전했다. 금세 연락받은 아기 엄마들이 왔다. 총 네 명으로 모두 유모차 부대다. 이렇게 꼬물거리는 아기들을 한꺼번에 본 적이 얼마 만인가. 연재는 돈이고 뭐고 금세 행복해졌다. 아기는 그런 존재다. 보기만 해도 행복해지는 존재. 내 아이라면 돌보느라 진이 빠져 손을 내저을 수도 있지만 잠깐만 보는 남의 아기는 확실히 더 이쁜 법. 그렇게 오픈 넷째 날, 어른 네 명과 아기 네 명이 처음으로 소풍에 왔다.

엄마들이 바느질하는 동안 아기들은 자거나 먹거나 놀거나 울었다. 아일랜드 싱크대가 있는 카페 공간에서 책을 읽고 있는 연재에게 누군가 혹시 커피도 판매하느냐고 물었고, 연재는 얼결에 아메리카노만 되고, 한 잔에 삼천 원이라고 말했다. 주문이 느닷없이 들어올 줄 몰랐기에 가격을 미리 정하지 못했고, 라떼를 만들기 위한 우유도 없었다. 다행히 커피 원두는 마시려고 사둔 것이 있었고, 자동 커피추출기도 전 주인이 놓고 갔기에 문제는 없었다. 커피 넉 잔 주문이 들어왔고, 연재는 혜진의 카드를 받아 카드단말기에 만 이천 원을 긁었다. 커피를 내리는 연재의 얼굴에 엷은 미소가 스쳤다. 사업은 초보지만 살아온 이력이 있기에 임기응변으로 자연스럽게 넘길 수 있었다.

아기 엄마들의 대화는 주로 남편 이야기에서 시가로 옮겨갔다가, 드라마나 예능 이야기에서 연예인들의 사생활까지 의식의 흐름대로 흘러갔다. 가끔 정치 얘기가 나오면 그런 이야기는 하지 말자고 누군가 제지

했고, 모두 수긍하는 분위기로 넘어갔다. 정치적 이념이 맞지 않으면 자칫 감정싸움으로 번져 관계를 망치기도 하니 서로 조심하는 분위기다. 이 작은 도시에서 아기를 키우며 단절된다는 것은 심각한 우울증을 불러올 예상 '백 퍼센트'임을 다들 아는 까닭이다. 아기를 키우는 시간은 고립되지 않기 위해 자신을 소외시키는 시간이기도 하다. 고립, 소외, 노동, 불면, 돈 부족, 호르몬 불균형, 이 모든 것과 몸부림치는 동안 아기가 자란다. 유모차 부대가 돌아가고 바닥을 닦고 정리하는 연재의 손이 바지런하다. 콧노래까지 흥얼거리는 걸 보니 꽤 신이 난 모양이다. 만 이천 원에 이렇게나 행복하다니.

그녀들의 신경전

퀼트 팀이 온 지 일주일이 되었다. 연재도 이제 누가 누군지 알 수 있었다. 퀼트 팀이 작업하는 동안 연재도 옆에서 주로 책을 읽는다. 소풍 주인장으로 고객의 요구에 바로바로 응대해야 하므로 인근에서 대기하는 거다. 주로 커피 주문이 다지만. 그러다 보니 자연스럽게 들려오는 대화를 통해 팀원들의 사정에 관해 듣게 된다.

처음엔 또래 네 명이 오래된 친구처럼 보였다. 하지만 그들이 최근 알게 된 사이며 이들 사이에도 보이지 않은 치열한 서열 전쟁이 치러지고 있음을 알았다. 또래지만 나이별로 위계가 생기고, 경제력이나 학벌별로 이합집산 되면서 누구 하나가 자릴 비우면 은근히 공격 대상이 되었다. 친구들이 모인 자리에서 화장실 가면 안 된다는 말은 드라마 소재인 줄만 알았는데, 실시간으로 직관하며 드라마보다 현실이 더함을 인정할 수밖에 없었다.

A는 임신 6개월까지는 어린이집 교사였다. 이후 배가 불러오면서 몸이 힘들어져 일을 관뒀다. A의 아기는 15개월, 남편은 초등학교 교사다. 초등 교사면 칼퇴근할 것 같지만, 젊은 남자가 귀한 교내에서 여러 가지 잡무를 보느라 맨날 늦게 귀가한다고 불평이다. 게다가 학부모들 갑질까지 심해 원형탈모가 왔다고. 혀 짧은 소리가 나는 게 특징인 A는 작고 아담한 서른이라는데, 어찌나 동안인지 아기가 아기를 낳은 것 같다. 날이 좋아도 불평, 흐려도 불평, 배가 고파도, 배가 불러도 다 불평인 투덜이다.

B는 연예인 같은 외모에 서울에서도 잘나가는 헤어 디자이너였는데, 군인 남편을 만나 가게를 정리하고 남편의 근무지인 춘하에 오게 되었다. B는 딸 둘로, 큰아이는 다섯 살이고 유모차에 탄 둘째는 이제 10개월이다. 고등학교 졸업하고 바로 미용 기술을 배워 강남에서 자기 가게까지 가져 큰돈을 벌었다는데, A와 C는 B를 대단하다고 치켜세우면서도 B가 대학을 나오지 않았다는 사실을 잊지 않도록 은근히 상기하는 화법을 썼다. 이를테면, 'B는 대학 생활 안 해봐서 모르겠지만' 같은 말을 대화 시작에 붙이는 식으로 말이다. 특히 C가 심한데, C는 Y대 출신이다.

A는 C가 없을 때 그놈의 Y대 타령 좀 그만 듣고 싶다고 불평하곤 했다. 정시가 아닌 수시로 들어간 주제에 잘난 체한다며. A는 인서울 하기에 충분한 점수였지만, 집안 형편 때문에 지방 국립대를 4년 장학생으로 다닌 사실을 강조했다. 정시인지 수시인지는 어떻게 알았는지, 연재는 궁금했다.

연재가 보기에 정작 B는 크게 신경 쓰지 않는 눈치다. 속으로는 신경이 쓰이지만, 내색하면 지는 거라 참고 있는지도 모르겠다. B의 특징은 항상 풀 메이크업을 하고 5분마다 거울을 보며 머리카락을 한 올 한 올 정리한 뒤 핸드폰 사진을 찍어 남편에게 보낸다. 커피도 찍고 호수도 찍고 아기도 찍고, 퀼트 하는 시간보다 사진 찍는 시간이 더 길다. 어떤 날은 퀼트 가방을 열지도 않았다. C는 이런 B를 찰나의 순간이지만 한심한 눈빛으로 본다는 것을 연재는 알았다. B가 호수를 찍으러 나간다든지, 정원의 코스모스를 배경으로 셀카를 찍으면 저렇게 꾸밀 시간에 아이랑 놀아주거나 책을 볼 것이지, 라며 꾸밈 노동에 시간을 쓰는 게 얼마나 가부장적인 사고에 부합하는 행동인지 설파한다. A는 입으로만 "그러게요" 할 뿐 듣는 둥 마는 둥 하며 혜진이 샘플로 만들어 놓은 턱받이를 보고 바느질만 했다.

심리학과 전공했다는 C지만 주변인의 심리는 잘 모르는 것 같다. 하긴 문예창작과라고 다 글을 잘 쓰는 건 아니니까. '나 Y대 심리학과 나왔으니 대단하다고 해줘'라는 듯 시종일관 대학 이야기뿐이다. 덩치도 넷 중에 가장 크고, 딸이 18개월인데 아직 부기가 안 빠졌다고 매일 호박즙을 가지고 와서 마신다. 아는 것은 많아서 무슨 대화가 나와도 주도권을 가져간다. 그런데 조금은 유치하고 약간은 속물 같은 C가 연재는 귀엽다. 아는 척, 있는 척, 똑똑한 척하는 척척박사지만, 수가 읽히는 허술함이 인간미로 보이기 때문이다.

혜진은 말이 없다. A와 C가 집요하게 캐물어 간신히 답한 게 의상 디자인 전공에 남편은 무역업으로 출장이 잦다고만 했다. 그러고 보니 혜진의 퀼트 솜씨는 남달랐다. 전문가의 솜씨랄까. 혜진의 아들이 5개월로 제일 어렸다. 부기가 빨리 빠진 건지 혜진은 아이를 낳은 지 5개월된 사람이라고 믿기 힘들게 늘씬하다 못해 야위었다. 대화를 주도하기는커녕 묻는 말에 다른 생각 하다가 타이밍을 놓쳐 종종 핀잔을 듣고, 웃어도 얼굴에 그늘이 있다. 다수의 의견에 늘 따르기만 하는 혜진이 연재는 마음이 쓰인다.

오늘만 해도 그렇다. 오늘은 다들 남편 자랑 대회라도 연 건지, 각자 자기 생일에 무슨 선물을 받았는지 열을 낸다. 명품 가방, 하이엔드 브랜드 옷, 화장품까지, 선물 가격이 사랑의 크기라도 되는 양 불이 붙었다. 혜진은 슬그머니 자릴 피해 연재 곁으로 왔다. 커피 한 잔을 더 주문하는 척 왔지만, 연재는 안다. 혜진이 불편한 자리를 피하려고 왔다는 걸. 연재가 커피를 내리는 동안 혜진은 창가로 가서 호수를 보고 있다. 창백한 혜진의 얼굴이 빛을 받아 더 창백해 보였다. 혜진은 왜 여길 오는 걸까? 퀼트를 배워야 할 실력도 아니고 팀원들과 잘 어울리지도 않고 외려 함께하는 게 불편해 보이는데, 왜?

걸레를 빨아 널고 있는데, 두 번째 손님이 왔다. 그는 기타 치는 싱어송라이터로 개인 교습을 위한 공간이 필요하다고 했다. 월수금 오전 열 시에서 열두 시까지 두 시간을 원했다. 그 시간엔 아기 엄마들이 오는 시간이라 다른 시간은 안 되냐고 물었고, 기타 치는 수찬은 월수금 한 시에서 세 시로 계약을 마쳤다. 사실 접이문으로 반을 나누면 가능한 일이지만, 아직 이용자가 많지 않기에 오롯이 공간을 내어주고 싶다. 결과적으론 그의 사용 시간에 그가 원해 접이문을 치긴 했지만.

수찬은 작곡도 하고 노래도 하지만, 주요 생계는 기타 개인 지도로 꾸려가는 37세 청년이다. 원래는 자기 연습실이 있어서 개인 지도를 했는데, 벌이가 더 나빠지는 바람에 월세를 감당할 수 없어 연습실 문을 닫았다.

무료 체험이 끝나고 이후 정식 계약하면 시간당 삼천 원이니 한 달이면 칠만 이천 원. 수찬의 수강생은 모두 여섯 명으로 한 명당 한 달 수강료는 십오만 원, 그럼 한 달 수입 구십만 원이다. 이전 작업실 월세가 삼십이었다니 지출은 줄어든 셈이다. 연재는 과연 그 돈을 받을 수 있을지 고민이 되었다. 한 달 수입이 구십인 사람에게 칠만 이천 원을 받자니 마음이 불편하고 안 받자니 내 코가 석 자다.

수찬은 접이문을 치고 반만 이용했다. 연재가 보고 있는 게 부담스러운 모양이다. 오늘 수찬의 수강생은 50대 남성이다. 이 남자, 묻지도 않았는데 자기소개를 한다. 건축사 사무실을 운영하고 있고, 이 도시 빌라는 거의 자기가 지었으며 지금은 3층 다세대를 만들고 있고 취미로 기타를 배운 지는 일 년이 조금 넘었단다. 자기소개 시간이 끝나니 호구 조사가 시작되었다. 혼자 사느냐, 어느 도시에서 왔느냐, 언제 오픈했느냐를 묻더니 연재가 미소만 짓고 대답하지 않자, 창가로 갔다. 불편했지만 최대한 예의를 갖추느라 억지 미소를 지었던 연재의 입가에 작은 경련이 일었다. 손바닥으로 입가 경련을 가리는데, 하필 수찬과 눈이 마주쳤다. 연재와 수찬은 서로 눈을 피했다.

이번엔 또 그가 호수를 보며 뷰가 끝내준다며 자기도 옆에 땅을 사서 이런 집을 짓고 싶다더니, 물 앞에 살면 우울증 걸릴 확률이 높고 관절

염 걸릴 확률도 높다는, 근거가 있는지도 모를 이야기들을 쏟아냈다. 저 이야기를 다 듣고 있자면 두 시간도 모자랄 판이다 싶어 슬그머니 밖으로 나가려는 연재에게 남자는 커피 석 잔을 주문했다. 본인이 연재 커피까지 사겠다고. 연재는 커피 두 잔 값만 계산하고 커피 두 잔을 내렸다. 수찬은 재빨리 그를 안으로 이끌었다. 그에게 기타 튜닝을 지시하고 연재 옆으로 와 연재가 내린 커피 두 잔을 들고 어정쩡한 표정을 지었다. 말은 하지 않았지만 머뭇거리는 수찬의 행동이 미안하다고 말하는 것 같다. 연재는 가벼운 미소로 문제없음을 알렸다.

레슨이 진행되는 동안 연재는 정원에 나와 코스모스를 구경했다. 말소리는 들리지 않지만 기타 소리는 들렸다. 멜로디는 익숙한데 제목을 모르겠다. 나중에 수찬에게 무슨 곡인지 물어봐야겠다고 생각하며 정원을 둘러보는데, 가을 햇살이 따사롭다. 단풍이 시작된 벚나무 아래 앉아 호수를 본다. 호수는 봐도 봐도 질리지 않는다. 같은 호수지만 하루도 같은 모습인 적 없다. 시간에 따라 날씨, 온도, 계절, 바람, 햇빛에 따라 매일 얼굴을 바꾼다. 그리고 연재가 매일 새벽 산책하면서 새롭게 안 사실은 아침에도 노을이 보인다는 거다. 여명.

해가 떠오르기 바로 직전, 구름과 해가 밀당을 벌이면서 붉고, 푸른 회색빛을 만들어 내는데, 노을과 매우 흡사하다는 사실. 시간을 생각지 않고 본다면 저녁노을인지 아침노을인지 도무지 알 수 없다는 사실. 매우 아름답다는 사실. 그냥 아름다운 게 아니라 매우 놀라울 정도 아름답다는 사실.

제목을 알 수 없는, 그러나 익숙한 멜로디의 기타 소리를 감상하고 있는데, 중년 여성이 기웃거린다. 연재가 다가가자, 여성이 물었다.

"여기서 공간 빌려주나요?"

"네."

"한 시간에 얼마예요?"

"무슨 용도로 사용하실 건가요?"

"…… 그것까지 말해야 해요?"

"말씀하셔야 공간을 용도에 맞게 준비합니다."

"책상하고 의자만 있으면 되는데……. 실은 제 아이가 고등학교 2학년인데 과외를 하거든요. 과외 선생님을 집에 들이긴 부담스럽고, 여기서 하면 좋을 것 같아서요."

"그건 안 될 것 같습니다. 여긴 복합 문화 공간이거든요. 그런 거라면 스터디 카페를 이용하시는 게 나을 것 같아요."

여성은 왜 안 되는지 꼬치꼬치 캐묻다가 "도대체 을마면 돼?"를 시전하고, 통하지 않자 기분 상한 듯 자릴 떴다. 진땀이 난 건 연재도 마찬가지였다. 안 그래도 작은 도시의 이방인인데, 거절로 인해 나쁜 소문까지 돌까 봐 은근히 신경 쓰였다.

일주일이 흘렀고 나쁜 소문은 없었다. 더는 신청자도 없었다. 그렇다고 초조하지는 않았다. 퀼트 팀은 아마 무료 체험이 끝나면 오지 않을 것 같다. 그러니 지금으로서는 수찬이 연재의 유일한 고객인 셈이다. 그래도 지금은 날마다 오는 퀼트 팀이 있어 아침이면 마음이 분주했다. 셋째 주가 되자 퀼트 팀을 위해 연재는 간단한 브런치를 준비했다. 아들 둘을 키워본 입장에서 아이 엄마들의 생활은 말 안 해도 뻔하다. 밥이 입으로 들어가는지 코로 들어가는지 모르게 살 거라는 것. 퀼트를 핑계로 나오지만, 누군가와 대화가 필요해 나온 거란 것. 그래서 간단하게 프렌치토스트를 만들었다.

우유와 달걀을 섞어 소금과 설탕으로 간을 하고 식빵을 담근다. 버터를 녹인 팬에 식빵을 굽기만 하면 끝. 잘 구워진 식빵에 메이플 시럽을 듬뿍 뿌리고 커피와 함께 내주었더니 반응이 좋다. 이렇게 근사한 브런치를 그냥 먹긴 부담스럽다며 모두 만 원씩 냈다. 뜻하지 않게 사만 원을 번 연재는 왠지 미안하다. 이러려고 준비한 건 아닌데.

날이 좋아 아기 엄마들은 접시를 들고 마당으로 나갔다. 마당에도 나무로 만든 고정 테이블이 있는데, 이전에 펜션이었다 보니 바비큐 장소로 사용되었던 곳이다. 단풍이 든 벚나무 아래 브런치를 먹는 아기 엄마들을 보고 호숫가에 산책 나왔던 커플이 들어왔다.

"여기 커피 팔아요?"

구하지도 않은 알바가 왔다

혜진이 나오지 않았다. 아이가 아프다고 했다. 삼 주가 넘게 매일 얼굴 본 사이 그새 정이라도 든 건지 신경이 쓰인다. 신청서에 나온 주소를 한참 보았다. 과일이라도 사 들고 가볼까? 싶다가도 오버하는 것 같아 일단 문자를 넣었다.

"혜진 씨, 괜찮아요? 저 소풍 매니저예요. 걱정돼서 문자 남겨요."

소풍 사장이라고 써야 할지 이름을 써야 할지 한참을 고민 끝에 매니저라고 적었다. 고개를 들어 호수를 보는데, 젊은 남자가 마당을 둘러보고 있다. 대학생 같기도 한데, 이 시간에 학생이 여기 올 리 없고. 문을 열고 나가는 연재를 보자 그는 대뜸 "여기 알바 구해요?" 한다.
"구하긴 할 텐데, 지금은 안 구해요."

그러자 또 "에이, 미리 준비돼 있어야죠. 사장님 사업 처음이시구나!"

그의 팩폭에 말문이 막힌 연재가 어버버하고 있자 그는 자신을 소개했다. 춘하시 토박이고 군필, 취준생. 이름은 현이라고. 김현. 어차피 취직에는 관심 없고 사업을 하고 싶은데, 지금은 경험을 쌓고 있다나 뭐라나. 경험은 다른 데 가서 쌓는 게 낫겠다고 말하려는데, 또 대뜸, "복합문화 공간이 뭐예요?" 하고 묻는다.

전시나 공연도 하고 문화생활 하는 공간을 빌려주는 곳이라고 말했더니 이제 이해했다는 듯했지만.

"아, 공간 대여! 모텔이랑 비슷하네요."

"그거랑 다르죠, 여긴……."

그는 연재의 대답에 관심도 없는 듯 공간 여기저기를 둘러보며 혼잣말한다.

"뭘 해야 여기 사람들이 모이려나……."

연재는 자기도 모르게 속으로 '어린놈의 시키가 버르장머리 없이…….' 생각하다가 문득 그런 생각하는 자신을 보며 놀란다. 나도 혹시 꼰대? 이 와중에 자아 성찰하는데 또 취조가 시작되었다.

"사장님 원래 뭐 하시던 분이에요?"

이번엔 눈을 똑바로 뜨고 묻는다. 딱 연재 아들 또래 같은데 당참을 넘어 뭐랄까, 어떤 카리스마 같은 것에 압도되어 말까지 더듬거렸다.

"어, 난 원래……. 그러니까 난 원래 학원에서 국어를 가르쳤어."

연재는 자신에 관해 누구에게도 그 무엇도 말하고 싶지 않는데, 뭔가에 홀린 듯 툭 말해버린 것이다. 국정원 비밀 요원도 아니고 큰 비밀을 털어놓은 것도 아닌데, 가슴속 한 곳에 한기가 돌았다. 연재의 가슴에 한

기가 도는지 온기가 도는지 알 리 없는 현은 쿨하게 말을 이어갔다.

"아, 국어 쌤!"

"그럼, 여기서 글쓰기 교실 같은 것 해요. 아니면 문학 토론이라든지."

"여긴 학원이 아냐, 문화 공간이지."

"성인 상대로 글 쓰고 문학 토론하는데, 그럼 문화 공간 아닌가?"

연재는 머리가 띵했다. 오랫동안 중고등학생을 대상으로 국어를 가르쳤지만, 문학 토론 수업을 여는 건 상상하지 못했기 때문이다. 그런데 그건 연재가 '하고 싶었던' 일이다. 다만 잊고 있었던. 이어 현이 말했다.

"여긴 소풍이니까 사장님 닉네임은 김밥으로 가시죠?"

"그럼 넌?"

연재는 아차 싶었다. 이 질문에는 넌 이미 '나와 함께'라는 뜻을 포함하기 때문이다.

"저는 사이다로 하겠습니다! 김밥에 사이다 어때요?"

애들 장난도 아니고 김밥에 사이다가 뭐람. 유치하게. 떨떠름한 연재의 표정을 보자

"왜요? 유치해요?"

뭐야? 독심술이라도 하는 거야? 연재는 뜨끔했지만 침착하게 말을 이었다.

"아무리 닉네임이지만 사람한테 김밥, 사이다는 아닌 것 같은데."

"부르기 쉽고 기억하기 쉬우면 되죠. 이름에 기운 빼지 마시고 홍보에 더. 네?"

현은 아시겠죠? 하는 표정으로 연재를 본다.

구구절절 맞는 말인데, 뭔가 얄밉다. 왠지 연재 머리 꼭대기에 있는

기분이다.

하지만 연재에게 당장 저런 추진력을 가진 '지역주민'이 필요하다.

눈 깜짝할 사이 현이 근로계약서에 사인했다. 사인하는 동안에도 사업 아이디어를 마구 쏟아냈다. 연재는 듣기만 해도 숨이 찼다. 근로계약서에 잉크도 마르기 전에 현은 아일랜드장이 있는 카페 공간 통유리 앞 책상 위 컴퓨터를 켰다. 그러고 보니 오픈하고 한 번도 손대지 않은 컴퓨터다. 현은 지역 커뮤니티 여기저기 글을 올렸고, 연재는 보는 것만으로도 얼굴이 화끈거렸다.

'서울 유명 글쓰기 강사 초빙, 글쓰기와 문학 토론 수업을 병행 진행합니다. 선착순 10명'

"글쓰기 강사라면 직접 쓴 책이라도 있어야지!"

연재는 '유명'이란 말과 '초빙'이란 말을 빼자고 사정했으나 현은 단호했다.

"그럼, 지금부터 책을 쓰세요."

세상 무심하게 툭 던진다.

툭 던진 현의 말이 연재의 전두엽을 가격했다. 머리가 띵! 현기증이 일었다.

'책을 쓰세요! 책을 쓰세요, 책을 쓰세요…….' 연재의 머릿속에 메아리처럼 울려 퍼졌다.

책을 쓰고 사람들과 문학 토론을 하는 모습은 연재의 오랜 꿈.

마음 저 깊숙이 묻어두고 차마 시도조차 못 했는데…… 전두엽의 진동이 심장까지 내려왔다. 이 녀석은 무당일까? 남의 꿈 알아맞히는 무당. 하마

터면 사주까지 봐달라고 내밀 뻔했다. 연재의 심장이 요동치는 동안 현은 핸드폰으로 공간 여기저기, 호수가 보이게도 찍고 안 보이게도 찍어 색 보정까지 일사천리다. 그 사진을 자기 인스타에 올리고 말간 눈으로 묻는다.

"홈피는 만드셨죠?"

아날로그처럼 느린 삶을 원했던 연재는 '홈피는 일부러 안 만들었어.'라는 대답 대신 침을 삼켰다. 아날로그고 디지털이고 당장 먹고살아야 하는데, 지금 연재의 사업 방침대로라면 쪽박은 떼놓은 당상이다. 남 밑에서 열심히 일해서 월급 받는 일에는 익숙했지만, 사업은 성실하게만 일한다고 다 되지 않는다는 것을 어렴풋이 깨달아 가고 있었다. 성실히 일하기 위해서는 일단 사람들이 와야 하는데, 사람을 오게 하는 일은 사업 차원의 일인 것도. 홈피를 만들던 현은 시간을 확인하고는 갑자기 허겁지겁 나갔다. 편의점 알바하러 간단다.

그제야 급박했던 시간을 반추해 보며 연재는 머리가 하얘졌다. 뭔가에 홀린 것 같기도 했다. 그냥 천천히 하나둘 자연스럽게 사람과 관계를 맺어가며 살고 싶었는데.

이게 잘한 결정인지 잘못한 결정인지 마음이 오락가락했다. 뜬금없이 이 상황에 자만추만 추구하다가 영영 혼자 살게 됐다는 친구의 말도 떠올랐다. 그 말인즉슨 자연스럽게 다가오는 손님을 기다리다가 소풍이 문을 닫을 수도 있다는 것과 연결되었다.

연재에게도 시간을 나노 단위로 쪼개 살던 때가 있었다. 불과 얼마 전까지도 그렇게 살았는데, 벌써 아득하게 느껴진다. 춘하로 이사 올 때 결심했다. 다시는 너무 열심히, 몸과 영혼을 갈아서까지 살지 않겠다고.

누구보다 성실히, 열심히 앞만 보고 달려왔지만, 도착한 자리가 고작 여기라서. 그런데 현이를 보니 또 열심히 살게 될까 봐 두렵다. 아니, 더 두려운 건 사실 망하는 거다. 쪽박 차는 것도 두렵고 열심히 사는 것도 두려우니 대체 어쩌란 말인가. 이것도 자연스러운 인연인데 일단 관계를 맺어보기로 결론지었다. 아니다 싶으면 제동을 걸면 되는 거니까.

한바탕 난리를 피웠더니 진이 빠졌다. 일단 밥을 먹자. 마음이 복잡할수록 천천히 오래 조리해야 먹을 수 있는 것을 만드는 것이 연재의 방식이다. 어떤 사람은 산책하거나, 친구를 만나 이야기를 나누며 생각을 정리한다면 연재는 요리하며 마음을 정리하는 편이다. 그도 그럴 것이 워킹맘으로 살면서 아들 둘을 키우려면 산책이나 대화로 마음 정리할 틈이 없단 뜻이기도 했다. 아이들 입에 들어갈 생산적인 일을 하면서 마음도 정리하니 효율 면에서 최상의 선택이었다. 고등어를 굽고 된장찌개를 끓였다. 당면을 삶고 양파와 당근을 볶아 부추를 넣은 잡채까지 만들었다. 막 한 숟갈 뜨려는데 초인종 소리가 울렸다.

문밖에는 창백한 혜진이 기저귀 가방을 멘 채 아이를 안고 서 있다. 연재를 본 혜진은 갑자기 눈물을 뚝뚝 흘린다. 본능적으로 혜진의 품에서 아기를 받아 든 연재는 혜진을 집안으로 들였다. 혜진의 사연은 아이가 아파 사흘을 꼬박 새웠고, 그 때문에 몸살이 났는데, 남편은 출장 중이고 친정도 시가도 도움을 요청하기 힘든 상황이라 달리 기댈 곳이 없었고, 연재의 괜찮냐는 친절한 문자에 기대어 여기 왔다고 했다.

일단 아기는 열도 내렸고, 방실방실 웃고 있다. 연재는 침대에 아기를 내려놓고 밥을 두 공기 떴다. 딱 두 시간만 아기를 봐주면 그동안 잠을 좀 자고 싶다며 밥은 사양하는 혜진을 설득해 밥을 먹였다. 몸살약을 먹으려면 밥을 먹어야 하니까. 언제 사양했냐 싶게 혜진은 밥 한 공기를 다 비웠다. 밥도 이틀 만에 먹는 거라 했다. 종합감기약을 먹이고 안방 침대에서 혜진을 재웠다. 아기와 단둘이 남겨진 연재는 혜진이 메고 온 아기띠로 아기를 안고 담요로 감싼 뒤 집을 나섰다. 혜진이 조용한 곳에서 푹 쉬길 바라는 마음으로.

  아기를 안고 걸어본 게 얼마 만인가. 연재는 아기 머리에 코를 박고 아기 냄새를 맡았다. 베이비파우더와 우유 냄새가 섞여 아기 특유의 향이 났다. 낯도 안 가리고 똘망똘망한 눈으로 연재를 보는 아기가 귀여워 미소가 절로 지어졌다. 호숫가엔 가로등이 환했다. 산책 나온 사람들도 꽤 있었는데, 연재가 품에 안은 아기를 보며 다들 눈으로 '까꿍' 하며 지나쳤다. 연재는 모른 척 지나치지만 알 수 있었다. 늘 연재도 해왔던 행동이니까. 아기가 엄마 닮았다고 말하며 지나치는 어르신도 있었다. 굳이 반박하지 않았다. 그냥 아이를 안은 이 느낌이 너무 포근했고, 따뜻했다.
  천천히 호수 한 바퀴를 돌았더니 두어 시간이 흘렀다. 집 앞에서 보니 이 층 안방은 아직 불이 꺼져 있다. 비몽사몽 잠에서 깬 아기는 배가 고픈지 입을 오므렸다 폈다 빠는 시늉을 했다. 조용히 2층으로 올라가 물을 끓이고 기저귀 가방을 확인하니, 여벌의 아기 옷과 기저귀, 약 봉투, 베이비파우더와 분유가 담긴 우유병이 있다. 우유병을 꺼내 분유를 탔다. 너무 뜨겁지 않게 온도를 맞추고 아기 입에 넣으니 쪽쪽 빨아 잘도 먹는다.

"오구오구, 배가 고팠쪄요?"

혀 짧은 소리가 절로 나온다. 분유를 다 먹자, 아기를 세워 등을 문질러주니 트림한다. 트림하느라 우유가 입 밖으로 조금 샜다. 손수건으로 입가를 닦아주고 기저귀 가방에서 약 봉투를 꺼냈다. 봉투에 쓰여 있는 용량만큼 숟가락에 시럽을 따르고 가루약을 섞어 먹이려는데, 아기가 혀끝으로 맛을 좀 보더니 고개를 홱 돌려버린다. 시럽이 아기 입가에서 목 아래까지 순식간에 주룩 흘렀다. 끈적한 시럽을 손수건으로 대충 닦고 숟가락으로 다시 조금씩 먹이는데 보통 어려운 일이 아니다. 간신히 약 먹이기가 끝났고, 이젠 끈적한 얼굴과 목을 씻겨야 했다.

대형 타월을 꺼내 소파에 펼치고 아기를 눕혀 옷을 벗겼다. 기저귀도 이미 젖어 있다. 목욕물을 준비하려고 욕실로 향하는데 아기 입이 삐쭉삐쭉하더니 곧 울 것 같다. 연재는 다시 번쩍 아기를 안았다. 욕실에 들어가 한 손에 아기를 안고 한 손으로 대야에 목욕물을 준비하는 일은 보통 고난도가 아니다. 발을 이용해 대야를 끌어와 한 손으로 샤워기 물 온도를 맞추려다 샤워기를 떨어뜨렸다. 그러자 샤워기가 수압을 이기지 못하고 목이 잘린 뱀처럼 몸부림을 쳤다. 연재는 물벼락으로부터 아기를 지키기 위해 온몸을 쥐며느리처럼 오므렸다. 연재의 머리카락에서 물이 뚝뚝 떨어지고 옷은 젖은 낙엽처럼 등짝에 찰싹 들러붙었다. 간신히 샤워기를 끄고 수도꼭지 쪽으로 레버를 돌린 후 대야에 물을 받았다. 수건으로 대충 머리를 닦고 아기를 대야에 눕혔다. 아기 비누가 없어, 그냥 물로만 씻겨야 했다. 아기는 이 사태를 알 리가 없다. 그러니 자기 주먹을 오물오물 빨면서 만족스러운 표정이다. 오동통한 다리가 물 안에서 꼬물거린다. 연재는 절로 미소가 지어졌다.

"아이구, 이뻐라. 그렇게 좋아요? 따뜻하지? 아이구! 개운하겠다."

비 쫄딱 맞은 생쥐 꼴을 하고 대답 없는 아기에게 계속 말을 건다. 전에 그 기타 수강생 50대 남자처럼.

목욕을 마친 아기를 타월에 눕혀 먼저 물기를 닦고 베이비파우더를 뽀송하게 발랐다. 뽀얀 엉덩이에 새 기저귀를 채우고 새 옷도 갈아입혔다. 휴, 이제야 긴박한 시간이 끝났다. 아기를 안고 등을 토닥토닥하면서 거실을 왔다 갔다 하니 아기가 스르륵 잠이 든다. 잠든 아기를 보니 여유가 생긴 연재는 그제야 엄마 생각이 났다.

연재가 첫 아이를 낳고 낮에도 밤에도 자지 않는 아기 때문에 몸살이 나서 쩔쩔매고 있는데, 엄마가 구원투수처럼 나타났다. 엄마한테 아기를 맡기고 원 없이 잠을 잤다. 연재가 눈을 뜨니 열두 시간이 흘렀고 엄마는 연재가 먹을 밥상까지 차려놨다. 아기 하나 보기도 이렇게 힘든데, 엄마는 언제 이런 진수성찬까지 차렸을까? 생각도 잠시, 연재는 식탁에 앉아 젓가락을 들고 말했다.

"옛날 엄마들은 대가족 생활을 했으니 애 보는 건 덜 힘들었겠지? 차라리 나가서 일을 하는 게 낫지, 애 보는 게 제일 힘들어. 다른 집 애들은 밤이고 낮이고 잘 잔다는데, 우리 민준이는 잠을 안 자. 진짜 힘들어 죽겠어."

연재가 밥을 먹는 동안 엄마는 아기를 안고 서서 안쓰러운 눈빛으로 연재를 보며 말했다.

"다들 그렇게 키워. 애가 그냥 크는 줄 아니?"

"엄만 나 안 힘들게 키웠잖아. 난 잠도 잘 자고 순했다며?"

엄마는 대답하지 않았다.

그런데 그 말이 다시 떠오른 건 20년이 지난 어느 날이었다. 대학생이 된 민준(낮이고 밤이고 잠을 안 자 연재를 괴롭게 하던 그 아들)과 아파트 엘리베이터를 기다리는데 위층 쌍둥이 엄마가 쌍둥이 유모차를 끌고 지친 얼굴로 다가왔다.

승강기가 열리자, 연재는 열림 버튼을 누르고 유모차를 승강기 안으로 밀어주며 말했다.

"하나 키우기도 힘든데, 쌍둥이 너무 힘들죠?"

"죽을 것 같아요."

"밤에 잠은 자요?"

"안 자요. 미치겠어요."

"어떡해…… 쯧."

대화를 나누는 동안 7층에 도착한 엘리베이터가 열렸고 연재와 민준이 내렸다. 연재는 얼마나 힘들까를 중얼거렸고. 이를 들은 민준이 주옥과 같은 말을 쏟아냈다.

"엄마는 안 힘들었잖아. 난 내가 알아서 큰 것 같은데."

주먹이…… 울었다.

그때 갑자기 떠오른 엄마와의 대화가 아니었으면 가정 폭력이 발생할 아찔한 상황이었다.

아기가 깊이 잠들자, 연재도 소파에 몸을 기대 아기를 안은 채 눈을 감았다. 잠깐 눈을 감았다가 떴을 뿐인데, 새벽이 오고 있었다. 아기가 꼬물꼬물 칭얼거리고 연재는 얼른 아기를 소파에 눕혀 기저귀를 확인하는데, 쌌다. 작은 게 아니라 큰 거. 대충 휴지로 닦고 욕실로 들어가 따뜻한 물을 대야에 받아 아기 엉덩이를 씻어주었다. 이 연약한 생명체를 어찌 사랑하지 않을 수 있을까. 쌌으니 또 먹어야지. 서둘러 분유를 타서 입에 넣어주니 또 쪽쪽 빨아먹는다. 먹더니 또 잔다. 아기를 소파에 안전하게 눕히고 안방을 확인하니 혜진이 죽은 듯이 자고 있다. 얼마나 힘들었으면 남의 집에서 저렇게 기절하듯 잘까? 싶으니 안쓰럽다. 이건 이십여 년 전 연재의 모습이기도 했다.

밥을 안치고 소고기미역국을 끓였다. 조용히 욕실에 들어가 씻고 나오니 혜진이 거실 소파에 아이를 안고 앉아 있다. 연재가 수건을 머리에 두른 채 "잘 잤어요?" 하자 "죄송합니다." 한다.

김밥과 사이다

현이 명찰 두 개를 들고 왔다.

'소풍 매니저 김밥',

'소풍 부매니저 사이다'.

그리고 또 한 사람이 왔는데 현의 동네 친한 누나라는 제하 씨. 제하는 요가 강사라고 했다. 원래 요가원장을 했었는데 수강생 감소로 문을 닫았고, 다시 장소를 구해 나갈 때까지 단기간 요기니 몇 명과 함께 수련할 곳을 찾는다고 했다. 시간은 화목금 저녁 7시에서 9시. 수련 시간은 7시 반에서 8시 반인데, 미리 와서 몸도 풀어야 하고 끝나면 마무리까지 두 시간을 쓰겠다는 것이다. 그 시간이면 소풍은 이미 문을 닫은 시간이지만, 단기간인데다 장소만 제공하면 연재가 신경 쓰지 않도록 정리까지 깔끔하게 하고 원칙대로 이용료는 낸다고 하니 일단 수락했다. 요가복을 입은 제하가 호수를 배경으로 물구나무를 섰다. 그 모습을 현이 사진 찍고, 몇 가지 동작을 더 촬영한 제하는 계약서에 사인했다. 현이 찍은 제하의 요가 사진은 소풍 홈피의 배경을 장식했다. 예술이다.

현은 오늘도 혼자 바쁘다. 사진 포토샵 해서 홈피뿐 아니라 SNS 여기저기 올리고 현수막을 제작해 번화가 사거리마다 걸었다. 게다가 공간을 대여한다는 전단을 만들어 시내 요지에 붙이기까지 했다. 호수를 배경으로 찍은 요가 사진 한 장이 불러온 효과는 대단했다. '바디 프로필' 열풍이라더니, 다들 그런 사진을 찍겠다는 문의가 쇄도했다. 정기적인 이용이 아니니 가격을 얼마를 받아야 할지 난감한데, 현은 한 시간 공간대여에 핸드폰으로 사진 찍어주기 포함 4만 원이라고 했다. 그리고 이내 여섯 건의 계약이 성사됐다. 연재는 이런 현을 보며 의아했다.

'아니, 이 정도 능력자가 왜 여기서 이러고 있지?'

현을 관찰하는 것만으로도 연재는 지루할 틈이 없다. 이 아이는 천재 사업가가 틀림없다. 정체가 대체 뭐지? 어떻게 뭐든 잘하는 거야?

현은 저녁 시간에는 편의점 알바를 가야 해서 6시면 퇴근했다. 낮 12시 출근, 오후 6시 퇴근에 주 5일 근무. 문제는 엉뚱한 곳에서 터졌다.

현이 퇴근하고 없는데, 호수를 배경으로 사진을 찍으러 온 필라테스 강사. 은은한 조명 아래 찍고 싶다며 밤 8시경에 왔다. 가을이라 저녁 7시만 넘어도 어둑어둑했다. 호숫가엔 가로등이 있어 소풍 실내조명을 끄면 역광으로 실루엣만 나오는 멋진 사진을 건질 수 있을 것 같았다. 무용을 전공했다는 필라테스 강사는 비둘기 자세에서 두 팔을 위로 올려 뒤쪽에 뻗은 다리를 잡는 고난도 동작을 취하고 연재는 핸드폰으로 정성껏 사진을 찍었다. 하지만 결과물은 처참했다. 각도가 맞지 않았는지 동작이 뭉개져 한 덩어리처럼 보였다. 왜 똑같은 배경에 똑같은 핸드폰으로 찍는데 이렇게 다를 수가 있지? 연재는 놀라웠다. 더 놀란 사람은 필라테스 강사였다.

연재는 서둘러 현에게 전화를 걸었고, 다행히 현이 달려왔다. 괜히 한 시간 넘게 지체했기에 돈은 안 받고 싶었지만, 현이 찍어준 사진이 마음에 든 강사는 4만 원을 두고 갔다. 편의점은 어쩌고 왔냐는 연재의 말에 현은 문 잠그고 왔다며 다시 달려 나갔다. 현의 뒷모습을 보며 연재는 저 아이는 동네 홍반장이구나 싶다.

한 달이 흘렀다. 요가복을 입고 인증사진을 찍으러 온 사람들과 커피 판매로 백오십만 원의 수익이 발생했다. 연재의 인건비는 제외하고 현의 이주 치 급여와 원두 값 각종 공과금까지 내면 남는 건 없지만 이 정도도 감지덕지다. 한 달 무료란 말을 부지불식간에 내뱉는 바람에 큰 적자가 발생할까 봐 걱정했는데 선방했다.

소풍이 작게나마 커피 명소로 떠오른 것도 다 현이 덕분이다. 현이 소개해 준 로스팅 업체에서 원두를 썼는데 향과 맛이 명품이다. 물론 원가는 비쌌다. 하지만 한 잔을 마시더라도 이런 걸 마셔야지 싶은 마음이었다. 그런데 다른 카페에 비해 싸고 맛있는 커피라는 인식이 돌면서 테이크아웃 손님이 꽤 늘었다. 요가 인증사진 찍었던 사람들이 커피 맛있다는 해시태그까지 달아주면서 그것이 홍보되었는지 호수에 산책 나온 사람들은 거의 소풍 커피를 들고 있었다. 사실 연재는 공간 대여를 주로 하고 카페는 공간을 이용하는 사람들을 위해 작게 운영할 계획이었는데, 이 계획도 지금으로서는 어긋났다. 인생의 모든 것이 계획대로 되지 않는다는 말도 맞고, 행운은 예상치 않은 곳에서 온다는 말도 맞다. 지금까지만 보더라도 말이다.

예상과 반대로 혜진 씨와 퀼트 회원들은 한 달이 지나갈 무렵 정식으로 협상을 제안해왔다. 소풍 이전에는 이 집 저 집 번갈아 가며 작업했었다. 그런데 통창으로 호수가 보이는 곳에서 우아하게 커피와 토스트를 즐기며 고품격 취미생활을 경험했기에 이전으로 돌아갈 수는 없는 것이다. 주 5일 하루 두 시간, 한 달 십이만 원을 사 등분 하면 일인 삼만 원으로 고품격 취미생활이 가능하니 그리 부담되지 않았다. 대신 접이문을 쳐서 반만 사용하기로 했다. 반이라도 꽤 큰 공간이라 유모차 4대까지도 충분하다. 한꺼번에 십이만 원이 들어오니 연재는 행복하다. 소소히 커피랑 브런치까지 하면 이 팀만으로도 월 이삼십은 거뜬하다.

요가 강사 제하는 저녁 시간이라 보일러도 돌려야 하고 넓은 공간을 통째로 사용, 인원도 열 명 이상이다. 이용하는 인원이 많으면 소모되는 물건들도 많기에 시간당 만 원으로 계산, 한 달 이십사만 원으로 계약을 마쳤다. 대신 제하가 공간을 정리하고 문을 닫는 조건으로 말이다. 연재는 그 시간에 저녁을 지어 먹고 혼자만의 시간을 가져야 하니까. 오전 열시에 문을 열고 오후 여섯 시 이후에는 일하지 않는 게 연재의 원칙이다.

그리고 기쁜 소식 하나. 소풍 홈페이지에 글쓰기 신청자가 생겼다. 무려 두 명. 개강 인원을 열 명으로 해놨으니 이제 여덟 명만 더 신청하면 된다. 연재는 기대감에 얼굴이 붉어지고 가슴이 뛰었다. 열 명이 채워지리란 보장은 없지만, 홈페이지 오픈 이 주일 만에 두 명은 꽤 의미 있다. 홍보만 되면 더 많은 사람이 올 수 있다는 뜻이니까.

수찬도 한 달 무료가 끝나자, 정식으로 계약서를 작성했고 칠만 이천 원을 결제했다. 수찬의 수강생들도 대체로 커피는 기본으로 시키니 이 수입도 쏠쏠하다. 레슨이 끝나고 수찬은 연재에게 조심스럽게 물었다.

"저 여기서 공연해도 될까요?"

너무 급작스러운 말이라 눈만 끔벅거리는 연재에게 수찬은 신곡을 냈다는 이야기와 쇼케이스를 하고 싶다는 의사를 비쳤다.

'그렇지, 이거야말로 복합 문화 공간에서 할 일이지!'

연재는 생각했다.

어느새 귀 밝은 현이 다가와 물었다.

"날짜는 언제고 몇 명이나 초대해요?"

날짜는 시월 말, 그러니까 시월의 마지막 날이고 금요일이다. 티켓은 오십 장 정도 준비할 것인데, 몇 장이나 팔릴지는 모르겠다고 했다. 앰프와 마이크는 수찬이 준비하고 정원에서 먹을 간단한 다과와 커피는 소풍에서 준비하기로 했다. 그리고 보니 소풍 오픈하고 아직 개업식도 안 했는데, 개업식 겸 쇼케이스도 하면 좋겠다고 연재는 생각했다. 장소 제공과 조명, 인원 관리를 소풍에서 맡아주는 조건으로 십만 원만 받기로 했다.

사실 연재는 '십만 원'이란 금액을 안 받아도 그만인데, 받아야 수찬도 부담 없고, 서로 책임감이 더 생기니 소액이라도 받는 게 낫다고 결론지었다. 연재가 초대할 사람은 퀼트 팀과 목공소 사장 정도다. 하지만 근처 주민 누구라도 와서 즐겼으면 좋겠다.

현은 곧바로 홍보물 작업에 들어갔다. 홈피에 홍보물을 올리고 SNS 여기저기 링크를 걸었다. 어리게만 보였던 현의 등이 오늘따라 듬직하게 느껴졌다. 그런데 자세히 보니 현의 얼굴이 며칠 잠 못 잔 사람처럼 푸석푸석했다. 너무 열심히 일한다 싶었는데, 무리가 된 모양이었다.

"피곤해 보이는데, 오늘은 좀 일찍 들어가 쉬는 게 낫겠어."

"제 몸은 제가 알아서 할게요."

"얼굴이 너무 안 좋아 보여서 그래."

"공연 끝나고 쉴게요."

자판을 두드리는 현의 손이 정신없이 빠르게 움직였다.

하긴 시월 말이면 사실 보름도 채 남지 않았다. 그야말로 말이 나오자마자 바로 실행하는 뚝딱뚝딱 콘서트인 셈이다. 연재는 현에게 '가을밤의 뚝딱뚝딱 콘서트'란 타이틀이 어떠냐고 물었고, 현은 컴퓨터에서 눈도 떼지 않은 채 생각해 보겠다고 했다. 떡을 맞출까, 빵과 쿠키를 준비할까, 연재도 벌써 마음이 분주했다.

뚝딱뚝딱 콘서트

아침부터 날이 좋았다. 가을 하늘은 높았고 청명했으며 기온도 20도 안팎으로 따뜻했다. 뚝딱뚝딱 콘서트 시간은 오후 다섯 시. (참, 콘서트 이름은 결국 그리되었다) 저녁 요가 수업은 공연으로 취소되었는데, 고맙게도 모두 양해해 주었다.

퀼트 팀이 활동을 마치고 정원에 의자 놓는 걸 도왔다. 수찬은 앰프를 연결하고 마이크를 설치했다. 시간이 두 시가 넘어가는데 현이 나타나질 않는다. 전화를 걸었는데 받지도 않는다. 떡과 쿠키를 찾아와야 하고 과일과 음료도 세팅해야 하는데 큰일이다.

일에 그렇게 열정적이던 애가 무슨 일이지? 처음엔 늦은 줄 알고 화가 났다가 점점 걱정되기 시작했다. 지금까지 행실을 봐서 이럴 애가 아닌데. 다행히 50대 기타 수강생 건축가가 팔을 걷어붙였다. 혜진도 과일 세팅을 도왔다. 네 시가 넘어가니 수찬의 수강생들과 친구들이 나타나

자리를 메웠다. 수찬은 리허설을 시작했고, 과일 세팅을 마친 혜진이 티켓 현장 판매도 맡아줬다. 오늘따라 혜진의 아기는 울지도 않고 잘 논다. 많은 사람이 오가는 것을 보느라 작고 까만 눈동자가 분주하다. 연재는 시간이 다가올수록 머리가 하얘졌다. 사람들 앞에서 오프닝 인사를 해야 하기 때문이다. 원래는 현이 다 소개해 주고 연재는 인사만 하기로 했었는데, 이 망할 자식이 나타나지 않는 것이다.

현이 소개하려 했던 말들을 다시 연재의 말투로 준비해야 했다. 얼굴 근육이 굳어 입이 잘 벌어지지 않는다. 사람들 앞에 서서 말해본 게 언제인지. 물론 학원에서 아이들을 놓고 수업은 했지만, 이건 늘 하던 그런 수업이 아니다. 불특정 다수를 앉혀놓고 소풍에 대해 마케팅해야 한다. 입술이 바짝바짝 말랐다.

다섯 시가 되고 오십 개 자리는 금세 다 찼다. 뒤늦게 도착한 사람들은 뒤에 서거나 돗자리를 깔고 앉았다. 수찬이 연재에게 마이크를 넘겼다. 많은 눈동자가 연재를 바라봤다. 머리가 하얘지면서 준비했던 말들이 하나도 떠오르지 않았다. 수찬이 그런 연재를 눈치채고 크게 환호하며 박수를 유도했다. 사람들이 너그러운 표정으로 손뼉을 치며 환호해주었다. 비로소 진정된 연재는 정중하게 인사를 한 다음 준비한 말을 이어갔다.

"소풍에 소풍 오신 것을 환영합니다! 저는 소풍 매니저 김밥입니다. 복합 문화 공간 소풍은 오늘 싱어송라이터 수찬 씨의 공연을 시작으로 클래식, 재즈 등 다양한 공연을 선보일 예정이니 관심 가지고 지켜봐 주시길 바랍니다. 그리고 현재 글쓰기와 문학 토론 수강 신청을 받고 있으니 원하시는 분은 홈페이지에서 신청해 주시기 바랍니다. 그럼, 우리 함께 힘찬 박수로 수찬 씨를 불러볼까요?"

힘찬 박수 소리와 함께 수찬이 나왔다. 마이크를 넘겨준 연재는 무슨 소리를 했는지 하나도 생각나지 않았다. 말은 똑바로 했는지, 빼먹은 말은 없는지, 이것저것 묻고 싶지만, 현이 없다. 다행히 혜진이 관중석에서 양손 엄지척을 하며 잘했다는 사인을 보내주었다. 환하게 웃는 혜진을 보며 연재는 생각했다. 저렇게 환하게 웃는 사람이었구나. 미소가 눈부신 사람이구나, 혜진 씨는. 저 착한 미소에는 어떤 작은 '악도 없었다. 사람을 안심시키는 선한 미소.

수찬의 곡은 연재가 빠져들기엔 다소 어려웠다. 가사도 관념적이라 정확히 무슨 뜻인지도 와닿지 않았다. 그럼에도 공연은 좋았다. 기타 소리가 좋았고, 가을 밤바람이 좋았고, 기타 사이사이 귀뚜라미 협연까지 다 좋았다. 무엇보다도 사람들의 행복한 얼굴이 연재를 행복하게 만들었다. 완벽한 밤, 완벽한 공연이었다. 현이 없는 것을 제외하고는.

토요일 새벽, 비가 내렸다. 핸드폰을 확인하니 현은 연재가 보낸 문자를 읽지도 않았다. 그래도 월요일엔 다시 나오겠지, 싶은 마음에 연재는 기다려 보기로 한다. 원래 계획대로라면 카페는 이 공간의 부수 기관이라 소풍 오픈 시간에만 영업하려고 했다. 하지만 지금으로서는 생계유지를 위해 주말에도 문을 열어야 한다. 메뉴는 단 두 개, 아메리카노와 카페라테뿐. 그럼에도 주말에 호숫가 산책 나온 사람들이 있어 주문이 제법 있다.

어떤 사람은 주말에 브런치를 팔라는데, 연재는 그러고 싶진 않다.

이 공간의 정체성을 잃고 싶지 않으니까. 메뉴가 달랑 두 개인 것도 이런 이유다. 소풍이 자리 잡으면 카페 운영시간도 소풍 운영시간에 맞출 예정이고, 주말에는 쉴 예정이다. 물론 계획대로 될지 모르겠지만, 현재까지 계획은 그렇다.

그런 연재지만 날이 차가워지면서 커피가 아닌 다른 음료 하나를 더 구상하고 있다. 카페인 음료를 못 마시는 사람도 있고, 연재도 이 가을엔 새콤달콤 따뜻한 음료가 당기기 때문이다. 이른 새벽, 농수산시장으로 차를 몰았다. 호불호가 없는 레몬이 당첨이다. 레몬청을 만들어 볼 예정인데, 자꾸 자몽이 눈에 들어온다.

'카페가 메인이 아니니까 레몬 하나면 충분해, 더 일 만들지 말자' 다짐하며 레몬을 고르는데, 이번에는 모과가 눈에 들어온다. '그래, 추울 땐 모과지. 이왕 담는 거 모과로 할까?' 연재 마음속에 때아닌 레몬, 자몽, 모과 3파전이 시작되었다. 왜 자꾸 욕심이 생기는 걸까? 그토록 간결한 삶을 원했는데, 이 집요한 삶의 관성은 '이왕 하는 김에'라는 습관을 자꾸 소환해 다시 버라이어티한 노동을 불러온다. 레몬을 들었다, 모과를 들었다 하는 연재를 보며 나이가 지긋한 과일가게 사장님은 말했다.

"청 맹글라고?"

"네."

사장님은 배를 문지르며 "위가 워때? 좋아, 안 좋아?"

과일가게에서 왜 위를 물어볼까? 싶었지만 어른이 물어봤으니 대답했다.

"가끔 쓰리고 안 좋아요."

"그라믄 생강으로 해. 여 내가 직접 키운 생강 있어. 생강이 참 좋아."

"생강이요? 생강은 매운맛이라……."

말이 끝나기도 전에 과일가게 사장님은 연재 앞에 생강이 가득 든 바구니를 앞에 놓았다.

"생강차 마시면 감기도 안 걸리고 위장병도 싹 다 고쳐부러, 만병통치여."

사장님의 얼굴에서 이 생강을 꼭 팔고야 말겠다는 결연한 의지 같은 게 보였다.

게다가 '싹 다 고쳐분다'는데 안 살 도리가 없다. 그래도 망설이는 연재에게 할머니가 말했다.

"왜? 뭐가 문제여?"

"제가 원래 레몬을 사려고 했거든요."

"그럼, 레몬하고 생강하고 반반씩 섞어 담가. 레몬하고 생강이 궁합이 좋아."

맞다. 레몬 생강차면 두 가지가 아니라 한 가지다. 레몬이 젊은이들을 겨냥한 음료라면 생강은 연령대가 있는 사람들을 위한 음료다. 그럼, 레몬 생강차는 전 세대를 아우르는 음료이지 않은가. 복잡한 마음이 싹 정리되었다.

"그럼, 생강 1킬로그램이랑 레몬 열 개 주세요."

신이 나서 봉투에 생강을 담는 과일가게 주인을 보며 연재는 생각했다.

'과일가게에서 난데없는 진료를 받고 생강을 사다니, 이것이 춘하시의

49

국룰인가?'

생강 손질은 손이 많이 간다. 생강 사이사이 흙도 잘 씻어야 하고 껍질도 까야 하니 손이 보통 가는 게 아니다. 그냥 레몬만 살걸, 약장수한테 속아 만병통치약을 사 온 할머니 심정으로 내내 후회하면서 생강을 씻고 껍질을 깠다. 껍질 벗긴 생강의 물기를 잘 닦아 슬라이스로 자르고 이번엔 레몬을 준비했다. 소독해 둔 유리병에 유기농 설탕과 함께 차곡차곡 쌓았다. 설탕을 많이 넣으면 왠지 마음이 불편하다. 적당량의 설탕이 들어가야 보관도 쉽고 맛도 있는데, 그 적당량이라는 게 실은 매우 많다는 게 문제다. 설탕물을 마시는 것인지, 청을 마시는 것인지 헷갈린다. 그 죄책감을 덜고자 유기농 설탕을 쓴다. 유기농이면 몸에 더 낫다는 보장도 없는데 말이다.

몸을 바쁘게 움직였더니 열 시 전에 일이 끝났다. 유리병에 가득 찬 레몬 생강을 보니 뿌듯하다. 연재는 서둘러 카페로 내려가 카페 문을 열었다. 비가 와서 호수는 한결 호젓했다. 컴퓨터를 켜고 블루투스 스피커를 연결해 음악을 틀었다. 실비 바르땅의 「마리짜 강변의 추억」이 흘렀다. 가사가 무슨 뜻인지 몰라도 멜로디가 좋다. 가사를 찾아볼까 하다가 그만둔다. 이 느낌 이대로 간직하는 게 더 나을 것 같다. 언젠가 멜로디가 좋아서 가사를 찾아봤다가 확 깬 적이 있어 그다음부턴 좋으면 좋은 대로 그 느낌을 즐긴다.

커피를 내리고 토스트 한쪽을 구웠다. 커피와 토스트를 들고 창가 자리에 앉아 정원을 바라보니 간밤의 흥분이 떠올랐다. 불과 몇 시간 전일인데 전생의 일처럼 느껴진다. 그만큼 비현실적으로 아름다운 밤이었다. 어젯밤을 생각하며 상념에 잠겨 있는데, 누군가 우산을 쓰고 정원으로 뛰어 들어온다. 수찬이다.

수찬은 놓고 간 기타를 가지러 왔다. 쇼케이스 때 전자기타와 통기타 두 대를 다 세팅했었는데, 공연 끝나고 짐이 너무 많아 전자기타만 들고 갔기에 통기타가 남아 있었다. 간밤에 친구들과 과음한 수찬은 단 게 당긴다며 아메리카노 반에 시럽 반을 섞어 마셨다. 이어 친구가 보내줬다며 영상을 연재에게 보여줬는데, 바로 연재가 궁금했던 인사말 영상이다. 안 그래도 무슨 말을 했는지 너무너무 궁금했는데.

"소풍에 소풍 오신 것을 환영합니다! 저는 소풍 매니저 김밥입니다. 복합 문화 공간 소풍은 오늘 싱어송라이터 수찬 씨의 공연을 시작으로 클래식, 재즈 등 다양한 공연을 선보일 예정이니 관심 가지고 지켜봐 주시길 바랍니다. 그리고 현재 글쓰기와 문학 토론 수강 신청을 받고 있으니 원하시는 분은 홈페이지에서 신청해 주시기 바랍니다. 그럼, 우리 함께 힘찬 박수로 수찬 씨를 불러볼까요?"

막상 보니 괜히 봤다 싶다. 바보같이 '지켜봐 주시기를 바랍니다', '신청해 주시기를 바랍니다' 라니. 뭘 자꾸 바라는 거야? 뒤는 '신청해 주세요' 라고 했으면 더 간결하고 좋았을 것을. 더구나 긴장한 게 너무 티 나서 창피했다. 그리고 이름이 김밥인 것이 더욱더. 연재는 자기를 김밥으로 만들어 놓고 튀어버린 사이다 이놈이 매우 괘씸하다.

다정한 수찬은 잘했다고 그 정도면 잘한 거라고 연재를 안심시킨다. 연재는 그때 50대 수강생과 연주했던 곡 제목을 물었고, 수찬 씨는 「핀탄 왈츠」라고 했다. 그 곡이 좋았다고 하니 수찬이 어젯밤 감사의 의미로 연주해 주겠다고 한다. 헐, 이건 로맨틱 코미디 영화에서나 나오는 장면인데.

연재는 듣고도 싶었지만, 혼자 감상하자니 부담스럽기도 했다. 다행히 손님이 왔다. 서울에서 온 커플 관광객. 커플은 창가에 앉아 우아하게 커피를 마시며 연재와 함께 「핀탄 왈츠」를 감상하는 호사를 누렸다. 한 곡만 하긴 아쉽다며 「라스트 카니발」도 연주했는데, 익히 들어본 적 있는, 그러나 제목은 몰랐던 곡이다. 처음부터 끝까지 집중하고 들으니 아름답다고 말하기도 아까운 곡이었다. 수찬과 커플이 모두 나가고 연재는 유튜브에서 라스트 카니발을 찾아 무한 재생해서 들었다. 여러 가지 버전이 있었다. 특히 피아노 트리오 연주가 좋았는데, 계속 듣자면 마음이 너무 가라앉을 것 같아 하는 수 없이 종료해야 했다. 수찬이 감사의 선물이라고 놓고 간 종이 가방에는 와인 한 병이 들어 있었다.

한가롭고 쓸쓸한 토요일 오후가 흘렀다. 자꾸 혜진 씨 아기 얼굴이 떠올랐다. 생각해 보니 아직 아기 이름도 모른다. 혜진 씨가 맨날 '우리 아기, 우리 아기' 하니까 연재도 '우리 아기'라고 부르다 보니 그렇게 됐다.

통성명. 서로 이름을 알려주는 것. 이 의례가 연재는 조심스럽다. 서로의 이름을 알고 불러준다는 것은 관계가 형성된다는 뜻이니까. 춘하에 오면서 연재는 결심한 게 있다. 관계 맺지 않을 사람이면 이름도 묻지 말자. 이런 이유로 퀼트 팀원들 이름도, 50대 기타 수강생의 이름도 묻지 않았다. 계약서도 대표자인 혜진과 수찬만 썼기 때문에 다른 이들의 이름은 모른다. 알자면 물었을 텐데 굳이 그러지 않았던 것은 한꺼번에 한 무리의 사람들을 자기 삶의 영역으로 '훅' 들이고 싶지 않아서

다. 어쩌면 왁자지껄한 것을 싫어하면서 복합 문화 공간을 한다는 것 자체가 아이러니일지도 모른다. 어차피 이런 공간에서 살아가려면 관계를 맺어야 하지만, 그 반대로 혼자 있고 싶은 마음. 연재는 이것도 정리했다. 두 마음 다 내 마음이라고.

　화요일에도 현은 연락이 없었다. 편의점 알바를 한다고 했는데, 어디 편의점인지도 모른다. 연재가 보낸 문자의 1도 아직 그대로다. 알바들이 말없이 그만두는 일은 흔하다. 현도 그중 하나일지도 모른다. 하지만 연재는 받아들이기 어렵다. 지금까지 현이 연재보다 더 열정적으로 소풍을 이끌어 오지 않았는가!
　그럼, 임금 인상을 요구하는 건가? 지금까지 본 현이 성격상 더 높은 임금을 원하면 분명 말을 했을 텐데. 무엇보다도 연재는 시월 들어서 현의 시급을 만 오천 원으로 지급하고 있었다. 물론 주휴 수당도 챙겼고. 현은 충분히 그만큼 일하고 있었으니까. 대체 무슨 일인지 궁금해 7시에 요가 수련을 오는 제하를 기다렸다. 제하는 현의 친한 동네 누나고, 현이 소개해서 왔으니, 소식을 알지도 모른다. 뭔가를 기다리면 시간은 늦게 흐른다. 느리게 흐른 시간 뒤에 제하가 왔다.
　현이 지난 금요일부터 나오지도 않고 연락도 안 된다는 연재의 말에 제하는 '한번 알아보겠다'라는 담백한 답만 남겼다. 담백하다 못해 건조한 답변에 연재는 머쓱해졌다. 그러면서 드는 생각. '현이 내 아들도 아니고 말없이 그만둘 수도 있지.' 그런 느낌이 들고 나니 연재는 기운이 빠졌다. 짧은 시간 그를 너무 의지했던 자신이 바보처럼 느껴지기까지 했다. 누구에게도 의지하지 않고 홀로 서기 위해 이 낯선 도시에 왔는데 또 이렇게나 금세 누굴 의지해 마음이 흔들리다니. 왜 그랬을까를 연재는 곰곰이 생각했다.

가장 큰 원인은 오만과 오해였다.

현은 어리다. 그러니 의지할 존재가 아니었다고 생각했던 오만.

연재 큰아들과 또래다 보니 그것만으로 혼자 친근하게 느꼈던 오해.

'……'

그러고 보니 그날은 시월의 마지막 날이고 현의 월급날이었다. 그렇게 현은 갑자기 사라졌다. 헛헛했다. 지원군이 갑자기 철수해 버린 기분이 들었고 배신당한 것도 아닌데 배신감이 들었다. 이틀 후 제하의 얼굴을 봤지만 묻지 않았고, 제하도 따로 기별하지 않았다. 그렇게 현은 원래 없었던 것처럼 사라져 버렸다.

삼 주가 흘렀다. 그동안 소풍에도 작은 변화가 있었다. 매주 화요일 오전 캘리그래피 수업이 생겼고, 목요일 오전에는 지역에서 활동하는 작가가 이끄는 글쓰기 수업이 생겼다. 현이 올려놓았던 글쓰기와 문학 토론 수업에 두 사람 외에 더는 신청자가 없었는데, 이 글쓰기 수업이 생겨 그 두 명을 이쪽 글쓰기 수업에 연결해 주었다. 연재는 차라리 다행이라고 생각했다. 혼자 카페와 소풍을 운영하기도 벅찬데, 수업까지 맡는다는 것은 욕심이었다. 하지만 이 일로 연재는 확실히 마음을 정한 게 있다. 글을 쓰겠다는 것.

막연히 글을 쓰고 싶어 문예창작과에 입학했지만, 당장 돈을 벌기 위해 학원 강사를 시작했던 게 업이 되어버렸고, 그렇게 시간이 흐르면서 글을 쓰겠다는 마음조차 사라져 버렸다. 현이 "책을 쓰세요"라고 무심히 던진 말에 파문이 일면서 이후 연재는 매일 생각했다.

'나는 왜 쓰고 싶고, 무엇을 쓰고 싶은 거지?'

학원에서 학생들 가르치며 명함 없이 살아왔기에 남들 보기에 근사한 명함 있는 작가가 되고 싶은 건가? 서점에는 매일 신간이 쏟아져 나오는데, 괜한 짓 해서 종이만 소모하고 결국 쓰레기나 만드는 건 아닐까? 누가 나 같은 사람이 쓴 책을 읽기나 할까? 책이 한 권도 안 팔려 출판사에 손해나 끼치면 어쩌지? 그럴 때는 내가 다 사야 하나?

이런저런 생각을 하다가 문득 원효대사의 해골바가지 물처럼 커다란 사실을 깨달았다. 그런 걱정은 책이 나올 분량을 쓰고, 그 글이 어느 출판사에 뽑혀야 벌어질 일인데. 그러니까 지금으로서는 로또 당첨과 비슷한 확률인 일을, 정작 로또는 사지도 않고 당첨 후의 일을 걱정하는 것과 다를 바 없는 생각을 하고 있다는 것을. 그러니까 또 쓰지 않을 핑계를 찾고 있다는 것을. 무려 이 짓을 이십 년 동안 무한으로 반복했다는 것을.

돈이 드는 것도 아니고, 뭘 새로 배워야 하는 것도 아니니 책상에 앉아 컴퓨터를 켜고 글을 쓰기만 하면 되는 것이다. 생각해 보면 그게 뭐라고 시도조차 못 했다니. 노벨 문학상을 노리는 글을 쓸 것도 아니면서 말이다. 주제 파악을 하고 보니 주제를 정하는 일도 어렵지 않았다.

'소풍에서 만난 사람들과 벌어지는 이야기.'

가까이에서 일어나는 일상의 기록이다. 카페 컴퓨터를 이용하면 자리도 지키면서 글도 쓸 수 있다고 결심한 첫날, 출근하자마자 야심 차게 컴퓨터를 켰다. 청소하고 커피를 만들면서 쓸거리를 계속 생각했다. 쓰려고 마음먹고 사람들을 대하니 촉각이 곤두선다. 감각이 깨어나고 스치는 눈빛 하나에도 별스러운 의미가 느껴진다. 글을 쓰려는 마음은 연재에게 활기를 불어넣었다. 그런데 간간이 카페 손님 주문도 받아야 하고, 수강생들 문의도 받아야 하고 수업이 끝난 공간 청소도 해야 하니 자투리 시간으론 도저히 쓸 수가 없다. 용단이 필요한 시점이다. 양손에 떡을 쥐고는 글을 쓸 수 없다. 한 손을 놔야 가능하다.

그래서 결론, 12월부터 주말 카페 영업을 접기로 마음먹었다. 날이 추워지면서 호수를 찾는 사람도 줄고 공간대여와 주중 커피 판매만으로도 최소한의 생계비는 충족되었다. 월세도 없고 인건비도 없으니, 욕심만 버리면 가능했다. 주중에는 먹고사는 일에 집중하고 주말에는 나에게 집중하기. 연재는 이렇게 차근차근 자기만의 시간을 만들어 갔다.

첫눈처럼 온 손님

11월의 마지막 주 수요일 오후, 을씨년스러운 바람과 함께 하늘이 잔뜩 흐렸다. 수찬의 기타 수업이 끝나고 나니 소풍에 남은 사람은 연재뿐이다. 연재는 진하게 커피를 내려 창가로 갔다. 창가에 서니 겨울 한기가 느껴진다. 켜 놓은 라디오에서는 에디트 피아프의 「라비앙로즈」가 흐르고 연재는 따뜻한 커피를 두 손으로 꼭 쥐고 노래를 따라 흥얼거리는데 올 것이 오고야 말았다.

첫눈.

하늘에서 눈이 내렸다. 잿빛 공기를 뚫고 하얀 알갱이가 속절없이 내려온다.

"아……"

연재의 입에서 탄성이 흘렀다.

첫눈을 이렇게 보다니. 느닷없이 내린 첫눈이 원망스럽다. 아무런 약속도 없는데, 혼자 있는데 첫눈이 오면 안 되는 것이다. 쓸쓸한 것이다. 그깟 첫눈 매년 오는 건데, 그게 뭐라고 늙지도 않는 마음이 수선을 피운다.

춘하에 오기 전, 그러니까 연재가 서울에 살 때 첫눈이 오는 날이면 무조건 외식을 고집했다. 아무리 집밥, 자연주의 식탁을 고집하는 연재지만 첫눈 오는 날 집에서 밥하고 싶지 않았다. 남편과 아들 둘과 돈가스집에 가서 먹었다. 평소 튀긴 음식을 좋아하지 않는 연재지만, 눈 오는 날엔 돈가스가 당겼다. 아니 그런 분위기가 당겼다. 창가 자리에 앉아 가족들이 얼굴을 마주 보며 오순도순 먹고 싶었다. 실제 상황은 늘 연재의 바람과 달랐지만 말이다. 남편은 거래처와 끊임없이 통화하느라 밥을 먹다 말고 자주 밖으로 나갔고, 아들들은 핸드폰 게임만 하느라 눈이 오든지 말든지 눈길조차 주지 않았다. 그래도 좋았다. 눈이 오고 가족이 모여 돈가스를 먹을 수 있으니까. 동상이몽이건 동상사몽이건 그땐 그게 큰 문제가 아니었다.

호수에 떨어지는 눈을 보며 연재의 눈에서 눈물이 떨어진다. 한번 떨어진 눈물은 손 쓸 새 없이 흐른다. 당황한 연재는 누가 볼까 서둘러 눈물을 닦고 코를 푸는데 창밖에 길고양이가 떨고 있다. 소풍이 문을 열 때부터 종종 오던 놈이다. 최근엔 도통 안 보여 사고라도 난 게 아닌지 걱정했었는데 첫눈과 함께 나타났다. 얼마나 굶었는지 기운이 하나도 없어 보인다. 연재는 고양이 사료 봉투를 챙겨 들고 나갔다.

고양이는 연재와 거리를 두고 저만치 앉아 연재의 동태를 살피고 있었다. 연재는 그릇에 사료를 채워 고개를 들었다. 그 순간 너무 놀란 연재는 사료 그릇을 떨어뜨릴 뻔했다. 고양이가 있던 자리에 현이 있었다. 현은 여태 본 적 없는 그늘진 얼굴로 눈 내리는 호수를 보고 있었다. 연재는 정신을 차리고 고양이를 찾았다. 현의 등장에 놀란 건지, 고양이는 보이지 않았다. 일단 아무 때나 먹으라고 눈 맞지 않을 장소에 그릇을 두고 현을 봤다. 현은 말없이 고개만 숙여 인사했다.

"춥다, 들어가자."

현은 부쩍 수척해진 모습이다. 심하게 아파서 입원했고, 어제 퇴원했다고 했다. 어디가 아픈지는 말하지 않았다. 연재도 어디가 아팠냐는 말 대신 지금은 괜찮냐고 물었고, 현은 괜찮다는 말 대신 죄송하다고 했다. 연재는 과일가게 사장이 했던 것처럼 자신의 배를 문지르며 물었다.

"위는 어때?"

난데없는 질문에 현이 살짝 당황하더니 역시 배를 문지르며 답했다.

"…… 약을 많이 먹었더니 좀 불편해요. 소화도 안 되고."

"레몬 생강청 담갔는데, 마셔볼래?"

"레몬 생강청이요?"

"위에 좋대."

그때 만들고 한 번도 뚜껑을 열지 않았던 레몬 생강청 뚜껑을 열었다. 발효가 잘됐는지 빵 소리가 났다. 포트에 물을 끓여 레몬 생강차 두 잔을 만들었다. 현과 연재는 두 손으로 레몬 생강차를 쥐고 말없이 호수를 바라봤다. 차를 다 마실 때까지 아무도 말하지 않았다. 눈은 계속 내리고 있었다. 현이 잔을 내려놓으며 입을 뗐다.

"저 잘렸죠?"

연재는 어떻게 대답해야 할지 잠시 생각했다. 아파서 입원했다는데 자른 게 맞나? 싶다가 아무리 아팠어도 연락 한 번은 할 수 있지 않았을까 싶은 생각이 부딪쳤다.

"돈가스 좋아해?"

뜻밖의 질문에 현은 어리둥절하다가

"레몬 생강차를 마셨더니 배가 고프긴 해요."

현과 창가 자리에 마주 앉아 돈가스를 시켰다. 그때 추억을 소환하고 싶은 건지, 야윈 현에게 뭐라도 먹이고 싶은 건지, 아마도 둘 다이지 싶다. 현은 이제야 조금 편해진 얼굴로 수찬의 공연에 관해 물었다. 공연은 잘 치렀는지, 사람들은 많이 왔는지 등등. 연재는 현재 소풍의 상황까지 소상히 설명했다. 연재의 소상한 설명을 현은 복직의 의미로 받았는지, 얼굴에 생기가 돌았다.

주말에 카페 문을 닫을 거란 말에 현은 자기가 주말 카페 운영을 맡으면 안 되겠냐고 한다. 편의점에서도 잘려 이제 할 일이 없다며 주말 수입은 자기가 다 갖고 대신 대여료를 내겠다고 했다. 물론 사용한 원두값은 당연히 제하고.

이 패기는 뭘까? 손님이 온다는 보장도 없는데, 아무리 돌고 도는 게 돈이라지만 혹시 나한테 받은 월급을 공간 사용료로 다시 돌려주는 건 아닌지 연재는 걱정되었다. 하지만 현은 자신에 차 있었다. 그렇게 되면 현은 주중에는 알바, 주말에는 사장이 되는 거다. 연재는 고민이 되었지만 가보고 아니면 돌아오든지, 다른 길을 찾으면 그뿐. 그래서 내린 결론. 현은 월요일, 화요일은 쉬고, 수요일에서 금요일은 알바, 주말엔 사장이다. 다소 복잡하지만 연재는 상관없었다. 대신 다음엔 무슨 사정이 생기거든 꼭 연락하기로 약속하고 복직을 허락했다. 사실 현을 복직시킨 건 순전히 눈 때문이었다. 연재는 첫눈이 오는 날, 누군가와 돈가스를 먹고 싶었고, 누군가는 현이었다. 인생이 타이밍이라고 했던가. 현은 타이밍이 절묘하게 연재 앞에 나타난 것이다.

이래서 사이다 사이다 하는구나

연재가 아침을 준비하는데, 아래층에서 무슨 소리가 들린다. 창문을 열어보니 현이 앞치마를 매고 뭔가를 하고 있다. 지금 시간 여덟 시 사십오 분. 열 시부터 시작이니 연재가 보통 그 시간쯤 내려가 문을 여는데 한 시간 전에 문을 연 것이다. 정오부터 오후 여섯 시까지 계약이고 전처럼 하루 여섯 시간 시급을 생각하고 있는데, 이건 반칙이다. 이 시간부터 시급을 지급하면 연재는 굶어야 한다. 굶어 죽기 전에 이 사이다 놈을 말려야겠다 싶어 연재는 서둘러 내려갔다.

이러면 곤란하다고 말하는 연재를 보며 현은 눈을 동그랗게 뜨고 자기는 지금 주말 장사 준비를 하러 나온 거라 한다. 지금은 목요일인데 주말 준비라고? 뭔 소린가 했더니 현은 작은 전등이 달린 전선 꾸러미를 봉투에서 꺼냈다. 12월에 크리스마스트리 정도는 있어야 겨울 분위기도 나고 사진 찍을 장소도 생긴다는 말씀. 출근 전에 해야지 출근하면 일하느라 못 할 테니 일찍 나오셨단다. 연재는 속으로 생각했다.

'내가 사장이고 넌 직원이야! 나도 그 정돈 생각하고 있거든! 그러니까 내가 지시하면 그때 하면 안 되겠니?'

그사이 현은 사다리를 타고 올라가 트리로 낙점된 벚나무에 전선을 감기 시작했다. 연재는 부채감이 들었다. 현이 만들어 놓은 주말 장사 준비에 숟가락만 얹은 느낌이랄까. 그래서 연재도 팔을 걷어붙였고, 둘이 힘을 합치니 금세 끝났다. 전선 감기가 끝나자, 현은 볼일이 있다며 황급히 나갔고, 연재는 제대로 작동되는지 확인하기 위해 코드를 꽂고 버튼을 눌러보았다. 불빛이 반짝거린다. 이쁘긴 한데 혹시 이 전선이 나무를 괴롭게 하는 건 아닌지 신경이 쓰였다. 사람 보기 좋자고 나무를 괴롭히고 싶진 않다. 그러다 문득, 겨울엔 가뜩이나 추운데 혹시 이 불 때문에 나무가 덜 춥지 않을까? 하는 생각도 들고. 무엇보다도 현이 야심 차게 준비한 프로젝트를 망치고 싶지 않아 그냥 두기로 마음먹었다. 일정한 리듬에 따라 깜박거리는 불빛이 보는 사람을 홀린다.

오픈 준비를 하는데 혜진이 제일 먼저 도착했다. 혜진은 익숙한 듯 컴퓨터를 켜고 블루투스 스피커를 연결해 음악을 켰다. 재즈 버전의 크리스마스 캐럴 연주곡이 흘렀다. 일부러 맞춘 건 아닌데, 트리의 깜박이는 불빛과 재즈 연주가 기가 막히게 맞아떨어졌다. 혜진이 음악을 켜는 동안 연재는 유모차에 탄 시우와 눈을 맞추고 자문자답하고 있다.

"잘 잤어요? 아이구, 잘 잤다구?"

"맘마는? 맘마도 배불리 먹었고요? 아이구, 잘해써요."

시우는 혜진 씨 아들 이름이다. 대화 앞엔 왜 모두 '아이구'가 들어가는지 연재도 모른다. 시우만 보면 그렇게 된다. 연재가 시우랑 노는 동안 혜진이 자기 카드로 커피값을 결제하고 커피를 내리며 물었다.

"트리는 언제 만드신 거예요?"

"방금 현이가. 현이 다시 나오기로 했거든."

"현이가요? 그동안 왜 안 나왔대요?"

그새 A가 들어오며 "현이 왔다고? 그동안 왜 안 나왔대요?"

연재가 한참 설명하는데, 이번엔 B가 들어온다. A는 B에게 "현이가 왔대", 하고 B는 마치 '다 같이 돌자 동네 한 바퀴'라는 돌림노래처럼 "현이가요? 그동안 왜 안 나왔대요?" 했다.

곧 대문을 들어서는 C가 돌림노래를 부를 차례다.

정오에 현이 출근했다. 이번에는 크리스마스트리에 달 장식품을 잔뜩 가지고 왔다. 퀼트 팀도 정원으로 나가 현이 장식품 다는 걸 도우며 '어디가 아팠냐, 이젠 괜찮냐' 하며 다정한 관심을 보였다. 현은 쾌활한 모습으로 지나친 관심은 부담스럽다고 너스레를 떨어 퀼트 팀을 웃게 했다. 커피잔을 씻고 홀을 정리하며 연재는 그들을 바라봤다. 사람 하나 왔을 뿐인데 분위기가 이렇게 바뀌다니. 퀼트 팀에게 현은 크리스마스가 있는 주말에 플리마켓을 열 예정이니, 팔고 싶은 작품이 있으면 준비하란다. 입원해 있는 동안 사업 구상을 많이 한 모양이다. 어떻게 계획도 금방 세우고, 실행력도 좋을까? 또 저렇게 온몸을 불태우다 아플까 봐서 걱정이다.

퀼트 팀이 돌아가고 현은 춘하시청 문화예술과에 다녀왔다고 했다. 문화예술과에는 지역 서점이나 문화 공간을 지원하는 프로그램이 있단다. 소풍에서 유명 작가를 초청해 강연을 열고 싶다면, 강연료를 시에서 보조해 주는 방식이다. 그래서 신청하고 왔다고. 말이 끝나기도 전에 홈페이지에 들어가 '새해맞이 김지영 작가 초청 강연' 안내문을 만들어 올린다. 연재는 자기 눈을 의심했다. 김지영 작가라면 연재가 가장 좋아하는 작가인데, 그 작가를 초청한다고? 그것도 내 공간에? 게다가 강연료도 시에서 지급해 준다니, 이런 꿈같은 일이. 소풍을 열고 연재에게 가장 흥분되는 일이 벌어졌다.

'하……. 이래서 소풍엔 사이다가 필수겠구나!' 연재는 생각했다.

미세먼지는 맑고 외로움은 위험 수준이던 그 밤

　11월의 마지막 금요일. 요즘 연재는 매일매일 과거와 전투를 치르고 있다. 여태 잘 버텨왔는데, 어쩌자고 과거는 매일 밤 연재를 괴롭힌다. 아직은 대면하고 싶지도 않고, 그럴 용기가 채워지지 않았다. 그 말인즉슨 과거를 떠올리면 무너질 것 같다. 내가 살아온 그 모든 시간이 부정당하는 느낌. 연재는 그것만은 피하고 싶었다. 세상에 시간만큼 강한 것은 없다는 걸 알기에 상처로부터 한 걸음 떨어질 때까지 시간을 보내야 한다는 집념 하에 달려왔다. 유독 지금이 힘든 이유는 겨울이 시작되었고, 찬바람이 몸과 마음 안팎으로 불어서다. 몸이 추우면 마음도 춥고, 마음이 추우면 몸도 춥다. 봄이 오려면 까마득하고, 집중할 무엇에 매달리려 글을 쓰려하지만, 문장 사이사이 틈을 파고드는 아픈 기억은 간신히 쥔 연재의 펜을 부러뜨리고 만다. 이럴 땐 몸을 움직이는 게 상책이다. 연재는 잠옷 위에 롱패딩을 걸치고 운동화를 신었다. 달밤에 달리기까진 아니더라도 빠르게 걸어볼 생각이다.

1층으로 내려가는데 팩 음료에 빨대를 꽂아 빨며 나오는 제하와 마주쳤다. 두 여자는 잠시 서로를 바라봤다. 그사이 연재는 제하가 빨고 있는 것이 우유가 아니라 소주란 걸 알았다. 팩 소주. 제하는 어색한 미소를 지으며 말했다.

"약 복용 중이에요. 오늘 밤은 외로움이 한도 초과라."

소풍으로 다시 들어와 제하가 핸드폰 앱으로 치맥을 주문했다. 제하는 외투를 벗고 습관인 양 양손을 위아래로 뻗고 한쪽 다리를 들어 몸을 수평으로 만들며 현이 요즘 어떻게 지내는지를 물었다. 연재는 좀 의아했다. 연재보다 더 현을 잘 알 터인데, 연재에게 물었으니 말이다. 그래서 잘 지낸다고, 평소처럼 일 많이 하고 누구보다도 바쁘게 정신없이 지낸다고 했다. 연재가 제하에게 치맥값을 주려고 지갑을 여는데 제하는 자세를 바꾸며 대뜸 고맙다고 했다. 아팠다지만 무단결근했는데 다시 받아줘서, 그래서 한 턱 쏘고 싶었다고. 그러니 그 돈은 다시 넣으라는 눈빛을 보냈다. 마치 우리 아이 잘 봐줘서 고맙다고 인사하는 학부모 같았다.

제하는 치맥이 오기 전에 같이 수련을 해보지 않겠냐고 제안했다. 몸이 딱딱하기로는 통나무와 겨뤄도 자신 있는 연재에게 요리조리 몸을 꼬는 요가 수련이라니. 하지만 몸을 움직이고 싶었던 차이기에 따라 해보기로 했다. 패딩을 벗었더니 아뿔싸, 잠옷 차림이다. 제하는 상관 없다고 했다. 제하는 가볍게 몸 푸는 동작이라며 목부터 발목까지 위에서 아래 방향으로 천천히 신중하게 근육 늘이는 자세를 보여줬다. 호흡과 스트레칭을 맞춰서 하니 뼈근한 통증과 함께 약간의 현기증이 느껴졌다. 몽롱한 기분이 오묘했다. 스트레칭이 끝나자, 제하는 자기를 따라 해보라며 아쉬탕가를 선보였다.

"숨을 마시고 두 손을 머리 위로 합장, 숨을 내쉬며 머리를 다이빙하듯 아래로 두 손은 바닥에, 숨 마시고 고개 들고, 내쉬며 두 발 뒤로 플랭크……."

거울에 비친 제하의 모습은 부드럽기가 마치 무용수 같다. 반면에 연재는 뻣뻣하기가 들판에 세워놓은 허수아비 같다. 의상 차이도 이를 방증한다. 제하는 전문가답게 크롭티에 레깅스를, 연재는 펄럭펄럭 잠옷을. 무용수와 허수아비는 같은 동작, 다른 느낌을 연출하며 마치 전위예술처럼 보였다. 연재의 잠옷이 땀으로 엉겨 붙을 무렵 벨이 울렸다. 복싱 경기에서 벨이 살렸다는 말이 있는데, 진짜 벨이 연재를 살렸다. 연재는 달려 나갔다. 찬바람이 벌게진 연재의 얼굴을 어루만졌다. 치킨이 식는 건 싫지만 얼굴은 식혀야겠기에 연재는 부러 느릿느릿 걸어 들어갔다.

제하는 아직도 수련 삼매경이다. 연재가 치킨을 들고 안으로 들어가자 제하가 연재의 핸드폰에 문자 왔다고 알려준다. 치킨을 내려놓고 아일랜드 싱크대 위에 올려둔 핸드폰을 보니 혜진이다.

"저랑 한잔하실래요?"

오늘 미세먼지는 맑음인데, 외로움은 위험 수준인 모양이다. 금세 혜진이 위스키 한 병을 들고 롱패딩을 펄럭이며 달려왔다. 시우 맞을 준비를 했던 연재는 혼자 오는 혜진을 보며 말했다.

"우리 시우는?"

"우리 시우는 아빠랑 있어요."

제하가 "얼른 와 앉아요."라고 말하자 다른 손님이 있는 것을 몰랐던 혜진의 얼굴이 살짝 굳었다.

연재는 제하와 혜진에게 서로를 소개했다.

"이쪽은 요가 하시는 분, 이쪽은 퀼트 하시는 분."

제하도 혜진의 어색함을 느낀 듯 한마디를 추가했다.

"전 한잔만 하고 금방 갈게요."

연재와 제하, 혜진. 세 여자가 치킨을 앞에 두고 앉았다. 각자 잔에 맥주를 따랐고, 연재는 그사이 건배사를 뭐로 할지 잠깐 생각했다. 세 사람이 모였으니 '짠!'은 해야지 싶었다. 그런데 제하는 따른 잔을 들더니 시원하게 원샷하고 "좋다" 하며 입가를 닦는다.

그러더니 닭 다리 한 개씩을 연재와 혜진에게 나눠 주고 자기는 닭가슴살만 먹는다며 가슴살을 먹는다. 혜진이 소심한 목소리로 감사하다고 했다. 닭 다리 하나에 분위기가 한껏 부드러워졌다. 제하가 벌떡 일어나 가방을 가져왔다. 가방 안에서 팩 소주가 세 개 더 나왔다. 혜진이 이때다 싶은 얼굴로 맥주잔을 내밀자 제하가 혜진의 잔에 소주를 섞어 준다. 연재도 소주를 받아 소맥을 만들어 입에 가져다 대는데, 혜진이 "우리 짠! 해요" 한다.

세 여자가 잔을 들어 짠하고 동시에 모두 한 번에 들이켰다. 모두 술이 고팠는지, 외로움이 고팠는지 아무튼 고팠던 모양이다. 소주를 가장 많이 탄 제하가 잔을 내리며 뜬금없는 말을 시작했다.

"재작년에 이혼했어요. 현재 애인은 있지만, 다시 결혼할 마음은 없어요."

그러고는 연재를 본다. 이번엔 연재가 말할 차례인 것처럼. 지난번에 현에게 국어를 가르쳤던 과거를 말하고는 가슴에 한기가 돌아 혼났는데, 또 자기 애길 하려니 한숨이 절로 난다.

연재의 마음을 눈치챘는지 제하는 "됐고, 마셔요, 마셔!" 하며 금세 소맥 석 잔을 말아 돌린다. 연재도 안도하며 한 잔 더 들이켰다. 혜진도 고개를 옆으로 돌리고 마셨다.

연달아 한 잔을 더 마신 제하는 말했다.

"계속해도 되죠?"

연재가 고개를 끄덕이자 제하는 혜진을 봤다. 혜진도 고개를 끄덕였다.

"둘이 있으면 귀찮고 혼자 있으면 외로운데, 저 문제가 있나요? 설렘도 있고, 편안함도 있고, 속궁합도 나쁘지 않아요. 근데 계속 같이 있으면 뭔가 불편하고 나만의 공간으로 돌아가고 싶은 마음이 들어요. 그래서 내가 이 사람을 사랑하지 않나 싶어 이별해 보기도 했는데, 막상 헤어지니까 너무 그리운 거예요. 내가 다시 만나자고 찾아가서 빌었어요. 다행히 그 사람이 다시 받아줬고요. 하……. 그래서 괴롭네요."

혜진이 물었다.

"다시 받아 줬다면서요."

"그 사람이 결혼하재요?"

연재가 묻자 제하는 발끈했다.

"서로를 속박하는 결혼을 대체 왜, 또 하자는 걸까요? 그 사람도 이

혼남이거든요. 한 번도 안 해봤다면 몰라. 결혼에 대한 로망이 있을 수 있어. 자기도 해봤으면서 왜 또?"

대화는 끊겼고 소주도 끊겼다. 혜진이 가져온 위스키를 따라 제하에게 건넸다. 제하는 눈을 반짝이며 말했다.

"헐, 이거 귀한 발렌타인 30년산! 나 한 번도 안 마셔봤는데."

난데없이 혜진에게 손 하트를 날린다. 연재는 자기도 모르게 두 손으로 받았다. 이 귀한 것 한 방울도 흘리지 않겠다는 마음가짐으로. 혜진까지 잔을 채우자 모두 경건하고 조심스럽게 잔을 들어 마셨다. 알싸하면서도 부드러운 목 넘김이 돈값을 한다. 이렇게 마셨다간 750밀리리터가 금세 없어질 터. 연재가 냉장고에서 얼음을 가져와 세 여자의 위스키 잔에 넣었다. 연재는 얼음이 든 위스키 잔을 가볍게 흔들었다. 얼음이 잔과 부딪히는 소리가 좋았다. 모두 말없이 위스키를 탐닉하고 있었다.

한참 만에 침묵을 깬 건 혜진 씨다.

"왜 이혼하신 건지 물어도 돼요?"

제하는 잠시 멋쩍은 미소를 짓더니 말했다.

"내가 바람을 피웠대."

이 고백은 연재에게 다소 충격이었다. 주변에 자기가 피해자라고 말하는 사람은 봤지만, 가해자는 처음이었기 때문이다. 그리고 피웠으면 피웠지, '피웠대'는 대체 무슨 유체 이탈 화법이란 말인가? 놀란 연재에 비해 혜진의 표정은 변화가 없었다.

"나는 어느 순간 내가 한 사람만 사랑하면서 살 수 있는 사람이 아니란 걸 깨달았어. 사실 난 전남편도 사랑했고, 그 사람도 사랑했거든. 내가 폴리 아모르인 것 같다고 전남편에게 말했는데, 전남편은 무슨 개소리냐고."

말이 끝나자 제하는 뭐가 그리 웃긴지 키득거렸다.

"개소리 맞는 거 같은데?"

얼굴이 상기된 연재가 혀 꼬부라진 소리로 말했다.

"그거 바람피운 사람들이 제일 많이 써먹는 레퍼토리잖아. 무슨 드라마 대사처럼 사랑이 죄는 아니잖아! 그거, 그거!"

"사랑이 죄는 아니지 않아요?"

혜진까지 합세했다. 때아닌 사랑이 죄인지 아닌지가 심판대에 올랐다. 혜진의 핸드폰이 울렸지만, 혜진은 확인조차 하지 않았다. 벨소리가 끝나자 혜진은 핸드폰을 주머니에서 꺼내 꺼버렸다. 혜진은 인간의 자연스러운 감정을 죄라고 할 순 없다면서도 만일 그런 감정이 배우자가 아닌 다른 사람에게 생겼다면, 바람을 피우기 전에 배우자에게 자신의 감정을 솔직히 털어놓고 정리하는 게 먼저라고 했다. 진짜 새로운 사람을 사랑한다면 그게 그 사람에 대한 예의라고. 이에 제하는 하이 파이브라도 하려는 듯 혜진을 향해 오른손을 올렸다. 혜진이 어리벙벙한 채로 하이 파이브를 하자 제하는 말을 이어갔다.

"빙고! 내가 그랬지! 다른 사람을 버릴 수 없다고, 그러니 이런 나라도 괜찮다면 관계를 이어가고 싶다면 어쩔 수 없다고. 그랬더니 그럼, 이혼하재."

제하는 두 손을 벌리며 그래서 결국 이렇게 되었다는 동작을 취했다. 이에 혜진이 물었다.

"양다리로 살려고 생각했어요? 그것도 공개적으로?"

제하는 한숨 쉬듯 말을 이어갔다.

"남편을 속이고 싶지 않았어. 나한테 소중한 사람이었으니까. 그리고, 난 그 사람을 지켜주고 싶은 것뿐인데 남편은 바람이래."

"엥? 뭘 지켜줘요? 그럼, 정신적인 외도로 이혼했다고요?"

혜진의 질문에 제하는 무슨 사연이 있는 것처럼 피식피식 웃기만 했다.

연재는 이게 무슨 말인지 곰곰이 생각했다. 정신적인 외도만으로 이혼이라고? 그럼, 대한민국에 이혼 안 하고 살 사람이 몇이나 될까? 남은 위스키가 제하의 입속으로 사라지고 연재는 머리가 빙글빙글 돌았다. 술기가 정수리까지 차는 느낌이었다. 그런데 멈추고 싶지 않다. 연재는 벌떡 일어나 위층으로 올라갔다. 연재에게는 비장의 카드, 수찬이 선물로 준 와인이 있었다. 맥주에서 소맥, 위스키까지 왔으니, 마지막은 와인으로 마무리해 줘야 하는 것이다.

막상 와인을 들고 왔는데, 와인 따개가 없다. 제하가 과도와 포크를 양손에 들고 몇 번 시도하다가 도저히 안 되니까 포크로 코르크 마개를 병 안으로 쑥 밀어 넣어 버렸다. 병 속은 코르크 마개의 잔여물이 둥둥 떠다니고 있었다. 이걸 보며 혜진이 자지러지게 웃었다. 혜진의 웃음소리에 제하가 또 자지러지게 웃는다. 대체 이게 무슨 웃긴 상황이라고. 연재는 웃음 포인트를 찾지 못했다. 다만 생각했다. 취하면 별것이 다 웃긴 모양이다.

와인을 마시면서 입안에 들어온 불순물을 휴지에 뱉어내느라 대화가 끊겼다. 이쯤 되면 와인을 포기하는 게 낫지 않나 싶었지만 다들 꿋꿋하게 마시고 뱉다가 눈이 마주치면 또 웃음보따리가 터졌다. 술에 취한 건지 웃음에 취한 건지 모르겠다. 처음엔 웃지 않았던 연재도 어느 순간 웃음에 전염되고 말았다.

제하가 웃다 말고 코르크 잔여물을 하늘 향해 뱉고 얼굴로 받는 일명 '수박 씨받기'를 시작했다. 눈 밑에 점처럼 코르크가 붙자, 혜진이 웃느라 눈물을 흘렸다. 이번엔 혜진이 코르크 잔여물을 뱉어 이마로 받았다. 그것도 이마 정중앙. 제하는 두 손을 합장하고 혜진을 향해 "나마스떼" 인사하고. 혜진은 거울에 비친 자기 모습에 또 숨이 넘어간다. 연재도 어찌나 웃었는지 볼이 아플 지경이었다.

늘 상념에 차 있고, 말이 없던 혜진이 취하니까 이런 모습이구나. 연재는 혜진의 또 다른 모습을 봤다. 수찬의 공연이 끝나고 다시 일상으로 돌아왔을 때, 혜진은 여전히 말이 없고 팀 사이에서 아웃사이더를 자처해 보였다. 그런 혜진이 어린아이처럼 까르르 웃는데 이 모습이 연재는 낯설면서도 좋다. 스물아홉 살의 웃음은 저래야지 싶다.

웃음에 취한 제하는 엎드려 웃다가 그대로 잠이 들어버렸다. 연재가 혜진의 이마에 붙은 코르크 잔해를 떼어주는데, 누군가 벨을 눌렀다. 고개를 돌려 창밖을 본 혜진의 얼굴이 굳어진다. 창밖엔 혜진의 남편으로 보이는 남자가 뒷모습을 보이며 서 있다. 혜진은 비틀거리며 일어나 외투를 집어 들고 휘청거리며 나갔다.

연재가 배웅하려 했지만, 몸이 말을 듣지 않아 혀가 꼬부라진 입으로만 배웅한다.

"조심히 가요, 혜진 씨!"

연재도 혜진의 뒷모습을 보며 그대로 고꾸라졌다. 새벽 세 시가 넘고 있었다.

왜 하필 복합 문화 공간이에요?

　찬바람에 눈을 떴다. 현이 벌써 출근해서 문을 활짝 열고 청소 준비를 하고 있다. 제하도 찬 바람에 눈을 떴다. 현이 제하에게 다가갔다.

　"왜 이렇게 많이 마셨어요?"

　"짜증 나서."

　"거울 봤어요?"

　제하는 현의 등짝을 강하게 스매싱했고, 연재는 이 현실 동네 남매의 대화를 3초 후에야 이해했다. 현은 주말 장사 준비해야 한다며 콜택시를 부른 다음 제하를 부축해 나갔다. 연재도 비틀거리며 일어나 냉장고에서 물부터 마셨다. 정신을 차리고 보니 각종 술병이 제 맘대로 나뒹굴고 있었다. 속이 울렁거리더니 메슥거리기 시작한다. 헛구역질이 올라와 꽥꽥거리는데 현이 들어선다. 현은 재빨리 연재를 끌고 가 화장실에 넣었다. 간발의 차이로 바닥에 토사물을 흘리는 일만은 면했다. 위액까지 다 쏟아내고 나서야 토악질이 멈췄다. 연재 인생에 이렇게까지 마셔 본 적이 없는데, 자신도 이게 뭔 일인가 싶다. 가까스로 입을 헹구고 나오니 현이 레몬 생강차를 끓여놓았다. 한 모금 마시니 살 것 같다고 생각하자마자 다시 구역질이 나 화장실로 달려갔다.

저녁이 되어서야 연재는 속이 가라앉고 정신이 들었다. 간밤에 무슨 이야기를 했는지 가물가물했다. 치킨에 맥주, 소맥, 위스키에 얼음을 타서 마신 것까진 기억이 나는데, 이후론 깜깜하다. 냉장고에 남은 콩나물에 김치를 넣어 해장국을 끓였다. 새우젓으로 간을 하고 밥을 넣고 끓이다 마지막에 파와 청양고추, 달걀까지 넣으니 제법 그럴싸하다. 천천히 오래도록 식사하면서 간밤의 대화를 떠올려 봤다. 그러다 문득 코르크를 뱉어 얼굴에 붙인 혜진의 얼굴이 떠올라 연재는 웃었다. 생각할수록 웃음이 났다. 설거지까지 끝내니 그제야 소풍이 궁금해졌다. 이번 주가 현이 하는 첫 주말 장사인데 인건비나 건질는지, 대여료나 나올는지 걱정되었다.

소풍엔 현을 빼고는 아무도 없었다. 그럴 것이 벌써 시간이 여덟 시가 넘었다. 서울에서야 여덟 시면 초저녁이지만, 춘하에서, 더구나 겨울에, 시내가 아닌 호숫가 여덟 시면 서울로 따지면 자정이나 다름없다. 아무리 토요일이라고 해도 말이다. 현이 혼자 영수증을 보며 정산하고 있었다. 연재가 들어서자, 현은 하루 대여료와 재료비 빼고 십일만 원이 남았다고 좋아했다. 대체 뭘 팔아서 그 돈을 벌었냐고 묻자, 오전엔 브런치 주문 예약을 받았고, 오후엔 쿠키와 커피를 세트로 팔았단다. 브런치 만들었던 것을 사진으로 보여주는데, 꽤 그럴싸하다. 소시지 두 개를 칼집 넣어 굽고, 구운 식빵 두 쪽, 스크램블드에그와 샐러드. 그리고 커피. 특별하거나 새로운 것은 없었다. 브런치 예약을 받기 위해 SNS를 이용, '토요일엔 소풍에서 브런치'란 문구와 현이 요리하는 사진을 올렸는데, 무려 일곱 팀이 신청했다며 현은 고무되어 있다. 이럴 때 보면 외모가 크게 한몫한 것 같다. 누가 봐도 현은 호감형이다. 시크한 말투와 유머, 순수해 보이는 눈동자, 무심한 표정까지. 연재는 누가 손님으로 왔는지 보지 않았지만, 틀림없이 젊은 여성들일 거라 확신했다. 내일은 다른 메뉴로 브런치를 만들 거라며 현은 연재에게 내일 아침 식사는 먹지 말라고 했다.

방으로 돌아온 연재는 노트북을 켰다. 간밤의 강렬했던 이야기가 계속 머릿속을 맴돌았다. 제하가 정신적인 외도로 이혼(당)했다는. 문득 절친 수영의 말이 떠올랐다. 수영이 새로 이사 간 동네 목욕탕, 어느 목욕탕이나 있는 사우나 터줏대감 형님(여자들끼리지만 꼭 호칭을 형님이라고 쓰는 집단)들께서 처음 본 수영에게 애인이 있냐고 물었다. 수영은 남편이 있다고 했고, 형님들은 우리도 남편은 있다고, 그러니까 애인이 있냐고 다시 물었다. 수영이 없다고 하자, 안타까워하며 혀를 찼다는 형님들. 어쩌면 이 형님들 이야기가 제하의 그것보다 더 사실적인 것 같다고 연재는 생각했다. 대부분은 바람을 피우면서도 걸리지 않기 위해 별별 수를 다 쓰고, 걸려도 오리발을 내밀기 일쑤인데, 무엇이 제하에게 다른 선택을 하게 했을까.
아무리 생각해도 연재는 알 수 없었다. 언젠가 그것에 관해 말할 기회가 생긴다면 물어보고 싶었다. 그러다 갑자기 혜진의 말이 떠올랐다.

정확한 단어 선택은 아니지만, 대충 되짚어 보면 바람피우기 전에 배우자에게 말해야 하고 그게 새로 사랑을 시작한 사람에 대한 예의다. 그땐 이 말이 이상하게 들리지 않았는데, 곰곰이 생각해 보니 뭔가 이상하다. 배우자에게 솔직해야 하는 이유가 새로운 사람에 대한 예의라고? 틀린 말은 아닌데, 이 묘한 불편감. 그 근원지를 찾아야 하는데 그러기엔 졸음이 더 빨리 찾아왔다. 졸음과 사투를 벌이는 동안 시간은 흐르고, 커서는 계속 깜박이고 연재는 첫 글자도 쓰지 못하다가 규칙적으로 깜박이는 커서에 최면이라도 걸린 듯 눈이 스르륵 감겼다. 수면제 없이 잠든 두 번째 밤이었다.

　새벽에 눈을 떴다. 언제 찾아들어 갔는지 침대다. 으슬으슬 한기가 느껴졌다. 온열기 전원을 켰다. 잔뜩 움츠린 몸뚱이가 전선에 열이 들어오니 슬그머니 펴진다. 이불속에서 손가락을 접으며 춘하에 온 시간을 계산해 보았다. 오월에 이 집을 계약하고 유월부터 인테리어를 했다. 2층 연재가 사는 공간은 원래 거실 겸 주방인 넓은 공간과 방 두 개, 화장실 하나인 구조였다. 전체 도배하고 마루를 깔고 화장실 타일과 변기를 바꿨다. 창틀도 너무 펜션 같은 느낌이 강해 아파트 창호 같은 스타일로 모던하게 바꾸고 오크 색 몰딩은 다 없앴다. 2층 공사하는 동안 연재는 1층에 머물렀는데, 낯선 공간에 혼자 있자니 무서웠다. 잠 못 들던 밤, 호수를 바라보면 나무가 서 있거나 흔들리는 모습이 머리를 축 늘어뜨린 귀신 같아 보였다. 그 무서운 느낌이 여타의 느낌을 상쇄시켜 연재는 무서워 떨면서도 차라리 낫다는 생각이 들었다. 공포, 외로움, 분노, 미움, 좌절 어느 하나로 치우치면 사달이 날법한데, 이것들이 묘하게 균

형을 잡고 있어 연재를 이도 저도 하지 않게 만들었다. 2층 인테리어가 끝나자 1층 인테리어가 시작되었다. 동시에 했으면 시간이 더 단축되었을 테지만 연재는 가 있을 곳이 없었다. 굳이 찾자면 있었을 테지만, 그러고 싶지 않았다. 이 패잔병의 모습을 누구에게도 보여줄 수 없는 것이다. 그때 연재는 결심했다. 이곳, 춘하에서 새로운 삶을 살겠다고. 처음엔 도피처로 생각했지만, 도피가 아니라 새로운 삶이다. 더는 과거에 발목 잡혀 괴로워하지 않겠다고. 내 불행한 과거를 안주 삼아 꼭꼭 씹고 타인을 미워하는 일을 술 삼아 꿀떡꿀떡 넘기며 살지는 않겠다고.

어떻게 살아야 할지 막막했는데, 벌써 6개월이 흘렀다. 금요일이 연재에겐 고비였는데, 다행히 두 여인 덕에 잘 넘어간 것 같다. 역시 답은 인간인가? 인간에게 상처받지만, 또 인간에게 위로받는. 아무와도 깊게 관계하고 싶지 않지만, 또 반대로 고립되고 싶지도 않은 마음. 이번에도 지난번처럼 연재는 결론지었다. 두 마음 다 내 마음이라고.

핸드폰 진동에 더듬더듬 손을 뻗어 확인하니 현이다. 브런치 먹으러 빨리 내려온다. 시간을 보니 열한 시가 되어간다. 잠깐 눈 붙인다는 게 시간이 벌써. 서둘러 내려간 소풍에는 세 테이블이 식사 중이었다. 연재를 보자 현은 준비된 테이블을 가리키며 그 쪽에 앉으라고 했고, 준비된 자리에 연재가 앉았다. 현이 가져다준 브런치는 다소 신기했는데, 다양한 재료가 든 김밥이다. 일반적으로 돌돌 말아진 김밥이 아니라 한 입 크기의 입구가 벌어져 있어 밥 위로 올라간 재료가 훤히 보이는 쌈밥 형태의 김밥. 일단 비주얼이 압권인데 명란과 아보카도가 듬뿍 든 김밥, 치커리에 새우튀김을 얹고 살구색 소스를 뿌린 김밥, 얇게 채 썬 오이와 당근 위에 빨갛게 볶은 잔멸치를 듬뿍 올린 김밥, 연어와 양파로 속을 푸짐하게 채우고 하얀 소스를 얹은 김밥까지. 장식으로 사과와 귤이 올려져 있다. 손을 대기도 아까워 연재는 주변을 둘러보는데, 모두 접시를 앞에 두고 사진을 찍고 신기한 표정으로 김밥을 들었다 놨다 한다.

"드셔보세요."

현은 기대에 찬 표정으로 연재를 보고 있다. 연재는 아보카도 명란 김밥을 먼저 입에 넣었다. 밥에서 나오는 참기름의 고소한 맛과 명란의 짭조름한 맛, 아보카도의 밍밍한 맛이 합쳐지자 그야말로 일품이다. 손뼉이 절로 쳐지는 맛이다.

"어떻게 이런 걸 만들었어?"

"브런치로 무엇을 만들까? 고민 많이 했는데, 소풍엔 역시 김밥이지 싶어서요. 차별화된 뭔가를 만들고 싶어서 한번 해봤는데, 반응이 좋네요. 앞으로 이쪽으로 밀고 나갈까 해요."

현의 대답을 들으며 오이, 당근에 잔멸치 듬뿍 넣은 김밥을 입에 넣었는데 단짠에 매콤함까지, 거기에 오이 당근의 상큼함이 보태지니 백종원도 울고 가고 싶었다. 고개까지 끄덕이며 "음~" 하고 콧소리가 나오는데, 동시에 현의 얼굴에는 미소가 번졌다. 새우튀김 김밥은 말해 무엇! 계속해서 연재가 고개를 끄덕이자, 현은 쿨하게 자꾸 감탄하면 진정성이 느껴지지 않는단다. 연어 양파 김밥까지 먹고 나니 확신이 들었다. 아직 홍보가 안 돼서 그렇지 앞으로 대박은 확실했다. 공짜 브런치를 먹었기에 연재는 테이블 정리와 설거지를 했다. 현은 주말용 메뉴판을 새로 만드느라 정신없었다. 언제 주문했는지 카페로 납품되는 각종 티백과 과일청을 유리병에 담아 진열했고, 진열대가 반짝반짝하도록 광이 나게 닮았다. 진열대가 비어 있었기에 판매할 것들을 가져다 놓는 건 상관없지만, 주중에는 원래 메뉴만 팔 거라고 연재는 현에게 못 박았다. 현도 연재의 뜻을 알기에 두말하지 않았다. 곧이어 자전거 라이더 무리가 들어왔다.

서울에서부터 왔다는 자전거 동호회팀인데, 오륙십 대쯤으로 보이는 남자 총 여섯 명이다. 여섯 명은 여섯 개의 다른 메뉴를 주문했고 모두 창가 자리로 흩어져 서서 호수를 바라봤다. 검은 레깅스를 위아래로 입고 곤충 눈처럼 생긴 선글라스에 두건, 스카프까지 모두 단체로 같은 착장을 하고 있어 언뜻 보면 다 같은 사람 같았다. 사람들이 이번엔 차례로 창가에 서서 인증사진을 찍는데 동작까지 똑같이 주먹 불끈, 파이팅! 이다. 저럴 바에야 대표로 한 명만 찍고 자기라고 올려도 아무도 모를 것 같다고 생각하며 연재는 아메리카노와 카페라테를 만들었다. 현은 콧노래까지 흥얼거리며 레몬 생강차, 자몽차, 청포도 에이드, 얼그레이를 차례대로 만든다.

음료를 만드는 동안 들려오는 대화를 통해 연재는 그들이 고등학교 동창생들이고 그중 한 명이 원치 않는 명예퇴직을 당했단 걸 알 수 있었다. 명퇴당한 친구는 놀 수도 없고, 어디 오라는 데도 없으니, 뭔가 자기 사업을 해야겠는데 경험도 없고 자본도 부족하고 도와줄 사람도 없없다는 것이다. 그런데 새로운 일을 시작해도 되겠냐는 복잡한 사연을 내뱉었다. 그런 그를 향해 누군가 또 주먹 불끈 파이팅 넘치는 동작까지 취하며 말했다.

"고스톱도 오광 들고 치면 못 나! 근데 쌍피를 들잖아? 그럼 난다?!"

들고 있는 패가 나쁘더라도 실망하지 말라는 뜻 같은데 그의 말이 연재에게도 위로가 됐다. 내가 든 쌍피는 뭘까 연재는 생각했다. 문득 연재의 시야에 현이 들어왔다. 현은 음료를 만드는 일에 집중하느라 쌍피고 광이고 못 들은 것 같았다. 연재는 저 아이가 내 쌍피일까, 생각하다가 쌍피라 하기엔 너무 광이 났다. 쌍피와 광을 오가는 사이 카페라테가 완성되었다.

"카페라테에 시럽 넣어드릴까요?"

연재가 물었고, 방금 파이팅 넘치는 명언을 쏟은 남자가 대답했다.

"듬뿍 부탁드립니다!"

오후 네 시가 넘으니, 손님이 뚝 끊겼다.

이제 그만 올라가려는 연재에게 현이 계산기를 두드리며 물었다.

"왜 하필 복합 문화 공간이에요? 보통은 사업 처음 하는 분들은 카페나 프랜차이즈 빵집을 생각하는데. 특히 여자분들은 더욱."

연재는 어디서부터 어떻게 말해야 할지 몰라 잠시 가만히 있었다. 그러다 이야기를 시작하면 길어질 것 같아 짧게 둘러댔다.

"그냥, 해보고 싶어서. 그럼, 수고해."

대답은 그렇게 했지만, 연재는 계단을 올라오면서 그날을 떠올렸다.

현의 질문처럼 왜 하필 이런 걸 하고 있는지에 관한 긴 사연을 담고 있는 그날을.

죽을 것 같은데 죽지 않아 비명을 질렀다

연수가 난소암 진단을 받던 날. 담당 의사는 연수가 아닌 동생 연재에게 그 사실을 알렸다. 연수는 그것도 모르고 검사 결과 나왔으면 빨리 집에 가자고, 이제 다 나은 것 같다며 진짜 아무렇지도 않다고, 내일은 출근해야 한다고 숨도 쉬지 않고 난리다. 그런 연수에게 연재는 차마 사실대로 말할 수 없었다.

연수는 계약직 도서관 사서로 오랫동안 일했다. 아무리 오래 일했어도 계약직은 계약직이라 일 년 만에 재계약이 안 되면 바로 실직이다. 실직은 곧 생존을 위협했기에 연수는 모든 궂은일을 자처했다. 잘리지 않기 위해, 실직하지 않기 위해 도서관에 몸과 영혼을 갈았다.

연수에게는 계절마다 트렌드에 맞춰 새로운 프로젝트에 아이디어가 넘쳐났고 그 아이디어에 따라 만들어진 프로젝트가 수도 없이 많았다.

예를 들면, (대부분 도서관에서는 북토크나 인문학 강좌만을 주로 여는 데 반해) 가을엔 '재즈와 함께 떠나는 가을 여행'이라는 제목으로 연주자들을 섭외, 도서관 마당에서 재즈 연주와 재즈를 주제로 한 강연을 만들었고, 겨울엔 '이불속에서 떠나는 역사 여행'이라는 주제로 집에서 이불 덮고 참여할 수 있는 화상 역사 강연을 열었다. 또 봄엔 '봄의 왈츠'란 주제로 봄을 주제로 한 그림을 도서관 마당에 전시했고, 화가가 직접 그림에 관해 설명하는 시간을 가졌다. 또 여름엔 '썸머 페스티벌'이란 제목으로 탱고와 같은 댄서들을 초빙, 탱고의 역사에 관한 강연도 하고 춤도 보여주는 이벤트를 열었다. 모두 문화 예술을 진심으로 사랑하는 연수다운 발상이었다.

하지만 계약직인 연수의 이름으로 진행되는 건 한 건도 없었다. 모두 연수의 아이디어와 기획안에 따라 만들어진 프로젝트지만 정직원인 다른 사람의 이름을 달고 나갔다. 이렇게 장장 이십 년이다. 이런 일이 벌어질 때마다 연수는 연재에게 전화를 걸어 입버릇처럼 말했다.

"너 학원에서 잘리면 나랑 복합 문화 공간 만들자. 꼭! 거기서 우리가 하고 싶은 거 다 하자. 넌 거기서 글을 쓰고, 독서 토론을 해. 난 작가들을 초청해 강연 열고, 음악가들 모시고 연주회도 열고, 화가들 그림도 전시할래. 돈은 안 되겠지만 뭐 어때. 그냥 그렇게 사는 거지……. 행복하게."

그때 연재는 "어"라고 말은 했지만 연수의 말을 흘려들었다. 연수는 연재에게 늘 '우리'라고 했지만, 연재의 '우리'에 연수는 없었고, 그게 행복한 일인지 아닌지 생각조차 하지 않았다. 대신 연재의 머릿속은 '저녁 반찬은 뭘 해야 할까. 둘째가 감기 기운이 있다고 했는데, 괜찮나? 남편이 오늘 또 늦으려나' 같은 일상으로 가득 차 있었다. 연수는 비혼이라 자기만 신경 쓰면 되지만 연재는 돌봐야 할 가족이 셋이 더 있었기에.

돌이켜 생각해 보면 연재는 잊고 살았다. 시간도 사람도 흘러가 버린다는 사실을. 연수는 의사가 말한 기간, 고작 3개월도 다 채우지 못하고 급하게 가버렸다. 연수의 장례를 치를 때도 연재는 울지 않았다. 왜인지 눈물이 나지 않았고, 복합 문화 공간은 더구나 생각나지 않았다. 연수를 잃은 슬픔은 아주 서서히 집요하게 연재의 마음을 파고들었다. 연수에 대해 생각하자면, 귀찮을 때가 종종 있었다. 집안일과 직장 일로 바빠 죽겠는데 자기 힘든 얘기만 늘어놓기 일쑤인데다 더욱 참기 힘든 건 도서관 사서들의 가정사에서부터 연애사, 경조사까지 시시콜콜 다 얘기할 때다. 그럴 때마다 연재는 내가 왜 그쪽 도서관 누구누구의 사돈 이야기까지 들어야 하는지 화가 치밀 때도 많았다. 그래도 언니니까, 오죽 말할 사람이 없으면 이럴까 싶기도 하고, 내가 아니면 누가 들어주리 싶어 참았는데 늘 연재의 임계점을 넘는 게 문제였다. 듣다 괴로운 연재가 말을 끊을라치면 토라져서 "나쁜 년, 넌 공감 능력이 없어! 넌 너만 행복하면 되지?" 그러곤 핸드폰을 탁 끊어버렸다. 기껏 화를 풀어주려고 다시 전화하면 받지도 않고. 그러다 또 자기 필요할 때면 전화하고. 사실 연수의 말이 맞는 게 그때 연재는 워킹맘으로 살아내는 데에 모든 능력을 쓰고 있어서 공감에 쓸 능력치가 남아 있지 않았다.

연수가 가고 바람이 몹시 불던 어느 날, 문자가 오지도 않았는데 진동이 느껴졌다. 연수의 음성지원까지 덤으로 왔다.

"저녁에 비 온대. 우산 챙겨."

애들 시험 기간이라 늦게까지 보충수업하고 기진맥진해 집에 돌아오던 날,

"힘들지? 고생했어. 언니가 밑반찬 해서 경비실에 맡겨놨어. 맛있게 먹어."

학부모가 찾아와 자기 아이 성적 떨어졌다고 생난리를 친 날에는,

"미친년, 지 머리가 나빠서 지 새끼가 그런 걸 왜 너한테. 다음에 또 와서 지랄하면 우리 집에 미친개가 있다고 해. 내 동생 건드리면 내가 콱 물어 버릴 테니까! 알았어?"

연수의 목소리가 들리자 연재는 그제야 무너졌다. 도서관 사서의 사돈 일도 궁금하고, 이번에 무슨 프로젝트를 기획하고 있는지, 어떤 사서가 우리 연수에게 못되게 굴었는지 궁금해 미칠 지경이 되었다. 연수가 그리워 미칠 지경이 되었다.

달리기 시작했다. 버스로 일곱 정거장 떨어진 연수의 집을 향해 우사인 볼트보다 더 빠르게 달렸다. 빨간불로 바뀌는 교차로를 내달리는 바람에 급정거한 택시 기사가 쌍욕이 들어간 사나운 소리를 질렀다. 하지만 멈출 수 없었다. 다음 교차로에서 연재를 멈추게 한 건 배달 오토바이였다. 배달통에서 쏟아진 시뻘건 마라탕과 뚜껑이 열린 플라스틱 용기들이 아무렇게나 흩어졌고, 바닥에 나동그라진 연재의 무릎에서도 피가 났다. 웅성거리는 사람들 사이를 뚫고 연재는 또 달렸다. 그렇게 도착한 연수의 집. 아무리 두드려도 문은 열리지 않았고 한참 후에 경찰이 왔다. 정강이뼈가 부러진 줄도 모르고 경찰차에 태워져 무릎에 흐르는 마라탕 국물 같은 피를 닦다가

연수가 그리워서

연수에게 미안해서

사랑한다는 말을 못 해서

공감 능력이 떨어지는 동생이라 언니의 외로움을 알지 못해서.

그게 미안하고, 또 미안해서

울었다.

가슴이 찢어져 죽을 것 같은 데 죽지 않는 게 미칠 것 같아 비명을 질렀다.

꽃 그림을 앞에 둔 여자

연재가 윤희 화백을 만난 건 소풍 인테리어가 한창일 때였다. 날은 덥고 계속 현장에만 있긴 힘들었기에 어딘가에서 시간을 보내야 했다. 그때 찾은 곳이 갤러리 선재였다. 선재에선 윤희의 전시회가 열렸는데 연재는 그림을 보자마자 이거다 싶었다. 다음날, 윤희를 만날 수 있었고 전시에 관한 이야기를 나눴다. 윤희는 자신의 그림처럼 단아하고 아름다운 사람이었다.

몇 해 전 연재는 천경자 화백의 전시를 보고 동양 채색화의 매력에 흠뻑 빠졌다. 그런데 동양 채색으로 한국의 야생화를 그리는 윤희를 만난 거다. 그림이 아름다운 건 말할 것도 없고 무엇보다도 연재가 좋았던 건 작가의 시선이다. 길가에 흔하디흔해 보잘것없는 것으로 취급당하기 쉬운 존재들에게 애정 가득한 시선을 선사함으로 보이지 않던 존재의 아름다움을 찾아냈다. 들풀 하나도 각자의 고유한 미가 있다는 걸 한지 위에 증명했다. 너무 이쁜데 눈물이 났다. 어쩌다 보니 초라한 중년이 되어버린 연재에게 당신도 고유한 아름다움이 있다고 말해주는 것 같았다. 누가 볼까 싶어 연재는 고개 돌려 눈물을 훔쳤다.

윤희는 선재 갤러리에서 전시가 끝나면 가을 동안은 서울, 부산 아트 페어에 참가할 예정이고 연말이 되어야 소풍에서 전시 가능하다고 했다. 오늘이 그 일을 상의하기 위해 윤희가 소풍을 찾는 날이다.

연재는 왠지 긴장된다. 공간을 보여주는 게 선생님께 숙제 검사를 받는 아이가 된 것 같다. 호수를 등지고 윤희가 스카프를 숄처럼 두르고 우아하게 카페를 향해 걸어왔다. 오늘은 현도 쉬는 날이고 소풍도 비어 있다. 아무래도 공간을 사용하는 사람이 있으면 소풍을 온전히 보여줄 수 없기에 수업이 없는 월요일 오후 세 시 반으로 약속을 잡았다. 윤희가 소풍을 둘러보는 동안 연재는 커피를 내렸다. 그러는 사이 윤희가 꼼꼼히 숙제 검사를 끝내고 연재 곁으로 다가왔다.

"여기 너무 좋은데요?"

윤희의 첫마디. 연재는 긴장이 안도로 바뀌며 그제야 굳었던 얼굴이 풀렸다. 윤희는 보유하고 있는 작품이 백여 점 있다며 연재에게 자기 화실을 방문해 같이 선별하자고 했다. 연재는 기뻤다. 윤희의 화실에 가 볼 수 있다니. 윤희는 어떻게 이곳에 이런 공간을 만들었는지 물었다. 이 간단한 질문에 긴 사연을 구구절절 늘어놓고 싶지 않아 어깨를 으쓱하며 말했다.

"그냥 해보고 싶었어요."

윤희는 더 묻지 않았다. 대신 소풍 곳곳을 다니며 이쪽 벽엔 이런 식으로 그림을 배치하는 게 좋겠다, 혹은 이 벽은 가능하면 보라색을 칠하면 좋겠다는 이야기를 나눴다. 오늘따라 카페를 찾는 손님이 많아 윤희를 혼자 세워놓는 시간이 길었다. 연재는 이게 좋기도 하고 싫기도 했다. 이곳이 보기보단 많은 사람이 온다는 걸 보여준 것 같아 내심 으쓱하는 마음과 그 때문에 자꾸 대화의 맥이 끊겨 미안한 마음이 엎치락뒤치락했다.

마감할 시간이 되었고 내친김에 연재는 윤희 화실을 방문하기 위해 소풍을 나섰다. 윤희의 작업실은 5층 상가 건물 꼭대기에 자리했고 생각보다 넓었다. 백여 점이 넘는 작품들이 주인을 기다리고 있었다. 윤희는 매해 갤러리와 아트페어에 작품을 내고 그해 팔리지 않는 작품은 이렇게 작업실에 쌓아둔다고 했다. 안 팔린 작품을 다음 해에 또 전시해도 누가 뭐라는 사람은 없지만, 꾸준히 새로운 작품을 내는 게 작가의 임무이고 그래야 나태해지지 않는다고 했다. 마음 같아서는 이 그림을 다 전시하고 싶지만, 벽에 여백이 많아야 그림이 사는 법. 빡빡히 채우면 오히려 독이 된다는 정돈 연재도 안다. 일단 이십여 점을 전시하기로 했다. 그림 고르는 것은 차차 더 시간을 가지고 신중히 고르기로 했고 이제 금액을 정해야 할 시간이다.

갤러리와 아트페어는 그림이 팔리면 화가와 주최자가 반반씩 그 수익을 가져간다. 하지만 연재는 그림이 팔리면 공간 대여료만 받겠다고 했다. 소풍은 갤러리가 아니라 여타의 것들이 동시에 이뤄지는 복합 문화 공간이니까.

연재의 이런 자세에 윤희는 싱긋 웃어 보였고, 연재는 그 미소의 의미를 알지 못했다. 윤희는 연재에 대해 생각했다. 춘하시에 온 지 얼마 안 된 여자가 무턱대고 공간이 있다고 전시하겠다고? 그리고 그림이 팔리면 공간 대여료만 받겠다니.

윤희는 그림이 팔릴 확률을 0으로 봤다. 갤러리들이 화가의 그림을 전시하고 팔렸을 때 괜히 금액의 반을 가져가는 게 아니다. 그들은 그림을 살 만한 사람의 명단을 가지고 있다. 그 명단을 갖기 위해 로터리 클럽이라든지 무슨 무슨 연합이라든지 하는 그들만의 리그에 들어가 돈을 들여가며 인맥을 쌓는다는 것을 연재는 모르는 듯했기 때문이다. 오다가다 들른 사람이 호당 이십만 원 하는 그림을 사긴 어렵다. 윤희의 그림은 제일 작은 것도 이십 호였으니 고로 제일 작은 작품도 사백만 원이라는 얘기다.

윤희가 그럼에도 허락한 이유는 처음 선재 갤러리에서 봤을 때부터 이 여자가 궁금했기 때문이다. 야생화 그림을 보며 눈물을 흘리는 여자. 대체 꽃을 보며 우는 사람은 어떤 사람인지 호기심이 생겼다. 또 설사 그림이 안 팔린다고 해도 어차피 작업실에서 보관만 할 테니 밑져야 본전이다.

윤희가 보기에 연재는 그림은 좋아하지만 미술 시장에 관해 아무것도 모른다. 오직 그림이 좋다는 이유 하나로 전시하겠다는데, 그것도 첫 기획이라는데, 그 순진한 의도에 찬물을 끼얹고 싶지 않다. 윤희의 이런 마음을 알 리 없는 연재는 들떠서 그림을 고르느라 눈이 분주했다. 그런 연재를 윤희는 유심히 바라봤다. 그림은 내년 1월 2일부터 전시하기로 하고 연재는 윤희의 화실을 나왔다.

그동안 현은 크리스마스 플리마켓 준비로 바빴다. 마켓만 열면 사람이 모이지 않을 것을 우려해 떡볶이와 어묵, 튀김을 파는 푸드 트럭을 섭외하고 언제 수찬과 작당했는지 수찬은 휴대용 버너에 호떡을 구울 예정이라고 했다. 게다가 중고 직거래 사이트의 판매자들에게 '팔 물건을 직접 들고나와 팔 수도 있고, 가격표와 계좌만 붙여놓으면 팔리는 경우 바로 계좌로 연결해 준다'라고 일일이 디엠을 보냈다. 행정복지센터와 문화센터, 사람이 많이 다니는 곳곳에 전단을 붙이고, 시청 사거리에 커다란 현수막도 걸었다. 대체 잠은 언제 자는지 연재는 걱정이 되었다. 젊어서 그런지 현은 이런 연재의 걱정이 무색하리만치 에너지 넘쳤다. 연재에겐 그날 카페를 맡아달라고 부탁하면서 플리마켓은 자기가 총괄 책임자라고 했다.

크리스마스이브. 날이 밝자 연재는 정원으로 나가 나뭇가지를 연결해 만국기를 달았다. 잠시 후 현이 헬륨가스 풍선을 가득 들고 나타났다. 나뭇가지마다 헬륨 풍선까지 다니 제법 플리마켓 냄새가 났다. 카페 테이블을 정원으로 꺼내 물건 전시할 매대를 만들고 가격표를 만들 종이와 펜도 넉넉히 준비했다. 곧이어 푸드 트럭도 도착해 음식을 준비했고, 팔 물건을 들고나오는 사람들도 하나둘 모여들었다. 정오쯤 되니 예상보다 훨씬 많은 상인이 모였다. 알고 보니 특별한 판로가 없는 다양한 지역 예술가들이 플리마켓이 열린다는 소식을 공유해 함께 왔고, 이에 거리에서 물건을 파는 소상인들까지 합세한 것이다. 준비한 매대가 모자라 늦게 온 상인들은 돗자리를 깔아야 했다. 퀼트 팀도 한 땀 한 땀 만든 손지갑, 안경 지갑, 컵 받침 같은 소품을 진열했다.

문제는 수찬이다. 호떡 반죽을 통에 담아 왔는데 발효가 되지 않은 건지 무척 딱딱했다. 연재가 보기에 문제가 있었지만 현은 일단 한번 구워 보자고 했다. 바삭하게 되면 과자처럼 먹어도 되지 않냐며. 수찬이 흑설탕과 땅콩을 버무려 만든 속을 호떡 반죽에 넣고 굽기 시작했다. 호떡 누르는 기구로 아무리 눌러도 펴지지 않고 간신히 지름 십 센티 정도로 만족해야 했다. 이게 뭐라고 모두 긴장한 눈을 호떡 한 개를 보고 있었다. 앞뒤로 갈색이 되자 꺼냈다. 수찬과 현이 형님 먼저 아우 먼저 하면서 양보하는 사이 강훈이 호떡 누르는 기구로 사 등분 해 한 개를 먹었다. 연재도 하나를 집어 입어 넣었는데 이건 참사다. 밀가루 맛이 나는 돌멩이를 씹는 것 같아 연재는 돌아서 휴지에 뱉었다. 현이 도저히 믿을 수 없다는 얼굴로 물었다.

　"형, 내가 준 이스트 넣었어?"

　수찬은 깜박했다고 했다. 강훈은 슬그머니 자기 자리로 돌아갔고 현과 수찬은 난감한 표정이 되었다. 연재가 말없이 반죽 통을 들고 이 층으로 올라갔다. 잠시 후 연재가 들고 온 반죽 통엔 김치전 반죽이 들어 있었다. 호떡용으로 만든 진한 밀가루 반죽에 물과 김치, 양파를 추가해 김치전 반죽으로 탈바꿈시킨 거다. 수찬이 신나게 김치전을 굽는 사이 현은 호떡 한 개에 천 원 가격표를 떼고 김치전 한 장에 오천 원을 써 붙였다. 구워진 김치전 맛을 보니 익히 아는 그 맛, 실패 없는 그 맛이다. 이건 그냥 나눔 행사를 하는 게 좋겠다는 연재의 의견을 받아 현은 가격을 수정했다.

　"김치전 공짜."

　굽는 속도가 느려 기다리는 사람 애를 태웠다.

목공소 사장 강훈은 나무 도마를 빨주노초파남보 색깔별로 진열했다. 모두 천연 염색이라 몸에 해롭지 않을뿐더러 시간이 지날수록 빈티지 느낌이 나쁘지 않다고 했다. '이렇게 이쁜 나무 도마는 못 참지' 싶은 연재가 보라색 도마를 집으려는데 다른 사람이 냉큼 집어 가버린다. 눈이 마주친 강훈과 연재는 그냥 웃었다. 고맙게도 강훈은 플리마켓을 응원한다며 나무 도마를 시세보다 싸게 내놓았다. 연재도 커피값을 내려 따뜻한 아메리카노 한잔에 천오백 원이라고 가격표를 붙였다. 손님으로 온 사람은 별로 없었고 대체로 물건을 팔러 온 사람들이 물건을 샀다. 그러니 그 안에서 물건이 돌고 도는 현상이 벌어졌다. 이런 걸 내수시장이라고 하던가. 연재는 생각했다.

현은 가죽 공예 작품을 팔러 온 이의 가죽 가방을 메고 모델처럼 워킹하면서 가방을 홍보했고 현이 메면 안 그래도 개성 있는 가방이 더 멋져 보였다. 생활용품에 자기만의 스타일로 페인팅을 해서 들고 온 이도 있었는데, 레커 스프레이로 그러데이션을 넣은 노트북 덮개, 지하차도 벽화 느낌 나는 마우스 패드, 빈티지 칠을 한 이어폰 케이스 등 세상에 단 한 개밖에 없는 물건이라는 특이점이 있었다. 뭐니 뭐니 해도 가장 인기 매대는 장난감 매대. 상인들을 제외하고 손님이라곤 아이들과 아이들을 데리고 온 젊은 부모가 전부니, 장난감 전시대가 인기 있는 건 당연한 일이다.

메고 있던 가방 판매에 성공한 현이 이번엔 장난감 코너에 왔다. 매의 눈으로 뭘 홍보할까 지켜보던 현이 무선 노래방 마이크를 집었다. 건전지를 넣고 마이크 테스트를 하더니 갑자기 매달아 놓은 헬륨 풍선 하나를 당겨 가스를 마시고 노래했다.

"흰 눈 사이로 썰매를 타고 달리는 기분 상쾌도 하다."

아이들 눈이 동그래지고 여기저기서 웃음이 터졌다. 무슨 이유인지 심기가 불편해진 한 아이가 울기 시작했고, 이에 수찬이 현의 손에서 냉큼 풍선을 가져다 헬륨 가스를 마시고 노래했다.

"울면 안 돼, 울면 안 돼, 산타할아버지는 우는 아이에게 선물을 안 주신대요."

그러자 여기저기서 자기도 해보고 싶다고 지원자가 속출했다. 순식간에 헬륨가스 노래자랑이 열렸고, 참가자에게는 아메리카노가 서비스로 나갔다. 모두 물건을 팔기보다 즐기러 나온 것 같았다. 그렇게 한낮의 크리스마스이브가 저물고 있었다.

모두 짐을 싸서 돌아가고 나니 갑자기 소풍이 텅 빈 것 같다. 텅 빈 정원, 어둠이 내리는 호수를 보자니 연재는 꿈을 꾼 것 같고 꿈에서 깬 것도 같고 모든 게 비현실적으로 느껴졌다. 현실이 비로소 현실로 느껴졌다는 게 더 맞는 말이다. 파티가 끝나면 떠나는 사람보다 남겨진 사람이 더 외롭다. 모든 사랑이 그러한 것처럼. 그래서 떠나는 것을 택한 연재다. 그런데 또 남겨지고 보니 여태 제자리걸음만 한 것 같다. 오늘 밤은 소풍을 떠나 다른 곳으로 소풍 가야겠다고 연재는 생각했다. 외롭지 않기 위해. 더 정확히는 다른 곳에서 외롭기 위해. 삶의 공간이 외로워지면 안 되는 거니까. 삶의 공간은 쉬는 곳이어야 하기에 절대 외로워서는 안 되는 것이다.

세상에는 외로운 영혼이 얼마나 많은지 호텔마다 만실이다. 숙소를 찾기 위해 인터넷을 뒤지던 연재는 핸드폰을 닫고 외투를 입었다. 택시를 타고 기사님께 가장 사람이 많은 곳에 내려달라고 했다. 중앙동에 내리니 역시나 사람들이 많았다. 서울에 비할 바는 아니지만 지금 연재가 사는 동네에 비하면 꽤 흥성댔다. 차가운 바람을 맞으며 사람들 사이를 유영하듯 다녔다. 번화가가 시작하는 이쪽 끝에서 저쪽 끝까지 천천히 걸어도 삼십 분이 채 걸리지 않았다. 다시 유턴해 이번에는 조금 더 느린 걸음으로 상점 하나하나 구경하면서 걸었다. 유독 손님이 많은 곳도 있고 없는 곳도 있다. 한 작은 술집 여사장이 텅 빈 가게에서 건너편 손님이 꽉 찬 호프집을 바라보고 있었다. 연재는 사장을 바라보았다. 그러다 눈이 마주쳤다. 찰나의 시간이 흐르고.

사장은 연재를 반기며 몇 명이냐고 물었고, 혼자라고 답하는 연재는 왠지 미안한 마음이 들었다. 창가 자리에 앉아 벽에 붙은 메뉴판을 보았다. 어묵전골에 소주를 시켰고, 사장이 주방으로 들어가는 것을 보며 연재는 창밖으로 눈을 돌렸다.

그때였다.

"아, 깜짝이야!"

연재는 어깨가 들썩하도록 놀랐다. 창밖에는 강훈이 연재를 보고 더 놀란 눈으로 창가에 붙어 서 있었다. 연재를 확인한 강훈이 들어가도 되느냐는 수신호를 보냈고, 연재는 고개를 끄덕였다. 출입문으로 들어온 강훈은 주방을 향해 "사장님, 저 왔습니다." 익숙하게 인사하고 연재 앞으로 오며 사람 좋은 미소로 말했다.

"또 뵙네요! 혼자 오셨어요?"

"네, 뭐."

"저도 집에 혼자 있기 뭐해서 나왔는데, 여기 저 단골집이라 한잔하려고."

"네……."

주방에서 사장이 나오며 "왔어?" 한다.

연재가 창밖을 보며 술잔을 기울이는 동안 강훈은 사장과 앉아 술잔을 기울였다. 들으려는 건 아닌데, 저절로 대화가 들렸다.

"고백은 했고?"

사장의 질문에 강훈은 웃기만 했다.

"사춘기 소년도 아니고 왜 말을 못 해? 아니 요즘엔 사춘기 애들도 속전속결이야! 말해야 거절당하든 말든 할 거 아니야!"

"됐어요. 괜히 말했다가 좋은 사이까지 망치고 싶지 않아서 그래요."

"그러다 또 놓치면? 지난번에도……."

강훈은 사장의 말을 막았다.

"어허, 지나간 얘기 자꾸 하면."

말하다 말고 힐끔 연재를 본다. 본의 아니게 자기 얘기를 듣고 있는 연재가 신경 쓰이는 모양이다.

연재는 보글보글 끓기 시작하는 어묵전골 한 국자를 떠 접시에 담았다. 후 불어 한 숟가락 넘겨보니 뜨끈한 국물이 시원했다. 아무리 강훈이 연재를 신경 쓴들 이제 먹기 시작한 어묵전골을 두고 나갈 수는 없다. 소주도 겨우 한 잔 마셨을 뿐이다. 연재는 가방에서 이어폰을 꺼내 귀에 꽂았다. 나름 신경 쓰지 말라는 배려 차원이다. 핸드폰으로 블루투스를 연결하고 음악을 켜는데, 뚜뚜 하는 신호음과 함께 이어폰이 꺼져버린다. 언제 마지막으로 쓰고 가방에 넣어 뒀는지 기억도 안 나는데 그사이 방전됐나 보다. 이어폰이 꺼진 채 그대로 있다 보니 둘의 대화는 여전히 선명하게 들렸다. 그도 그럴 것이 테이블 달랑 다섯 개인 작은 가게다. 음성은 고막을 타고 그대로 전달되었다. 강훈과 사장의 대화는 페이크 이어폰에 안도해 한껏 편해졌다.

들어보니 강훈은 마흔한 살에 미혼. 삼십 대에 대차게 차인 후, 연애 공포증을 겪다가 최근 다른 사람을 마음에 품은 지 수개월 됐는데 아직 고백도 못 했다는 게 둘의 대화에서 흘러나온 정보다. 도통 알 수 없는 건 마음에 품은 여인의 정체다. 사장이 아무리 캐물어도 미소만 지을 뿐 대답하지 않는다. 킬링타임으로 남의 연애 듣는 건 그야말로 꿀잼인데 누군지 말을 안 하니 고구마다. 답답하다. 눈은 거리에, 귀는 둘의 대화에 머무는 동안 눈앞으로 현이 친구들과 어울려 어디론가 가고 있다. 한 번도 친구들을 소풍에 데리고 온 적 없는 현이다. 또래에 비해 어른스럽고 늘 사업구상에 머릿속이 꽉 차 있어 친구들과는 어떻게 지내나 싶었는데 그냥 보통의 청년들처럼 거리를 활보하며 크리스마스이브를 보내고 있었다. 당연한데 새삼스러웠다.

어느새 강훈과 사장은 스무고개를 시작했다. 여자의 나이가 삼십 대냐는 질문에 고개를 끄덕이는 강훈, 공무원이냐는 질문에 고개를 가로젓고. 결정적으로 반한 이유에 관해 물으니, 몸동작이 유려하단다. 몸동작이 유려하다면 무용하는 사람? 강훈은 무용은 아닌데 비슷하단다. 그렇다면 요가? 필라테스? 대답하지 않는 강훈. 그렇다면 답은 나왔다. 30대 여자, 요가하는 사람. 어? 그럼 제하 씨? 연재가 제하를 떠올리고 있을 때 강훈이 연재를 돌아보며 물었다.

"고백하는 것에 대해 어떻게 생각해요?"

연재는 잠시 생각했다. 그러다 자연스럽게 이어폰을 빼고 말했다.

"그거야 어떤 사람이 고백하느냐에 따라 다르겠죠?"

사장이 끼어들었다.

"크리스마스이브니까 해봐! 아니면 말고."

이어 연재에게 동의를 구하는 듯 연재를 보며 "그죠?"라며 재차 확인했고, 연재는 그냥 미소만 지었다. 강훈은 이런 연재의 대답에 별다른 표정 없이 다시 고개를 돌렸다.

연재는 다시 이어폰을 끼고 그때 제하와 술 마시며 했던 말을 떠올렸다. 제하가 누군가를 좋아한다고. 좋아하는데 결혼은 하고 싶지 않고. 그리고 그도 한번 다녀온 돌싱이라는 말. 그렇다면 제하는 아니겠구나 싶었다. 하긴 누구면 어떠랴. 어차피 내가 알 리 없는 사람일 텐데 싶으니, 관심이 사라졌다. 어느새 연재는 마지막 잔을 채웠다. 이것만 마시고 일어나야겠다고 생각했다. 그런데 현이 사라졌던 쪽에서 다시 걸어오는 모습이 보였다. 연재가 이쪽 끝에서 저쪽 끝을 오갔던 것처럼 목적지 없는 현도 친구들과 그러고 있는 모양이었다. 오란 데는 없어도 정처 없이 떠나고 싶은 이들이 넘치는 밤이었다. 소주에 어묵탕 국물을 마셨더니 신호가 온다. 한쪽 벽에 붙은 화장실 화살표를 확인하고 연재는 자리에서 일어섰다.

미세먼지는 맑고 외로움은 위험 수준

　그날은 천사가 외로움 한 대야를 옮기다 무게를 이기지 못하고 허공에 쏟아버렸는지 춘하시에 잠 못 드는 영혼들이 많았다. 강훈도 그랬다. 몸도 마음도 영 개운치가 않아 머리를 식힐 겸 밤 아홉 시가 넘어 호숫가를 돌았다. 보통 때면 소풍에 불이 꺼졌을 시간인데 환하게 켜져 있었다. 마지막 수업인 요가를 할 때면 블라인드가 내려져 있어 불빛만 새어 나올 뿐 내부가 보이지 않는데 그날은 블라인드가 젖혀져 안이 훤히 보였다.

　소풍 안에서 두 여인이 요가하고 있었다. 한 명은 요가복을 갖추고 동작도 프로인 제하. 또 한 사람은 잠옷 바람으로 허수아비처럼 펄럭이는 연재. 호숫가를 돌던 강훈은 허수아비를 보며 웃다가 슬그머니 주변을 둘러보니 아무도 없다.

　동작을 따라 해보는 강훈은 자신도 허수아비란 사실을 깨닫는다. 두 팔을 머리 위로 쭉 뻗어 두 손을 맞잡고 한쪽 다리를 반대편 무릎 안쪽에 붙이고 똑바로 서는 동작, 일명 나무 자세. 강훈이 허공에서 중심을 잡으려고 파닥거리는 동안 소풍 안 허수아비도 휘청이고 있다. 휘청이던 허수아비가 중심을 잡고 버티자 파닥이던 강훈도 똑바로 중심이 잡혔다. 물아일체의 순간이랄까. 짧은 시간이었지만 두 사람이 중심을 잡고 똑바로 섰다. 그러다가 연재가 휘청했고 강훈은 거의 반사적으로 넘어지는 연재를 보호하려는 듯 두 팔을 쭉 뻗었다. 바로 그 순간이었다. 휘청이던 허수아비가 파닥이던 허수아비 마음속으로 훅 들어온 바로 그 순간.

잠시 후 배달 오토바이에서 라이더가 내려 벨을 누르고 연재가 나와 배달 음식을 받아 간다. 가로등에 비친 연재의 얼굴에서 빛이 흘렀다. 강훈은 연재가 사라질 때까지 넋을 놓고 연재를 보았다. 그러다 정신을 차린 강훈은 괜히 귓불까지 빨개져 집으로 돌아왔다.

소풍에서 플리마켓을 연다고 했을 때 강훈은 기뻤다. 가까이에서 연재를 볼 수 있으니까. 그렇다고 연재에게 부담 주고 싶진 않다. 그리고 아직 연재가 어떤 사람인지, 아무것도 모른다. 그저 지금처럼 곁에서 지내다가 좋은 친구라도 될 수 있었으면 좋겠다. 강훈은 처음 연재가 문패를 만들러 왔을 때부터 연재를 보며 보라색 도라지꽃을 떠올렸다. 아무런 이유 없이. 그래서 연재가 보라색 도마에 관심을 보였을 때 강훈은 심쿵했다. 보라색 도마를 간발의 차이로 놓친 연재에게 보라색 도라지꽃을 그려 넣은 도마를 선물해야지 생각하며 시내에 나왔는데 연재가 여기 '퍼플 레인'에 딱 앉아 있다니.

연재가 화장실에서 돌아와 자리에 다시 앉았다. 연재는 빈 소주병을 보며 잠시 생각했다. 한 병 더 마실 것인가, 그냥 갈 것인가. 사장은 연재에게 서로 아는 사이면 이쪽으로 와서 같이 마시자고 했다. 시간은 열한 시 반을 넘어가고 있었다. 연재는 외투를 집으며 시간이 늦어 그만 가봐야겠다고 했다. 연재가 계산하고 나가자 사장은 또 누구냐고 캐묻기 시작한다. 사장의 성화에 부대낀 강훈도 그만 자리에서 일어섰다.

　강훈이 밖으로 나오니 연재는 사라지고 없다. 괜히 아쉬운 강훈은 택시를 타고 작업실로 돌아와 화목 난로에 불을 붙이고 작업 노트를 꺼냈다. 적당한 크기에 너무 무겁지 않으면서 손잡이가 있어 사용이 편리한 도마를 생각하며 대충 모양을 그렸다. 달달한 커피 믹스가 생각나 포트에 물을 끓이는데 작업실 앞으로 연재가 지나간다. 본능적으로 시간을 확인하니 한시가 다 되고 있었다. 이 야밤에 시내에서 여태 걸어온 모양이다. 강훈의 작업실에서 연재의 소풍까지는 어둡고 한적한 길이라 강훈은 얼른 다시 외투를 집어 들었다.

　앞서가는 연재 뒤로 강훈이 걷는다. 연재는 무슨 생각을 그리 골똘히 하는 건지, 뒤에서 봐도 상념이 느껴졌다. 푸른 달이 창백하게 연재의 어깨에 내려앉았다. 푸른 달과 얼어붙은 호수와 어딘지 눌려있는 연재의 어깨를 보며 강훈은 서늘한 마음이 들었다. 강훈이 알지 못하는 연재의 세상이 지금 강훈의 눈앞에 있는 그 모습 같았다.

　앞서가던 연재가 갑자기 걸음을 멈췄다. 강훈도 멈춰 연재를 보다가……. 잠시 후 깨달았다. 연재의 어깨가 떨리고 있다는 것을. 가늘게 떨리던 연재의 어깨가 점점 과격한 진폭으로 흔들리더니 흐느끼는 소리가 새어 나왔다. 연재는 두 손으로 얼굴을 감쌌다. 강훈은 저렇게 서럽게 우는 사람을 본 적이 없었다. 다 큰 어른이 길에서. 격한 감정이 태풍처럼 지나가고 잠시 고요가 흘렀다. 연재가 다시 걷기 시작했다.

연재가 소풍에 도착해 2층으로 올라갈 때까지 강훈은 멀리서 바라보고 있었다. 연재가 시야에서 사라지자, 강훈은 작게 속삭였다.

"메리 크리스마스, 연재 씨."

작업실로 돌아오니 식어버린 포트의 물과 목이 따여 비스듬히 누워 있는 커피 믹스가 주인을 기다리고 있다. 다시 포트를 눌러 물을 끓이고 커피 믹스를 컵에 부었다. 커피를 마시며 강훈은 그 뒷모습을 생각했다. 왜 울었을까, 무슨 일이 있었던 걸까, 마음이 저릿해 왔다. 커피가 바닥을 보이자, 강훈은 작업 노트를 다시 꺼냈다. 푸른 달과 호수와 도라지꽃을 그려봤다. 한 장을 넘기고 다시 달과 도라지꽃을 그렸다. 다시 한 장을 넘겨 '달과 그 아래 보라색 코트를 입은 여자의 뒷모습'을 그렸다. 손잡이가 있어 편리성까지 갖춘 세상에 하나뿐인 도마의 스케치가 완성됐다. 스케치가 끝나자, 강훈은 제일 좋은 나무를 골라 대패질을 시작했다.

제2장

무너지는 건 순간

이번에야말로 지금까지 행로를 되풀이하고 싶지 않은 현은 여름 방학 계획표 같은 하루 루틴을 세웠다. 해뜨기 전에 조깅하고, 운동이 끝나면 샐러드와 요구르트, 삶은 달걀로 아침을 든든히 채우고, 아르바이트 자리 찾아 지원서 내고, 청년 창업 프로그램에 등록해 새로운 것을 배우는 일이 그것이다. 그런데 막상 프로그램을 살펴보니 딱히 배우고 싶은 게 없다.

그동안 현은 여느 아르바이트생들처럼 주유소, 카페, 식당, 피시방, 편의점 등에서 주로 일했는데 일하면서 관심이 생긴 것들을 청년 창업 프로그램을 통해 배웠다. 그렇게 얻은 자격증이 바리스타와 한식 조리사 자격증, 제과제빵 고급반 과정까지다. 일식이나 양식을 더 배워볼까, 싶다가도 식당을 운영하는 건 여러 가지 문제로 현실성이 없다. 공무원 시험 준비도 잠시 고민했지만 합격한다 해도 꾸준히 다닐 자신이 없다.

아르바이트지만 훗날 갖게 될 직업에 도움이 되는 일, 그런 일 없을까?

마음속 규칙은 절대 초조해하지 않을 것. 작심삼일이 과학적 근거가 있는 말이라더니 구직을 시작하고 사흘이 지나자 현은 초조해졌다. 빠르게 돌아가는 세상 속에 혼자만 덩그러니 남겨진 것 같았다. 초조함은 마음을 고쳐먹는다고 사라지지 않음을 경험으로 아는 현은 불안을 잠재우기 위해 당장 할 수 있는 일이 필요했다.

다행히 구직 일주일 만에 두 곳에서 면접하러 오라는 연락이 왔다. 처음 면접 장소는 카페였고 이름은 '미로'다. 카페 일이야 해봤기에 망설임 없이 미로로 향했다. 도착하니 통나무로 만들어진 출입구에서부터 커피가 아닌 한약 냄새가 풍겼다. 쌍화차나 대추차가 시그니처 메뉴인 전통찻집인가? 싶어 문을 열고 들어가니 어두컴컴하고 테이블마다 칸막이가 쳐져 있다. 한쪽 테이블에 나란히 앉은 손님이 보이는데 젊은 여자와 장년의 남자가 서로를 향해 각자 다른 욕망을 분출하고 있다.

순간 머리가 빠르게 회전했다. 여긴 아닌 것 같은데 그냥 나갈까? 잠시 머뭇거리는 동안 주방에서 60대로 보이는 남자 사장님이 커다란 국자를 들고 나왔다. 현이 면접하러 왔다고 하자 사장은 주방으로 다시 들어가면서 따라오란다. 사장님은 펄펄 끓는 한약재에 흑설탕을 들이부으며 카페 매니저 해봤는지 물었고 현은 거절하기보단 까이는 게 낫겠다 싶어 처음이라고 둘러댔다. 사장님은 커다란 국자로 정체 모를 한약재와 흑설탕이 잘 섞이도록 휘휘 젓더니 컵에 가득 담아 맛을 보라고 한다.

어른이 주시는데 사양하기도 뭐해 받긴 했는데 양이 너무 많다. 머뭇거리는 현을 향해 사장님은 돈 안 받을 테니 걱정 말고 쭉 들이켜란다. 사장님 말씀대로 들이켰다간 입천장 벗겨지는 건 시간문제. 뜨거운 어묵 국물 마시듯 후 불어 조금만 입에 넣었다. 한약에 흑설탕 탄 맛인데 달아도 너무 달아서 몸이 떨렸다. 혈당 스파이크가 올 것 같았다. 애써 꿀떡 삼키고 맛있다는 감탄사 "음~" 소리와 함께 엄지척하자 사장님도 한 국자 드시고 만족스러운 표정으로 고개를 끄덕였다.

현은 전통찻집은 처음이라 못 할 것 같다고 죄송한 표정으로 운을 떼려는데 하필 사장님 핸드폰이 울렸다. 사장님은 전화 받으며 국자를 내밀더니 현에게 계속 저으라는 시늉을 하고 밖으로 나갔다. 현은 남은 차를 재빨리 싱크대에 쏟고 국자로 솥을 젓기 시작했다.

한참을 저어도 사장님은 돌아오지 않았고 설상가상 손님까지 왔다. 손님은 주방 커튼을 젖히며 "어이, 여기 쌍화차 두 잔!" 하고 사라졌다. '어이'가 된 현은 당황스러웠다. 나가서 직원이 아니라고 말해야 할지, 그러기엔 국자까지 들고 있어 직원임이 틀림없는 상황이라 애매했다. 쌍화차 두 잔이란 말이지, 현은 펄펄 끓는 차를 컵 두 개에 붓고 싱크대에 놓인 달걀 두 개를 깨서 노른자만 하나씩 넣었다. 뭔가 허전해 냉장고를 열어보니 잣이 든 작은 유리병과 편으로 잘린 대추가 든 락앤락 통이 보인다. 두 개를 꺼내 토핑으로 올렸다. 만들고 보니 제법 그럴듯했다.

홀에는 등산복을 입은 장년의 남자가 여자 다리를 주무르고 있었다. 근처 산행하고 내려온 모양인데, 현을 본 남자의 손이 여자 허벅지에서 종아리로 내려왔다. 현이 못 본 척하고 쌍화차 두 잔을 테이블에 놓고 돌아서는데 옆 테이블 여자가 콧소리를 섞어 "오빠, 나도 저거 마시고 싶어"라고 말한다. 현이 난감한 표정을 짓자 "잘생긴 오빠가 타 주면 더 맛있을 거 같은데"라며 고양이 눈 키스를 날린다.

현은 현장에서 민원을 접수한 공무원 심정이 되어, 또 쌍화차 두 잔

을 만들었다. 서빙까지 마치고 나니 그제야 사장님이 들어왔다. 사장님
은 깨진 달걀 껍데기를 보더니 쌍화차 어떻게 만들었냐고 묻는다. 현은
있는 그대로 말했고 사장님은 싱크대 아래에서 쌍화차 가루를 꺼내며
다음엔 이걸로 만들라고 했다. 현은 곰솥에 끓던 차의 이름은 끝내 알
지 못한 채 갑자기 집안에 우환이 생겼다는 핑계로 황급히 미로를 빠져
나왔다. 여기 있다간 가뜩이나 침침한 인생이 더 미로에 갇힐 것 같았
다. 나중에라도 다시 오라는 사장님을 뒤로하고 나오는 현의 뒤통수에
쌍화차 맛이 희한하다는 민원이 폭주했다.

두 번째는 편의점. 여기 근무 시간은 평일 저녁 여섯 시부터 밤 열한
시까지다. 대도시 편의점은 24시간 돌아가지만 춘하는 보통 열 시, 늦어
도 열한 시에 마감했다가 아침에 다시 문을 여는 곳이 대부분이다. 편의
점 일도 많이 해봐서 잘 아는 일, 다행히 변수는 없었고 당장 저녁부터
출근하기로 도장을 찍었다. 하지만 매일 저녁 여섯 시까지 빈둥거릴 수
는 없는 일. 낮에 할 일이 더 필요했다. 오랜만에 바깥에 나온 현은 정
처 없이 쏘다니다가 전봇대에 붙은 전단을 발견했다.

'복합 문화 공간 소풍에서 공간을 빌려 드립니다'

현은 전단을 떼 한참을 바라보다가 주소와 약도를 보며 그곳으로 향
했다.

소풍에 도착해 주변을 둘러보니 예전에 지나치며 본 적 있는 곳이다.
그런데 입구부터 완전히 달라져 있어 의식하지 않았다면 펜션 자리였는
지 전혀 모르겠다. 복합 문화 공간이라고? 그게 뭐지? 현이 머리를 굴
리는데 사장님으로 보이는 여자가 나왔다. 몇 마디 나눠보니 감이 왔다.

이분 사업 처음이구나. 말투를 보니 춘한 사람은 아니고 간단한 질문에도 답을 생각하느라 눈빛이 진지해지는 것을 보니 진중한 사람일 거란 생각. 진중한 사람은 일단 자기와 '일적으로' 잘 맞는다는 것을 경험으로 안다. 게다가 한 번도 해본 적 없는 공간대여 사업이라니, 호기심이 생겨 안으로 들어섰다.

군더더기 없이 깔끔한 실내 장식과 슬라이딩 도어를 이용한 공간 분리 방식, 통창과 거울을 이용해 호수를 실내로 끌어들인 방식. 모두 현의 눈을 사로잡았다. 소풍은 아직 아무런 채색이 되지 않은 빈 도화지 같았다. 빈 도화지에 사람과 프로그램을 채워 놓는 일은 현이 추구하는 창의적인 일이다. 이곳에서 일하면 지금까지 얽힌 삶의 미로에서 탈출해 새로운 길을 찾을 수 있을 것 같았다. 어쩌면 자기가 진짜 하고 싶었던 일이 이런 게 아닐까, 하는 생각마저 들었다. 그런데 문제는 알바를 구하지 않는단다. 그렇다면 존재의 필요성을 어필하는 수밖에.

현은 소풍에서 하면 좋을 것 같은 아이템들을 내놓았다. 연재는 현의 아이디어에 어딘가 당혹스러워했다. 시간이 지나면서 그 당혹은 수긍과 기대로 바뀌었는데, 이건 현에게 긍정의 신호였다. 현의 눈에는 당장 해야 할 일들이 보였다. 그건 연재가 보지 못했던 것들이었다. 일단 홈페이지를 만드는 게 시급하다. 시대가 바뀐 지 한참인데 전단만 전봇대에 붙일 일은 아닌 것이다. 홍보를 위해 급한 대로 사진 몇 장을 찍어 SNS 여기저기 올렸다. 연재는 처음엔 '안 사요, 안 사'를 외치다가 차츰 다단계에 빠지는 어르신들처럼 현에게 홀렸다. 잘하면 옥장판도 팔 수 있을 것 같았다. 그쯤 되자 현은 계약서를 꺼냈고, 무사히 도장까지 일사천리로 찍었다.

당장 저녁부터 편의점 알바를 가야 할 시간이었기에 일을 마무리 짓지 못해 아쉬웠다. 편의점에서도 현의 머릿속은 어떤 프로그램을 만들어야 사람이 모이고 복합 문화 공간이라는 정체성을 살릴 수 있을지에만 꽂혀 있었다. 집에 돌아간 현은 새벽까지 홈페이지 작업을 하다가 문득 핸드폰 사진에 우연히 찍힌 연재의 얼굴을 유심히 봤다. 어딘가 낯이 익었다. 어디서 봤더라, 한참을 생각해도 도무지 기억나지 않았다. 다음 날 현은 고등학교 인근 체육사에 들러 이름표 두 개를 팠다.

'소풍 매니저 김밥 / 소풍 부매니저 사이다'

이름표를 보니 소속감도 더 생기고 마치 행운을 가져다주는 부적을 손에 쥔 것처럼 든든했다. 본격적인 홍보를 위해 시내 여기저기 현수막을 만들어 걸고, 제하를 소풍에 소개했다. 제하는 요가 수련할 공간을 찾고 있었는데, 현이 덕에 소풍과 인연을 맺은 거다. 소풍이란 공간이 현의 손길로 채워지는 게 현에게 큰 성취감과 기쁨이 되었다. 하루하루 자리 잡아가는 소풍을 보며 뿌듯함을 느꼈는데.

뚝딱뚝딱 콘서트를 앞두고 퇴근하던 길, 현은 버스 정류장에서 희수 엄마와 마주쳤다. 짧은 시간이었지만, 현을 향해 깊은 원망의 눈빛이 새어 나왔다. 현은 가슴이 철렁했다. 그 눈길은 날카롭게 현의 심장에 파고들어 금세 커다란 구멍을 만들었다. 현은 어둠의 세계로 빠르게 끌려 들어갔다. 온몸이 물에 젖은 솜이불이 된 것 같았고 물에 잠긴 소금 자루가 된 것 같았다. 쓰러진 마음을 세우는 데는 짧게는 여러 날, 길게는 수 주가 걸렸지만 무너지는 건 순간이었다.

버스에서 내려서 집으로 걸어오는 길, 현의 세계가 무수히 닫히고 처참히 무너져 내렸다. 그동안 추진해 온 모든 일이 곧 망할 것 같았고 모든 비난의 화살에 자기에게 쏠릴 것만 같았다. 그때 그날처럼. 내 실체를 안다면 사장님도 날 멀리하겠지, 현은 생각했다. 그러다 문득 떠오른 사실, 약이 떨어진 지 한 달이 넘었고 약 없이도 지낼 수 있을 줄 알았는데 또다시 제자리라는 것.

컨디션 조절을 위해 날마다 없는 시간을 쪼개 운동했고 규칙적으로 밥 먹고 일하고 애써 부지런히 잤다고 생각했다. 그래서 이번엔 다를 줄 알았는데 또 제자리걸음이라니. 현의 절망은 배가 되었다. 방에 들어와 불을 끄고 누웠다. 어둡고 축축했다. 이대로 암흑 속으로 사라졌으면 하는 바람뿐이었다. 다시 세상에 나만 혼자 남겨진 기분은 영원한 고통으로 다가왔고 고통을 끝낼 방법은 단 하나. 현은 어둠 속에서 또 커터 칼을 꺼냈다.

입은 웃고 눈은 우는 남자

현은 춘하시를 대표하는 명문 춘하고에 수석으로 입학했다. 성격도 좋고 친구 관계도 원만해서 반에서 반장을 해왔고 선생님들도 친구들도 현이라면 모두 인정하는 분위기였다. 집에서도 부모님 걱정 안 시키는 모범적인 아이. 그런 현이 고2 올라가면서 여자친구가 생겼다. 바로 옆 반의 희수. 희수는 현과 전교 1, 2등을 겨루는 옆 반 반장이다. 처음 현이 희수랑 사귄다고 했을 때 친구들은 의아했다. 왜 하필 이기적인 희수랑? 분명 희수가 현의 공부를 방해해 자기가 1등을 하려는 전략이라는 말까지 떠돌았다. 현은 개의치 않았다. 다들 희수를 몰라서 하는 소리. 현의 눈에 희수는 똑 부러지고 누구보다 이성적인 데다가 예뻤다. 희수는 현에게 처음 생긴 여자친구고 첫사랑이다.

한 달도 못 갈 거란 예상을 깨고 현과 희수는 5개월째 관계를 유지하고 있었다. 물론 독서실 데이트가 90퍼센트를 차지하지만, 그것도 현은 좋았다. 짬짬이 컵라면도 먹고 대학은 어디로 갈지, 전공은 뭐로 할지 시시콜콜 이야기했다. 희수는 선생님이 되고 싶다고 했고 현은 특별히 되고 싶은 건 없었다. 다만 의대 가야 한다는 부모님 성화에 이과로 왔고 성적이 이대로 유지된다면 의대에 가리라 생각했다.

현의 아버지 도식은 정형외과 사무장으로 일하고 있다. 도식은 자기보다 열 살도 더 어린 원장에게 늘 허릴 숙여야 하니 제 속이 아닐 때가 많았다. 그러니 도식으로서는 현이 꼭 의사가 되었으면 좋겠다. 아들이 절대 허리 굽힐 일 없는 '갑'으로 사는 것, 그것이 도식의 꿈이다. 아버지의 꿈을 이뤄주는 게 현의 꿈으로 자리 잡은 지 오래라 현은 따로 꿈을 생각지 않았다. 현이 생각하는 한 가지는 마트에서 일하는 엄마를 고생에서 해방해 주고 싶다는 생각뿐.

1학기 기말고사가 끝나고 현은 모처럼 희수와 도서관 외의 장소에서 시간을 보냈다. 피시방에 가서 게임하고 분식집에서 저녁을 먹고 집에 바래다주는 길, 희수는 집에 가기 싫다고 했다. 현은 집에서 기다리는 부모님 걱정이 됐지만 희수가 집에 가기 싫다는데 억지로 보낼 수도 없는 일. 희수와 중앙동 시내를 돌다가 네 컷 사진을 찍기 위해 포토박스 안으로 들어갔다. 사진 찍기 버튼을 누르자마자 갑자기 희수가 양손으로 현의 얼굴을 감싸 쥐고 입술을 덮쳤다. 방금 먹은 딸기 아이스크림이 입가에 남아있어 희수의 입술에서 딸기 향이 났다. 어찌나 달콤하던지 현은 정신이 몽롱했다. 그사이 네 컷 사진이 나왔는데 죄다 희수 뒤통수가 가득했고 희수의 손에 가려진 현의 얼굴이 반만 삐쭉 나왔다. 희수가 사진을 보며 키득거리는데 이번엔 현이 희수의 입술을 훔쳤다.

뒤에서 기다리던 커플이 인기척을 내지 않았다면 둘의 입술은 소멸해 버렸을지도 모른다.

포토박스에서 나온 둘은 팔짱을 끼고 액세서리, 옷 가게 등을 구경했다. 그러다 으슥한 골목만 보이면 누가 먼저랄 것 없이 얼른 들어가 서로의 입술을 탐닉했다. 온 세상에 둘만 있는 것 같았고 행복했다. 가게들이 하나둘 문을 닫고 곧 버스도 끊길 시간, 현은 여전히 집에 가기 싫다는 희수를 겨우 달래 집에 바래다주었다. 간신히 막차에 오른 현은 버스 자리에 앉자마자 주머니에 담아둔 네 컷 사진을 꺼내 봤다. 배시시 웃음이 절로 났다. 둥실 떠 있는 마음으로 희수에게 톡을 보냈다.

'사랑해.'

써놓고 보니 사랑이란 말이 부족하다. 곱하기 백만을 추가하고 답을 기다리는데 오지 않는다. 너무 늦어 부모님께 많이 혼나는 건 아닌지 걱정됐지만 그런 걱정조차 행복했다. 둘만의 은밀한 비밀이 생겼으니까. 현이 집에 도착해 살금살금 들어서는데 부모님이 거실에서 딱 기다리고 계셨다. 왜 이렇게 늦었냐며 언짢은 공격이 시작되기 직전, 시험 잘 봤다는 현의 방어에 두 분 목소리 톤이 급격히 부드럽게 바뀌었다. 시트콤 같았다. 현이 욕실에서 씻고 나오는데 안방에서 부모님의 말소리가 두런두런 들려왔다. 현이 누굴 닮아 저렇게 잘났냐며 서로 자길 닮았다고 우기고 있었다. 현이 나오는 소리를 들은 엄마 지수가 물었다.

"배 안 고파? 치킨 먹을래?"

"아뇨, 주무세요!"

현은 방으로 들어와 불을 끄고 누웠다. 희수 입술 느낌이 사라질까 봐 양치는 하지 않았다. 희수에게 보낸 톡을 확인하니 아직 읽지 않은 1

표시가 남아있다. 아마 피곤해 그대로 기절한 모양이라고 현은 생각했다. 달콤한 희수를 느끼며 현은 금세 잠에 빠져들었다.

다음날, 희수는 학교에 오지 않았다. 전화도 받지 않았고, 종례 시간 담임 선생님이 들어와 말씀하셨다. 희수가 죽었다고. 희수의 장례식이 끝나고 담임은 현을 불렀다. 희수가 죽기 전 마지막으로 시간을 함께 보낸 사람이 현이라며 담임은 물었다. 희수가 왜 죽었냐고.
그건 현이 묻고 싶은 말이었다.
희수가 왜 죽었냐고!
그러니까 그날은 죽을 아무런 이유가 없었고, 희수는 우울하지 않았으며 오히려 행복한 날이었다고. 현은 오랜 시간 그날 일분일초를 복기하면서 깨달았다. 그날 희수는 뭔가 달랐음을. 지나치게 밝았고, 지나치게 많이 웃었고, 지나치게 활달했다. 그러니까 행복했던 게 아니라 행복하고 싶었던 거다. 집에 가기 싫다는 말은 어떻게든 현이 붙잡아 주길 바라는 마음이었다는 것을. 그것을 알기까지 6년이 걸렸다.

왜 몰랐을까. 현은 자책하고 또 자책했다. 아무도 네 잘못이 아니라고 말해주지 않았다. 대신 '너라면 알았을 거 아니야!', '네가 몰랐다는 건 말이 안 돼!', '어떻게 모를 수가 있어!'라며 모두 현을 몰아세웠다. 현이 희수를 강제 추행한 거 아니냐는 말까지 떠돌았다. 눈덩이처럼 커진 왜곡의 언어들은 현의 주머니에서 발견된 네 컷 사진으로 잠잠해졌다. 강제 추행해서 희수가 죽었다니, 현의 슬픔은 많은 이들의 억측과 오해로 오염되고 말았다. 오염된 슬픔은 독이 되어 현의 가슴에 그대로 쌓여갔다. 진짜 친한 친구들에게 위로받긴 했지만 어떤 위로도 위로가 되지 않았다. 의미 없는 말들은 의미 없는 채 허공을 떠돌았다.

희수 엄마가 학교로 현을 찾아왔다. 희수가 현을 만나지 않았다면 죽지 않았을 거라는, 가시 돋친 말을 쏟아냈다. 다 너 때문이라고 했다. 현은 희수가 왜 죽음을 택했는지 진짜 아무것도 모르는데 다 너 때문이란 말에 또 무너졌다. 학교에선 희수의 죽음을 빨리 지우려 했다. 다른 아이들까지 여파가 미치면 안 되는 일이니까. 곧 고3이 되니까.

현은 정신을 차릴 수가 없었다. 모든 게 꿈인 것 같고 꿈과 현실이 구분되지 않는 몽롱한 시간은 잘도 흘러갔다. 3학년이 되고 성적은 최상에서 상으로, 중에서 바닥으로 빠르게 곤두박질쳤다. 선생님도 부모님도 이젠 그만 정신 차리고 네 인생을 살아야 한다고 했지만 그렇게 되지 않았다. 이런 내 모습 희수도 원치 않을 거야, 싶어 힘을 내보기도 하지만 그 힘은 오래가지 못했다. 어떤 날은 희수를 잊고 다시 일어서고 싶은 마음이다가 또 어떤 날은 희수가 죽었는데 아무 일 없듯이 살려는 자기 모습에 진저리가 났다. 다시 살고자 하는 마음과 계속 가라앉는 두 마음이 작은 가슴 안에서 큰 전쟁을 일으켰다. 하지만 신기하리만치 눈물은 나지 않았다. 시간이 흐를수록 이건 내가 죽어야 끝나는 드라마라는 생각이 현을 지배했다. 희수가 죽고 일 년 만에 현이 손목을 그었다.

첫 번째 정신과 보호 병동에 입원했을 때 담당 선생님이 처음으로 말해줬다.

네 잘못이 아니라고……

희수의 죽음에 현이 넌 아무런 책임이 없다고……

희수는 우울증 때문에 죽은 거라고.

그날 현은 참았던 폭포 같은 울음을 쏟았다. 희수의 죽음을 애도조차 할 수 없게 옭아맸던 잔인한 사람들로부터 격리되니 비로소 희수의 죽음을 마음껏 슬퍼할 수 있었다. 울다가 탈진이 될 때까지 울었고 탈진된 현의 팔엔 두 개의 링거가 동시에 들어갔다. 하지만 한 번의 통곡으로 해결되는 문제는 아니었다. 보호 병동에서 생활은 현에게 또 다른 고통이었다.

'내가 정신병원에 입원했다니, 내가 진짜 미친 건가?' 싶은 혼란과 '과연 정상으로 돌아갈 수 있을까?'에 대한 불안이 가뜩이나 상처로 약해진 마음에 날카로운 생채기를 냈다. 면회를 온 엄마 지수는 현을 보고 울기만 했다. 엄마의 눈물은 현에게 깊은 죄책감까지 심어줬다. 보호 병동에 몸이 갇히고 복합적인 감정의 폭설에 마음이 갇혔다. 도무지 출구가 보이지 않았다.

현이 입원한 병실은 4인실로 커튼이 없어 모든 행동이 노출되었다. 행여 위험한 행동을 하면 금방 발견할 수 있어야 하기에 가림막이 없는 건데 자기만의 공간이 없이 생활하는 건 왠지 벌거벗고 생활하는 것 같았다. 병원 생활은 단조로웠다. 밥 먹고 약 먹고 상담하고 대체로 아무것도 안 하고 멍때리는 시간이 가장 긴데, 겉에서 보기엔 지루해 보이기까지 한 시간 속에서도 마음은 늘 치열한 전투를 치르고 있었다. 그래서 숨이 막히고 지치고 소진되고 진이 빠졌다.

입원하고 일주일 되었을 때 미술 치료 프로그램이 시작되었다. 이를 위해 여섯 명의 환자가 모여 간단한 자기소개와 함께 각자 어떻게 이곳에 오게 되었는지 말하는 시간을 가졌는데 현이 그 첫 번째였다. 현은 무엇부터 어떻게 시작해야 할지 몰라 "우울 장애 의심으로 입원한 열아홉 살 김현입니다"라고 간신히 입을 뗐다. 누군가 무슨 일이 있었느냐고 물었고 현은 희수가 죽었다는 말이 차마 나오지 않아 고개를 숙였다. 어둠에 잠겨버린 현은 주변 사람들이 무슨 얘길 하는지 전혀 귀에 들어오지 않았다.

그렇게 소개 시간은 끝이 났고 미술 치료사는 여러 장의 그림을 책상에 펼치며 현재 자기 모습과 가장 비슷한 그림을 고르라고 했다. 피카소의 「우는 여인」, 고흐의 「귀에 붕대를 감은 자화상」, 자신감 넘치는 알브레히트 뒤러의 자화상, 에드바르트 뭉크의 「절규」, 렘브란트의 깊은 성찰이 느껴지는 「63세의 자화상」, 키르히너가 오른 손목이 잘린 사람을 그린 「병사로서의 자화상」, 어딘가 뒤틀린 에곤 실레 자화상 등 여러 가지 감정이 담긴 자화상들이 줄을 맞춰 누워있었다.

현이 고른 자화상은 리하르트 게르스틀이 그린 「웃는 자화상」이었다. 어떤 점이 닮았는지 치료사가 물었고 현은 입은 웃고 있지만 눈은 우는 남자 모습에서 자신을 봤다고 했다. 순간 치료사의 얼굴에 어둠이 스쳤다. 게르스틀은 실연의 상처로 인해 스물다섯 살 나이에 자살한 천재 화가였고 그 그림은 그가 끔찍한 방식으로 자살한 해에 그린 그림이었기 때문이다. 물론 현은 그를 전혀 알지 못했지만 치료사는 그것을 불안정한 징후로 생각했다. 현은 집중 관리 대상으로 분류되어 화장실을 갈 때도 보호사가 붙었다.

얼마 후 수간호사는 현에게 감정 노트를 주며 시시때때로 변하는 기분이나 감정을 적어보라고 했다. 슬픔, 우울, 그리움, 좌절, 외로움, 분노, 불안 온갖 부정적인 감정들이었다. 쓰고, 또 쓰고, 또 쓰고. 아무리

써도 다시 또 차오르는 감정을 계속 적다 보니 언제부턴가 숨이 쉬어졌다. 빽빽했던 감정들 사이 틈이 생기는 것 같았다. 틈이 넓어지면서 현은 차츰 안정을 찾아갔다. 호흡이 길어지고, 불면의 시간은 짧아졌다. 마침내 붙여진 현의 진단명은 양극성 정동장애. 조울증으로도 불리는 기분 장애의 일종이다. 현은 받아들이기 힘들었다. 우울증이라면 몰라도 조울증이라니, 조증 상태라 할만한 기분을 느껴본 적 없었는데.

주치의는 양극성 정동 장애는 1형과 2형으로 나뉘는데, 1형은 조증과 울증이 번갈아, 혹은 동시에 나타나고 2형의 경우 경조증과 우울증이 1형과 같은 패턴으로 나타나는데 경조증은 말 그대로 조증이 경한 증상이라 본인 자신도 모를 수 있다고 설명했다. 우울증이 아니기 때문에 항우울제로 치료되지 않고 기분 조절제를 써야 한다고. 얼핏 들으면 1형이 2형보다 더 중증이고 심각해 보이지만 실제로는 2형이 더 위험한 경우가 많다는 말까지 덧붙였다. 그러니까 현은 정확히 양극성 정동장애 2형에 해당하는 것이다. 위로의 말인지, 사실인지 몰라도 치료만 잘하면 일상생활은 물론 완치도 가능하다고 했다.

몇 달이 흘렀고 퇴원이 결정되었다. 도식과 지수는 작은 퇴원 파티를 열었다. 현의 빠른 일상 회복을 도우려는 마음에서였다. 진심으로 현을 걱정하는 친구들이 모여 고기를 구워 먹고 장난치고 웃다 보니 모두 다시 예전으로 돌아간 것 같았다. 그 사이 현의 친구들은 모두 대학생이 되었고 대부분 서울에 거처를 마련했다. 현은 출석 일수 부족으로 고등학교 졸업장을 받지 못했기에 대학을 가기 위해서는 검정고시를 봐야 했다. 파티가 끝나고 도식은 빨리 학원에 등록해 다시 공부를 시작하자고 했다. 원래 똑똑하고 머리 좋은 현이기에 정신만 차리면 다시 제자리를 찾는 건 일도 아니라고 현을 격려했다. 현도 그럴 생각이었다. 이제 불행은 끝났고 다시 세상으로 들어가면 아무 일 없이 살아질 줄 알았다.

그런데……. 한번 깨진 마음은 미풍에도 금이 갔다. 이후 6년 동안 다섯 번의 입퇴원이 반복됐다. 마지막 퇴원했을 때, 현은 다시는 같은 일을 반복하지 않으리라 결심했고, 그때 만난 곳이 소풍이었다.

인연이 바스러지는 소리

　어두운 방 안, 현의 핸드폰이 울렸다 꺼지기를 수십 차례 반복하더니 전원이 꺼져버렸다. 발신자는 소풍 매니저, 지금은 뚝딱뚝딱 콘서트가 열릴 시간이고 원래대로라면 현은 그곳에 있어야 했다. 하지만 고요한 적막 속에서 당장 자신에게 해를 입혀야만 사라질 절박한 감정에 휩싸인 현은 커터 칼을 들고 떨고 있다. 식은땀이 흐른다. 마음속 어디선가 이대로 무너지지 말라는 작은 외침도 올라왔지만 이내 그 목소리는 소거 되었다. 금방이라도 동맥에 실선을 그어 소기의 목적을 달성할 수 있는 현이지만 그러지 않기 위해 죽을힘을 다하고 있다. 부모님, 제하, 친구들, 지금까지 자기를 지지해 준 사람들의 얼굴을 떠올리느라 목과 얼굴에 경련이 일면서 핏줄이 지렁이처럼 꿈틀거렸다.

　살고자 하는 욕망과 죽고자 하는 열망이 팽팽하게 대립하여 몸이 굳어가던 그때, 오피스텔 현관 비밀번호 누르는 소리가 들리고 문이 열리면서 우르르 사람들이 들어왔다. 누군가 집 안에 불을 켜면서 자동차 상향등을 눈에 직통으로 맞은 듯한 현은 눈앞이 하얘지면서 그대로 정신을 잃었다. 현의 집에 들어선 사람은 119 구조대와 제하였다. 현이 전화를 받지 않자, 걱정된 제하가 구조대를 불렀던 거다.

현이 다시 눈을 떴을 땐, 병원 응급실이었다. 지수는 초점 없는 눈동자로 허공을 훑고 있었고 도식은 현의 이런 모습을 이해할 수도, 받아들일 수 없어 두 손으로 머릴 싸매고 있었다. 희수란 애를 만나 내 아들 인생까지 끝나는구나 싶으니, 도식은 죽은 희수가 미웠다. 결국 다시 정신과 보호 병동 입원 조치가 이뤄졌다. 보호 병동은 반입이 금지되는 물건이 대부분이다. 자해를 위한 도구로 사용될 만한 요소가 있는 건 모두 금지. 핸드폰도 면회도 금지다.

보호 병동은 그대로였다. 의사도 간호사도, 터줏대감처럼 자리를 지키는 장기 입원 환자들까지도. 그러기에 반은 아는 얼굴이었다. 첫 일주일은 식물인간과 다름없는 한 주를 보냈다. 꾸역꾸역 약을 털어 넣었기에 일주일이 지나자 가라앉았던 기분이 조금씩 올라왔다. 자해하고 싶은 마음도 사라졌다. 대신 도식의 싸늘한 눈동자와 차갑게 얼어버린 지수의 표정이 현의 마음을 짓눌렀다. 부모님께 자랑스러운 아들이 되고 싶었는데 어디서부터 꼬였는지, 어디서 어떻게 풀어야 할지, 아니 풀리기는 할지 모든 게 불투명했다. 확실한 한 가지는 이런 상황이 무한 반복되리라는 예감, 그 불길한 불안감이 현을 무기력하게 했다.

병원에서는 더 이상 현에게 미술 치료도 감정 노트도 권하지 않았다.

일주일에 두 번 주기적인 상담이 잡혀있긴 했지만 이미 많이 반복했던 터라 더 한다고 도움이 될 것 같진 않았다. 현은 스스로 끊임없이 되물었다. 뭐가 문제였을까? 단지 희수 엄마를 만난 게 문제였을까? 아니면 약을 먹지 않아서였을까? 돌이켜보니 많은 문제가 보였다. 욕심이 앞서 너무 많은 일을 기획하고 처리하느라 거의 잠을 자지 않았다는 것, 지나치게 목표지향적인 생활은 조증 에피소드에 해당한다는 걸 알았지만 무시하고 지나쳤던 것, 어느 순간 찾아온 우울감을 억지로 가면으로 가리고 있었다는 것을 말이다.

하지만 애초에 현이 작정하고 약을 안 먹은 건 아니었다. 해야 할 일들이 많았기에 약 먹는 걸 깜박하고 넘어갔는데, 약을 먹으나 안 먹으나 별 차이를 느끼지 못한 게 가장 큰 원인이었다. 주치의는 아무리 오래 약을 먹어도 뇌에 문제가 되지 않는다고, 오히려 약만 잘 먹으면 정상적인 생활이 문제가 없다고 여러 차례 강조했지만 현은 '단약=치료'라는 테두리를 벗어나지 못했다. 약봉지를 뜯을 때마다 스스로 정상이 아닌 것을 확인하는 것 같았다.

그리고 억울했다. 다들 이런 병을 마음의 감기라고 하지 않는가? 감기는 약을 먹지 않아도 시간이 지나면 저절로 회복되는 병이고, 자기 병도 그런 거라면 저절로 나아야지! 억울해하는 현에게 주치의는 어떤 사람은 감기로 죽기도 한다고, 마음의 감기라는 말은 정신적인 문제를 가진 사람을 사회에서 배제하지 않으려는 의도로 사용하는 거라고 말했다. 하지만 현이 억울해하는 것처럼 자칫 병을 가벼이 여기게 할 수 있는 여지도 있다고 설명했다. 그리고 양극성 정동장애는 당뇨병이나 고혈압처럼 평생 조절하며 사는 병이니, 병에 대한 인식만 제대로 한다면

125

단약과 같은 쓸데없는 시도로 시간과 인생을 허비하지 않을 수 있다고 재차 강조했다. 다행히 이번에 비교적 빨리 안정을 찾았다. 면회가 허락되고 현이 제일 먼저 연락한 사람은 제하다. 현과 마주 앉은 제하가 말문을 열었다.

"괜찮아?"

"……죄송해요."

"……고마워."

"?"

"내가 갈 때까지 참고 기다렸잖아. 그것만도 대단하다고 생각해."

"……근데, 제가 그럴 걸 어떻게 아셨어요?"

"……희수 엄마가 전화하셨어. 널 봤다고 하시더라."

"……절 원망하시죠?"

"아무 말씀 안 하셨어."

"절 원망 가득한 눈으로 보셨어요."

제하는 말을 멈추고 고통스러워하는 현의 손을 잡았다.

"네가 걱정돼서 나한테 전화하신 거 같아."

"……저를 걱정하신다고요?"

"아니면 왜 굳이 내게 전화해서 널 봤단 얘길 하셨겠어. 다른 말 없이 그 말만 하고 끊으셨어."

"그럼, 왜 저를 그런 눈으로 보셨을까요?"

"네가 그렇게 본 건 아니고?"

"……."

현과 제하는 한동안 말이 없었다. 오랜 침묵을 깬 건 현이다.

"저, 다시 시작할 수 있을까요?"

제하는 대답 대신 잡은 손을 더 꼭 힘주어 잡으며 고개를 끄덕였다.

면회를 마친 제하는 병원 앞 벤치에 털썩 주저앉았다. 끝나지 않은 고통은 제하도 마찬가지였다. 제하는 그때 교사 임용고시를 막 통과해 춘하 고등학교에 첫 부임했고 처음 맡은 반이 희수가 있던 반이었다. 희수가 그렇게 되고 희수를 지키지 못한 자책과 그렇게 되기까지 눈치채지 못한 무능감에 교사라는 직업을 감당하기 힘들었다. 반 아이들이 받을 충격을 생각해 간신히 2학기를 버텼고 학기를 마치자마자 결국 사직서를 냈다. 어렵게 임용고시를 통과했지만 교사 생활은 1년으로 끝난 셈이다. 반장이었던 희수와 가장 가깝게 지냈다고 생각했는데 희수가 죽을 만큼 힘들었다는 걸 눈치채지 못했다니, 그런 우둔한 마음으로 아이들 앞에 차마 설 수 없었다.

이후 마음을 추스르기 위해 무작정 인도로 떠났다. 피폐해진 마음을 명상과 수련으로 간신히 붙잡을 수 있었다. 그런데 들려온 소식, 현이 자살을 시도했단다. 아차 싶었다. 현이 위태롭다는 사실을 누구보다도 잘 알고 있었다. 제하도 그 사건에서 벗어나고자 인도까지 도망쳤는데, 고작 열아홉 살인 현은 아무런 도움도 받지 못하고 일 년이라는 시간을 혼자 견뎌야 했으니. 그때 현을 불러 진짜 아무 일 없었냐고 다그친 기억이 떠오른 제하는 자기가 현까지 죽음으로 몰아세운 것만 같았다.

당장 짐을 싸서 한국에 돌아와 보호 병동에 갇힌 현을 만났다. 반짝반짝 빛나던 현의 눈동자에 빛은 사라지고 표정 없는 그는 완전히 텅 빈 것 같았다. 제하의 사과에도 눈물에도 아무런 반응이 없었다. 그런 현을 두고 나오는데 철컹, 하고 철문이 닫혔다. 그 서늘한 소리에 가슴이 철렁했다. 굳게 닫힌 철문이 다시는 열리지 않을 것 같아 손이 벌벌 떨렸다. 떨리는 두 손을 모아 기도했다. 저 아이를 살려달라고. 저 아이까지 그렇게 보낼 수는 없다고, 끝까지 그의 손을 놓지 않을 거라고.

주치의는 옆에 지지해 주는 사람으로 남아있기만 해도 그를 돕는 거라고 했지만, 반복되는 상황에 계속 이렇게만 있어도 될지 제하는 혼란스럽다. 일이 년이면 좋아지겠지, 했는데 벌써 6년이라는 시간이 흘렀고 시간은 흘러도 고통은 더 깊숙이 쌓여만 갔다. 제하의 부모님도, 친구들도 입을 모아 말했다. 그만큼 했으면 됐다고. 네가 현이 부모도 아니고 걔 담임도 아니었는데, 왜 이렇게까지 하느냐고. 하지만 그들이 모르는 게 있다. 상처받은 인간의 눈동자를 한 번이라도 깊이 들여다본 사람이라면 절대 그렇게 말할 수 없다는 것을……. 이만하면 됐다는 말은 자기 편리에 맞춰진 회피라는 것을…….

퇴원한 현이 가장 먼저 찾은 곳은 소풍이다. 거의 한 달 가까이 무단으로 결근했는데, 그런 현을 다시 받아 줄 거라고는 생각하지 못했다. 그래도 죄송하다는 인사는 하고 싶었다. 호수에 도착하니 첫눈이 내리기 시작했다. 현은 호수에 내리는 눈을 오래도록 바라봤다. 형체가 있는 눈 알갱이가 수없이 호수에 낙하하면서 물이 되어 사라진다. 구름에서 눈으로, 눈에서 호수로, 다시 구름으로. 억겁의 윤회가 눈앞에 펼쳐지고 있었다.

'나는 지금 어디에 있는 걸까? 구름, 눈, 호수…….'

현이 눈을 보며 상념에 잠겨 있는데 길고양이가 다가왔다. 녀석도 현처럼 추위와 허기에 떨고 있었다. 그때 연재가 고양이 사료를 들고나왔다. 현을 보고 얼마나 놀랐는지 사료 그릇을 떨어뜨릴 뻔까지 한다. 연재에게 인사하면서 현은 봤다. 연재의 얼굴이 울고 난 사람의 그것이란 걸. 내 인생만 측은한 줄 알았는데, 연재도 그렇구나 싶으니 동지애 같은 것이 일어 하마터면 병원에 입원한 이야기를 털어놓을 뻔했다. 하지만 이제 와서 굳이……. 그동안 감사했고 무책임하게 행동해서 죄송하다는 말을 꺼내려는데, 연재가 들어오라고 한다.

연재는 레몬 생강차를 타 줬다. 따뜻하고 새콤달콤한 차를 마시니 얼었던 몸이 풀렸고, 연재의 따뜻한 눈빛에 굳었던 마음이 풀렸다. 어쩌면 다시 계속 일할 수도 있겠다는 희망마저 든다. 만일 그렇게만 된다면 이번에는 정말 잘해보고 싶다. 그런데 생각지도 않게 주말 장사까지 할 수 있게 되었다. 가슴이 뛰었다. 아이디어들이 마구 샘솟았다. 하지만 이 또한 조증 증상일 수 있기에 연재와 헤어지고 당장 주치의를 찾아갔다.

현은 진심으로 궁금했다. 어디까지가 허용할 수 있는 열정이고 어느 지점을 넘으면 병적인 건지. 주치의는 열정 없이 해낼 수 있는 건 없다며 현을 격려했다. 다만 체크리스트를 만들 것을 권했다. 하루 루틴을 만들어 하루하루 제대로 지켰는지 점검하라는 거다. 규칙적인 식사, 운동, 투약, 수면까지. 건강한 일상을 유지하는 것이 현의 정신 건강까지 지켜줄 수 있다며 현을 응원했다. 현은 주치의가 시키는 대로 체크리스트를 만들어 잘 보이는 거실 벽에 붙였다. 그리고 마트에 들러 김밥 재료를 사서 손질을 시작했다.

소풍에서 판매 가능한 브런치용 김밥을 만들어 볼 예정인데 일단 현이 먹어본 중 가장 맛있다고 느꼈던 비빔밥 김밥을 만들었다. 현의 요청에 달려온 제하가 시식을 맡았다. 제하는 맛은 좋은데 비주얼이 문제가 있다고 했다. 돈 받고 팔만한 비주얼이 아니라는 거다. 아쉽지만 패스. 베이컨 말이 김밥은 맛도 비주얼도 합격이나, 이걸 팔아 수익을 내려면 한 줄에 이만 원은 받아야 한다. 저렴한 베이컨은 잡내가 있어 고급 훈제 베이컨을 사용했는데 호텔도 아니고 김밥 한 줄에 이만 원은 춘하시 정서가 아니다. 몇 번의 과정을 되풀이한 결과 몇 가지 종류의 근사한 김밥이 탄생했다.

그렇게 시작한 주말 장사는 손님이 꽤 있었고 반응도 좋았다. 노력한 만큼 보상이 돌아오니 행복했다. 가끔 카페에 무례한 손님이 있었지만 슬기로운 연재가 커버해 주니 문제 되지 않았고 퀼트 팀들도 수찬도 모두 다정했다. 오직 하나 마음에 꺼려지는 게 있다면, 연재를 속이고 있다는 느낌이다. 사실대로 말하지 않은 거지 속이는 건 아닌데 어떤 사실은 숨기는 것만으로도 속이는 게 될 수 있다. 연재가 현을 대체 가능한 알바가 아닌 한 인간으로 대할 때마다 현의 마음은 더 무거워졌다.

크리스마스이브에 야심 차게 준비한 플리마켓까지 나름 성공적으로 마친 현은 오랜만에 친구들을 만났다. 친구들은 취업을 준비하거나 대학 마지막 학기를 남겨 둔 상태다. 모두 고등학교 친구라 그 시절 이야기가 자연스럽게 나오는데 다들 현의 눈치를 보느라 말하다가 만다. 현은 그냥 편하게 얘기했으면 좋겠는데 대화는 뚝뚝 끊어지고 친구들의 지나친 배려는 오히려 현을 소외시켰다. 같이 있어도 더는 접점이 없는 상태, 일상도 나누지 않고 추억조차 공유할 수 없으니 친구가 친구가 아니다. 애써 아무렇지 않은 척 어울려 밥 먹고 게임도 하고 시내를 왔다

갔다 했지만 마음이 허했다.

인연이 바스러지는 소리가 고요한 밤, 거룩한 캐럴에 섞여 깜깜한 허공으로 흩어졌다.

그 남자의 심오한 개똥철학

지난달 제하는 마음에 드는 요가원을 새로 계약했고 새해에 새롭게 문을 열 예정이라 12월 26일을 끝으로 소풍과 작별했다. 소풍도 그날에 맞춰 일주일 동안 문을 닫는다. 윤희 화백 전시를 앞두고 두 개의 벽면을 새로 칠해야 하기 때문이다. 요즘은 초보도 칠할 수 있게 페인트와 부자재가 세트로 잘 나와 있어 연재도 혼자 칠해볼 예정이다. 아침부터 마음이 분주한 연재는 혹시라도 페인트가 묻으면 버려도 되는 옷으로 갈아입고 소풍으로 내려왔다. 언제 왔는지 현이 벽에 붙은 물건들을 옮기고 있었다.

"뭐야? 쉬라니까 왜 나왔어?"

"혼자 이걸 어떻게 옮겨요. 무거운 건 제가 옮길 테니까 매니저님은 바닥에 비닐 깔고 테이프로 고정해 주세요."

사장님이라고 했다가 매니저님이라고 했다가 누가 츤데레 아니랄까 봐 말투도 시크하다. 그렇지만 이럴 땐 현이 얼마나 듬직한지 연재는 못 이기는 척 시키는 대로 했다. 먼저 중앙 벽면을 보라색으로 칠해야 해서 중앙에 있는 큰 거울을 화장실 앞 통로로 옮겼다. 인테리어 한 지 얼마 되지 않았기에 벽은 깨끗했다. 그래도 일단 수건으로 다시 닦고 롤러를 이용해 벽에 보라색 칠을 시작했다. 어렵진 않았지만 모서리까지 매끈하게 발라지지 않았다. 현이 작은 붓을 들고 롤러가 놓친 부분들을 꼼꼼히 칠했고, 둘이 힘을 합치니 두 시간도 되지 않아 칠이 끝났다. 마르고 한 번 더 칠하면 완벽할 것 같았다. 커피를 내린 현이 할 말이 있다며 잠시 밖으로 나가자고 했다. 아무리 냄새가 나지 않는 친환경 페인트라지만 휘발성 물질 때문에 눈이 시다. 연재는 환기를 위해 소풍 문을 활짝 열고 정원으로 나갔다.

현은 한 손에 커피를 들고 심각한 얼굴로 호수를 바라봤다. 다시 소풍으로 돌아오던 날과 같은 표정이었다. 연재는 무슨 일이길래 저렇게 뜸을 들이나 싶다. 커피를 다 마실 때까지 현은 말이 없었고 기다리던 연재가 물었다.

"무슨 일인데 그래? 혹시 여기 그만두려고?"

현은 말없이 고개를 가로저었다. 현은 자신에 대해 솔직히 털어놓고 싶은 마음과 그랬다가 실망한 연재가 자신을 멀리할까 봐 두려운 마음에 갈등하고 있었다. 제하는 굳이 병명까지 알릴 필요가 있냐고 했지만 현은 연재를 속이는 것 같아 마음이 불편하다. 찬바람에 외투도 없이 서 있던 연재가 콧물을 흘렸다. 연재는 휴지로 콧물을 닦으며 말했다.

"배고픈데 올라가서 밥부터 먹을까?"

현이 거실에서 윤희의 도록을 보는 동안 연재는 밥을 지었다. 오늘따라 더 추워 보이는 현에게 뜨끈한 한 끼를 먹이고 싶다. 무슨 얘긴지 몰라도 저리 뜸을 들이는 걸 보면 힘든 일임에 틀림없다. 그렇다면 그렇게나 힘든 현의 마음을 데워줄 오늘의 요리는 밀푀유나베. 만들기는 간단하지만, 눈으로도 푸짐하고 맛도 근사해 대접하는 느낌이 드는 요리로 샤부샤부용 소고기와 배추, 깻잎, 버섯만 있으면 끝이다. 동그란 전골냄비에 동그랗게 재료들을 배치했다. 만들고 보니 재료들이 손에 손잡고 있는 것 같다. 모두 연결된 느낌이랄까. 전골 하나에 느낌이 과하다 싶어 연재는 픽하니 웃음이 났다.

현은 심각한 표정으로 도록을 넘기고 있다. 연재는 이번에 전시할 작품을 포스트잇에 표시해 뒀고 마지막 한 작품을 결정하지 못해 현에게 골라보라고 했는데, 역시나 결정하지 못하고 앞으로 넘겼다. 뒤로 넘겼다 하며 머리를 긁적이는 현을 보니 웃음이 난다. 뭐가 됐든 마지막 하나를 고르는 일은 마지막 남은 고기 한 점을 집어 먹는 일만큼이나 어려운 일이다. 당장 결정 안 해도 되니 일단 밥부터 먹자고 현을 식탁에 앉혔다. 식탁에 인덕션을 올리고 전골을 끓이며 현과 마주 앉았다.

그러고 보니 소풍을 오픈하고 한 번도 현을 집에 초대하지 않았다는 걸 깨달았다. 일만 많이 시키고 제대로 대접 한번 못해 미안한 마음이 들었다. 고맙게도 현은 진짜 맛있다며 복스럽고 야무지게 잘 먹는다. 연재도 누군가와 마주 앉아 집밥을 먹으니 가족 같다고 느꼈다. 하지만 사장이 직원을 가족처럼 대한다는 건 연재가 학원 강사를 하면서 가장 싫어하던 말이었다. 세상에는 가족을 소중히 대하는 사람보다 막 대하는 사람이 훨씬 많기 때문이다. 오죽하면 가족이 원수라는 말이 있겠는가. 현과 원수 되고 싶은 마음은 추호도 없으니 가족 같다는 느낌 대신 고마운 직원으로 생각을 바꾼다.

　연재는 현의 앞접시에 크게 한 국자 떠주며 그림 중 마음에 드는 게 있는지 물었다. 현은 27페이지 그림이 좋다고 했다. 연재가 도록을 넘겨 27페이지를 펴보니 「괜찮아, 너라서 더 괜찮아」라는 들꽃 시리즈 작품이었다. 그건 연재가 처음 윤희의 전시에서 눈물을 흘렸던 바로 그 작품이다. 그 작품을 전시 목록에 끼웠다가 막판에 뺐는데, 현이 그걸 꼭 짚다니, 사람 보는 눈은 다 비슷한가 보다 싶다. 연재가 그 작품을 뺀 이유는 단 하나, 구매하고 싶으니까. 전시했다가 팔리면 못 사는 건데, 당장은 살 형편이 안 되니 윤희의 작업실에 잘 숨겨뒀다가 돈이 좀 모이면 사려는 나름의 꼼수였다.

　작품은 연두와 노랑이 햇빛을 받아 반짝이는 게 색채만 봐선 르누아르 느낌이 든다. 하지만 동양 채색이 주는 청량하면서도 신비로운 맛은 르누아르의 그림보다 훨씬 아름답게 느껴졌다.

　"나도 이 그림 좋은데."

　연재의 말에 현이 답했다.

　"전 그림 잘 몰라요. 제목이 좋아서요."

　연재는 그림을 다시 보며 속으로 제목을 곱씹어봤다. 작은 풀꽃이 관객을 향해 나 이렇게 작고 초라한데, 이런 내가 작품의 주인공이라도 괜찮냐고 묻는 것 같았다. 그리고 문득 현을 보니 그가 연재에게 묻는 것 같다. 현이 어떤 비밀을 차마 털어놓지도 못하고 서성거리고만 있는데 이런 나라도 괜찮냐고. 연재는 자기도 모르게 중얼거렸다.

　"그럼, 괜찮지. 넌 다 괜찮아."

그렇게 말하는 연재의 눈에 핑하고 눈물이 고였다. 그건 그동안 수없이 자신을 다스리기 위해 해온 마법의 주문과 같은 것이었기 때문이다. 연재가 자리에서 일어나 물컵을 가지러 가는 동안 현은 코를 닦는 척하며 티슈를 뽑았다. 둘은 서로 다른 이유로 눈물이 고였고, 서로 다른 몸짓으로 눈물을 감췄다.

제사상도 아닌데 무거운 분위기로 밥 먹는 건 불법이나 마찬가지, 연재는 부러 밝은 목소리로 현이 고른 그림을 전시 목록에 넣겠다고 했다. 현이 물었다. 그 그림 좋았다면서 왜 목록에서 뺐느냐고. 연재는 사고 싶어 꼼수를 부린 거라고 털어놨고, 연재의 말에 현은 눈을 동그랗게 뜨며 그런 깊은 계략이 도사리고 있는지 미처 몰랐단다. 이어 나름대로 계산이 있는 분이었다며 연신 놀란다. 연재는 내가 그렇게 호락호락해 보였냐며 눈썹에 힘을 줬고 현은 무서운 분이라며 몸을 오른쪽으로 돌리고 밥을 먹는다. 서로 키득거리며 밥을 먹는데, 연재는 문득 이렇게 키득거리며 밥을 먹어 본지 참 오래다 싶었다.

밥을 먹고 2차 마감을 위해 다시 소풍으로 내려왔다. 두세 시간이면 마를 줄 알았는데, 날이 추운데 문까지 열어둬서인지 다 마르지 않았다. 그렇다면 트럭을 섭외해야겠다. 윤희의 그림을 공수해 올 트럭 말이다. 연재가 이삿짐센터에 포터 트럭을 알아보려는데 현이 막는다. 목공소 형, 강훈에게 물어보겠다고 했다. 연재는 강훈에게 부담 주기 싫다며 이삿짐센터에 알아보겠다고 하는데 현이 왈, '형 일거리 없어 수입도 없을 텐데, 트럭 빌릴 돈 형에게 주는 게 낫지 않느냐'는 거다. 생각해 보니 맞는 말이다. 플리마켓 때 도마도 싸게 내놓았는데 상도덕을 생각하면 그래야지 싶다. 강훈의 목공소는 걸어서 이십여 분 거리. 전화로 물어볼까도 싶었지만, 소화도 시킬 겸 걸어서 목공소로 향했다.

　강훈은 커다란 원목 테이블 상판에 사포질하고 있었다. 블루투스 이
어폰으로 누군가 통화하며 잠시만 기다리라는 눈짓을 보낸다. 현이 손
으로 오케이 사인을 하더니 연재를 안쪽에 있는 쇼룸으로 안내했다. 연
재도 소풍 문패를 여기서 만들었기에 두어 차례 방문했지만 안쪽에 넓
은 공간이 있는 줄은 몰랐다.

　일거리 없다는 현의 말과는 다르게 작업 중인 작품들이 줄줄이 다음
손길을 기다리고 있었다. 기다란 벤치, 목조 테이블, 울타리, 나이테가
그대로 드러난 커다란 나무토막, 숟가락, 젓가락까지 종류도 다양하다.
허리가 긴 강아지 모양의 수저 받침대 위에 도깨비방망이 같은 손잡이
가 달린 숟가락이 놓여있다. 너무 정교하게 깎아 놓아 감탄이 절로 나오
는데 강훈의 통화 소리가 들린다.

　"나도 보고 싶지, 진짜야. (잠시 듣다가) 뭐 먹고 싶은데?"

　강훈이 열린 문으로 슬쩍 연재의 눈치를 보는데 상대가 끊을 생각이
없는 모양이다. 이에 무슨 생각인지 이어폰을 빼더니 스피커폰 기능으
로 바꾸고 계속 사포질하며 통화했다.

　"에이, 난 돼지는 안 먹어."

　"왜? 냄새나서?"

　"아니, 평생 하늘 한번 못 보고 사는 동물 불쌍해서 먹기 싫어."

　"소는 괜찮고?"

　"소는 하늘 보잖아."

　"뭔 소리야, 넌 네 말에 논리가 있다고 생각하니?"

"나 에프야, 한 여사."

"확 에프킬라 뿌려버리기 전에 이번 주엔 꼭 와. 안 오면 네 어미 얼굴 다신 못 볼 줄 알아, 알았어?"

상대가 툭 끊고 나서야 강훈이 머쓱하게 웃으며 어쩐 일인지 묻는다. 이에 현이 자초지종을 설명하며 모레 아침 강훈의 트럭을 쓸 수 있는지 물었다. 강훈은 난감한 얼굴로 트럭을 새로 산 지 3개월밖에 되지 않아 신생아나 다름없는데 그 어리디어린 것을 남의 손에 넘기긴 힘들단다. 얼굴이 화끈해진 연재가 무료로 쓰겠다는 게 아니라고 말하려는데 강훈은 남의 손은 곤란하니 직접 운전하겠다고 했다.

현이 강훈을 향해 엄지를 세우며,

"역시 에프, 나도 에프야 형!"

강훈도 엄지 세워 맞받으며

"역시 브라더!"

밑도 끝도 없이 이건 또 무슨 대화인가. 연재는 강훈에게 괜한 부담을 준 것 같아 불편하다. 그래서 내키지 않으면 이삿짐센터를 부르겠다는 말과 절대 공짜로 부탁하러 온 게 아니라는 점을 명확히 했다. 강훈은 충분히 알았다는 표정으로 고개를 끄덕였다. 이왕 왔으니 커피라도 한잔하고 가라는 강훈을 뒤로하고 연재는 서둘러 목공소를 나왔다. 내 돈내산인데 이렇게 찜찜할 수가. 연재의 뒤통수가 화끈거리거나 말거나 현은 목적을 달성했다는 듯 신난 표정이다.

아침 일찍 강훈이 트럭을 타고 연재를 태우러 왔다. 연재가 조수석에 오르자, 강훈은 급하게 나오느라 거울을 제대로 못 봤다며 혹시 자기

가발이 삐뚤어졌는지 봐달란다. 순간 연재는 당황했지만 강훈이 무안할까 봐 강훈의 헤어라인을 중심으로 자세히 살폈다. 어떤 가발인지 몰라도 진짜 감쪽같다고 생각하며 말 안 하면 가발을 썼는지도 모르겠다고 했다. 강훈은 다행이라며 웃었다. 연재는 아무리 봐도 너무 진짜 같아 신기했다. 그렇다고 대놓고 보긴 무례하고 안 보자니 궁금해 힐끔힐끔 봤더니 강훈은 머리를 숙이며 만져봐도 된다고 한다. 뭐 이렇게까지 싶으면서도 호기심에 머리카락을 만졌더니, 강훈이 웃으며 말했다.

"감쪽같죠?"

"네, 이 정도면 발모제에 돈 쓸 필요 없겠는데요?"

"제 얼굴 제대로 보셨으니까 이제 출발합니다."

장난기 가득한 얼굴로 강훈이 출발했다. 연재는 순간 이게 무슨 상황이지 싶었다. 그리고 깨달았다. 장난이란걸. 다 큰 어른이 이런 장난을 치다니 어이가 없다. 강훈은 점퍼 주머니에서 따뜻한 캔 커피를 꺼내 연재에게 내밀었다. 이런 건 내가 준비했어야지 싶은 연재가 미안한 표정으로 말했다.

"고맙습니다. 이런 건 제가……."

"아니, 좀 따달라고요."

"!"

이 사람 번번이 사람 얼굴 화끈거리게 만드는 재주가 있다. 무안한 연재가 커피를 따서 강훈에게 내밀었다. 강훈은 한 모금 마시고 컵 받침에 캔 커피를 놓더니 주머니에서 한 개를 더 꺼낸다. 이에 연재가 받으며 "두 개 드시게요?" 했더니 "네." 하며 크게 웃는다. 강훈의 기분 좋은 웃음에 연재도 따라 웃었다. 강훈의 실없는 장난으로 어색함은 사라지고 한결 편안한 기분이 들었다. 강훈은 연재가 들고 온 가방을 슬쩍 보며 물었다.

"거기 제 일당이 들어있나요?"

연재는 준비한 봉투를 꺼내 컵 받침 옆에 꽂으며 답했다.

"트럭 사용료랑 하루 인건비 넣었어요."

"제 인건비가 얼만지 아시고……."

예상치 못한 전개에 또 당황한 연재가 가까스로 침착을 유지한 채 물었다.

"……얼마인데요?"

"제가 조각을 공부한 목수거든요. 제 입으로 말하긴 그렇지만 대신 말해줄 사람이 없으니까 조심스럽게 말씀드리자면……."

긴장한 연재가 마른침을 삼키자, 강훈은 슬쩍 미소를 지어 보이며 말을 멈췄다. 무안한 연재가 정색하고 되물었다.

"제가 묻지도 않고 마음대로 계산해 버렸네요. 금액을 알려주시면 제가 다시……."

연재의 말이 끝나기도 전에 강훈이 가로챘다.

"저는요, 물건은 만들어서 팔지만 이웃 사람 일 도와주면서 돈 안 받아요."

"그럼, 제가 불편하죠."

"제가 연재 씨 일 도와주고 마음까지 불편하면 그건 좀 불공정하지 않나요?"

순간 수만 가지 생각이 들었다. 이 친절을 받았다가는 또 갚아야 하고, 갚으면 또 갚아야 하는 친절 뫼비우스의 띠에 올라타는 것 같다. 그렇다고 무작정 그의 친절을 거절하기엔 지역사회와 관련한 관계에 선을 긋는 느낌이라 이것도 아닌 것 같다. 고민하던 연재는 말했다.

"그럼, 이 돈으로 소고기 먹어요. 일 끝나고 다 같이."

"소고기요?"

"네, 돼지는 안 드시잖아요. 하늘 못 봐서 불쌍해서."

"아……."

강훈은 웃으며 그러자고 했다. 연재는 궁금했다. 진짜 돼지를 안 먹는 이유가 하늘을 못 봐서인지. 강훈은 땅만 보며 걷는 사람, 땅만 보며 사는 동물에 연민을 느낀다고 했다. 그런 생명체는 조금도 해하고 싶지 않은 개똥철학을 가지고 있다고. 연재는 그의 개똥철학이 알 듯 말 듯 했다. 소나 개는 어떠냐고 더 묻는 건 채식주의자에게 식물은 생명 아니냐고 따지는 것과 크게 다르지 않다는 생각이 들기도 했다. 그에게 하늘과 땅은 어떤 의미일까? 연재는 그의 개똥철학에 대해 곰곰이 생각했다.

꽃가마에도 그늘은 있다

윤희의 작업실 앞에서 기다리던 현이 손을 흔들었다. 전시할 작품은 윤희가 미리 빼 두었기에 트럭으로 옮기는 작업은 금세 끝났다. 현이 강훈과 함께 트럭을 타고, 연재는 윤희의 차를 타고 소풍으로 향했다. 윤희의 차 안, 윤희는 전시 제목을 정했는지 물었고 연재는 「괜찮아, 너라서 더 괜찮아」로 정했다며 준비해 간 전시 팸플릿을 보여줬다. 팸플릿엔 윤희 작가의 이력과 함께 메인 작품으로 뽑은 「괜너괜(괜찮아, 너라서 더 괜찮아)」이 표지에 인쇄되어 있다. 신호대기로 차가 멈추자 윤희는 팸플릿을 유심히 살피며 잘 만들었다고 한다. 윤희의 칭찬에 연재의 입이 귀에 걸렸다. 인쇄한 종이 질도 작품의 화소도 꽤 돈을 들인 모양새다. 윤희는 연재가 이렇게 꼼꼼하게 준비하리라 예상하지 못했고 그래서 놀랐다.

연재가 미리 표시해 둔 벽에 강훈이 나사못을 박았고 차례로 그림이 걸렸다. 원래 현이 못을 박을 예정이었지만 드릴 사용이 익숙한 강훈이 먼저 팔을 걷어붙였다. 작품을 걸 자리를 선정하기도 어려운 작업이었다. 비슷한 색감끼리 묶을지, 작품의 계절별로 묶을지, 작품의 크기별로 배치할지 다양한 의견들이 오갔다. 강훈이 번뜩이는 아이디어를 냈다. 전시의 제목인 「괜너괜」을 안쪽 벽 중앙에 배치하고 천장에 작은 핀 조명을 달아 「괜너괜」을 비추자는 거다. 마치 풀꽃에 해가 비치는 것처럼. 조명을 달자 진짜 해가 비추는 것처럼 작품이 환해졌다. 이를 본 윤희가 말했다.

"꽃가마에도 그늘이 있다는데, 밝은 조명이 꽃그늘까지 환하게 만든 것 같아요."

"그런 말이 있어요?"

현이 감탄하는 표정으로 대답을 질문처럼 했다. 꽃가마에도 그늘이 있다니……. 순간 연재도 무슨 큰 깨달음의 언어라도 들은 것처럼 뒤통수가 저릿함을 느꼈다.

"그럼 제가 그늘을 없애 준 거네요."

그런 연재를 보고 강훈이 천진한 미소를 지으며 말했다.

"형이 아니고 조명이."

현이 장난스럽게 되받았다.

연재와 강훈, 현과 윤희가 2인 1조로 움직이며 벽을 채워나갔다. 몇 시간이 흘러 모든 작품이 자리를 잡았다. 윤희도 퍽 마음에 들어 했다. 보라색 벽과 그림이 제법 잘 어울렸고 삼면이 꽃 그림으로 채워져 꽃밭 한가운데 있는 것 같은 기분이 들었다. 연재가 그림에 빠져있는데 강훈의 배에서 꼬르륵 소리가 났다. 그 소리에 정신 차린 연재가 시간을 확인하니 벌써 세 시가 넘었다. 미안한 연재가 강훈에게 적당한 곳이 있는지 물었고 강훈은 당연히 있다며 앞장섰다.

강훈이 간 곳은 '퍼플레인'으로 지난번 연재와 마주쳤던 술집이다. 아직 술 마실 시간은 아니라 가게는 비어 있었다. 술집에 웬 소고기 했는데 안주에 당당히 한우가 있다. 넷이 앉자 휴대용 가스버너에 비스듬히 돌판이 올라가고 마블링이 좋은 소고기가 등장했다. 사장은 '단골에게만 제공하는 특별히 좋은 고기'라고 했다.

이게 뭐라고 현은 감개무량한 표정으로 말했다.

"이렇게 있으니까 직장 송년회 온 것 같아요. 전 이런 거 처음이에요." 말하더니 셀카로 단체 사진을 찍는다. 젓가락을 들어 재빨리 브이를 만든 강훈이 말한다.

"송년회가 그렇게 감명 깊은 일인가?"

그러자 윤희가 "알바만 했으면 송년회 안 가봤을 수도 있죠." 한다.

"그런가? 연재 씨는요? 연재 씨는 가 봤어요?" 강훈이 물었다.

어려운 질문도 아닌데 머릿속이 복잡해진다. 학원 국어 강사라고 말하면 왜 그만뒀는지, 가족은 있는지 다음 질문들이 나올 게 뻔하기 때문이다. 눈치 빠른 현이 끼어들었다.

"형도 안 가봤지?"

밑반찬을 들고나온 사장이 강훈을 보며 말했다.

"그런 재미없는 이야기 말고 자기 짝사랑 이야기나 좀 해봐."

"에이, 자꾸 이러면 나 여기 안 와요."

말은 이렇게 하지만 강훈은 웃고 있다.

연재는 자연스럽게 화살을 피했지만, 또 언제 날아올지 모르는 화살로 인해 편하지 않다. 일을 진행하려면 사람들과 관계를 맺어야 하는데 상대의 마음이 상하지 않으면서 공적 관계만 유지하는 방법은 없는 걸까? 밥만 먹으려고 했는데 술까지 마시면 자리가 길어지는 건 아닐까? 자기도 모르게 굳어가는 얼굴로 혼자 고립된 섬이 되어가던 그때 강훈이 말했다.

"오늘은 술 마시러 온 거 아니니까 된장찌개랑 밥, 같이 주세요. 밥 먹고 빨리 들어가서 일해야 하거든요."

"저도 모임이 있어 한 시간 후면 일어나야 해요."

윤희가 말했다.

연재는 바쁜 사람 불러내 일 시킨 것 같아 미안하기도 하고, 생각보다 일찍 자리가 끝난다니 안도하는 마음도 들었다. 굳었던 연재의 얼굴이 고요히 펴졌다.

"그럼, 사이다로 건배할까요? 직장 송년회 처음인 우리 부매니저를 위해."

이후 작품에 관한 이야기로 자연스럽게 흘러갔다. 각자 어떤 작품이 가장 좋았는지 의견을 나눴는데 윤희는 「괜너괜」이 이처럼 주목받을지 몰랐고, 자기가 그렸음에도 전시의 주인공이 되니 달리 보인다고 했다. 그러면서도 왜 이 작품을 메인으로 뽑았는지는 묻지 않았다. 그때 「괜너괜」 앞에서 눈물을 훔치는 연재를 봤기에 그만한 사연이 있을 거라 짐작했고, 그런 사연은 대체로 공개적이긴 힘들 것으로 생각했기 때문이다.

강훈은 다 좋다고 했다. 특별히 하나만 고르라는 질문을 싫어한다고도 했다. 가장 좋아하는 영화가 뭐냐, 가장 좋아하는 색깔이 뭐냐, 가장 좋아하는 음식이 뭐냐, 등등 오직 하나만 선택하라는 질문이 불편하다고 했다. 그러고는 하나만 선택하지 못하는 사람에게 결정 장애가 있다고 말하는 것도 싫다고 했다. 왜 장애란 말을 뭔가를 못 하는 사람에게 붙이냐는 거다. 장애가 있는 사람에겐 명백히 2차 가해라며 결정을 쉽게 하지 못하는 사람은 사랑하는 것이 그만큼 많다는 뜻이란다. 연이어 레오나르도 다빈치가 말했다나? 좋아하는 게 많으면 사랑하는 게 많아지고, 사랑하는 게 많으면 인생이 그만큼 풍요로워진다고.

연재는 무슨 그림이 좋았냐는 간단한 질문에 이 남자의 개똥철학이 또 시작되었구나 싶었다. 하지만 꼰대 같다는 생각은 들지 않았다. 다만 말하느라 비싼 고기가 타고 있어 연재의 마음도 타들어갔다. 현은 윤희에게 강훈이 원래 조각을 했으며 그의 작업실에 어마어마한 작품들이 많다고 은근히 강훈을 치켜세웠고 윤희도 강훈의 작업실에 관심을 보였다. 강훈은 언제나 문 열려있으니 편할 때 방문하라면서 명함을 건넸다.

조각을 전공했냐는 윤희의 질문에 강훈은 미대 1학년만 다녔으니까 전공한 건 아니라며 학교를 관둔 이유에 관해서는 돈이 아까워서라고 했다. 등록금은 터무니없이 비싸고, 작업하려면 돈이 또 들어가고, 생활비에 용돈까지 도저히 감당하기 힘들었다고. 그리고 그만큼 배우는 것도 없어 혼자 도제식 교육을 받을 목적으로 유명하다는 작가들의 조수로 들어가 일을 배웠다고 했다.

유명 작가가 강훈을 쓴 이유는 일단 인건비가 저렴하고 손재주가 '쬐~금' 있어서라며 겸손을 추가한다. 조각가보단 목수가 먹고살기 쉽기도 하고 적성에도 맞다고도 했다. 생활밀착형 물건에 약간의 예술성을 보태 만드는 일이 재밌다고. 그러다 연재에게 왜 「괜너괜」을 메인으로 뽑

있는지 물었다. 연재는 가장 마음에 와닿아서라고 짧게 답했다. 현은 연재의 꼼수를 익히 알기에 웃기만 했다.

소풍에 돌아온 연재는 전시실 불을 켰다. 사방은 춥고 고요한데 액자 속 꽃들은 알록달록 만발해 있다. 바쁘게 나가느라 미처 확인하지 못했던 액자 모서리들을 구석구석 확인했다. 다행히 긁힌 자국 없이 깨끗하다. 마른 수건으로 액자와 액자 사이 벽을 닦고 바닥도 밀대로 말끔히 닦았다. 손을 씻고 나와 전시실 한가운데 서서 디귿 모양 벽에 가득 찬 작품을 바라보니 가슴이 벅차오른다. 한참을 그대로 서서 작품을 바라보던 연재는 전시실 한가운데 작은 책상을 끌고 와 노트북을 켰다. 그리고 노트북 화면 왼쪽 맨 위 '연수에게'라는 폴더를 열었다. 폴더는 텅 비어 있었다. 깜빡이는 커서를 바라보던 연재가 글을 쓰기 시작했다.

오랜만이야, 신연수! 보고 있니?
언니라고 해야 하는데, 또 이름을 불러서 미안.
우린 연년생으로 쌍둥이처럼 자랐잖아. 그래서 언니라고 하면 난 더 거리감이 느껴져.
평소에 하던 대로 연수라고 부를게. 언니, 너도 그게 편하지?

이번 전시를 기획하면서 네 생각 많이 했어.
연수라면 이런 공간에 어떤 전시를 제일 먼저 할까?
연수라면 어떤 형태로 공간을 배치하고, 전시장에 어떤 음악을 깔아 줄까?

그러다 문득 왜 진즉 너랑 이렇게 살지 못했을까? 하는 생각도 들었어. 네가 좋아하는 거 하며 살았다면 그런 병에 걸리지 않았을까?

낭만주의자인 너와 달리 현실주의자인 난 '만일 ~했다면'과 같은 가정법을 싫어했는데, 네가 그렇게 가고 나도 너처럼 낭만 병에 걸린 건지 자꾸 뭔가를 가정하게 돼.

만일 진즉에 너를 강제로라도 끌고 가 신체검사를 받게 했다면,

온몸에 암세포가 퍼졌으니 치료하지 않겠다는 널 설득해 치료받게 했더라면,

네가 부모님이 반대했던 그 사람과 결혼했더라면.

우리가 어렸을 때 내가 널 맨날 기복이라고 놀렸잖아.

꽃이 피면 꽃이 피었다고 온갖 호들갑 떨다가 엄마한테 정신 차리라고 등짝 스매싱 당하고, 비가 오면 우산도 없이 뛰어나가 옷 다 젖는 바람에 또 엄마한테 등짝 스매싱, 바람 불면 바람 분다고 싸돌아다니다 감기 걸려 또 엄마한테 등짝을 맞고.

네 등짝은 하루도 쉬지 않고 불이 났고 난 네가 있어 하루도 심심한 날이 없었어.

사실 넌 감정 기복이 심한 게 아니라 감수성이 풍부한 거였는데.

이런 생각을 떠올리면 난 웃게 돼. 웃기면서 슬프고 슬픈데 웃음이 나와. 이게 설마 그리움? 내가 널 그리워하는 건 아무래도 닭살 돋는 일이니까 넣어 둘게. 그래도 이번 전시는 내가 널 위해 특별히 준비한 거니까 잘 봐 둬.

우리가 다시 만나는 날에

"그 작품은 거기 다는 게 아니었어, 넌 그 배치가 좋냐?"

"대체 음악이 전시랑 어울리는 거 같아?"

"귓구멍이 썩었냐? 수준하고는!"

원래 네가 하던 대로 가감 없이 말해줘.

난 아주 기쁘게 네 독설을 들을 거야. 네 등짝을 공격할 타이밍을 보면서 말이야.

보고 싶다, 연수야. 사실을 고백하자면 내가 가장 많이 하는 가정은…….

'만일 네가 살아있다면, 내게 일어난 일을 너에게 모두 털어놓을 수 있을 텐데.' 야.

끔찍하지? 죽은 너를 소환해서까지 내 고통을 줄이려 한다는 사실이 말이야.

미안해. 기꺼이 내 등짝을 내어줄 테니, 맘껏 후려쳐도 돼.

그런데 정말 시간이 약인가 봐. 고통의 '고'자도 꺼내지 못했던 내가 고통이란 말을 꺼내며 네게 편지를 쓰기 시작했으니까. 이번 전시는 너를 위한 거란 말을 간단히 하고 싶었는데, 말이 길어졌다.

……

그럼, 오늘은 이만. 안녕.

연수 동생 연재가.

저장 버튼을 누른 연재는 블루투스 스피커에 음악을 연결해 쇼팽의

녹턴을 재생시켰다. 녹턴과 꽃 작품은 밤하늘에 은하수처럼 찰떡이었다. 조성진의 피아노 연주로 녹턴을 들으며 디근 모양 꽃길을 걸었다. 종점에 도착하면 뒤돌아 다시 걷고, 또 종점이면 뒤돌고……. 뒤돌기만 하면 끝도 없는 꽃길이었다.

새가 떠나지 않으면 보낼 방도가 없는 나무

첫 기획 전시에 대한 설렘 때문에 새벽까지 잠 못 들던 연재는 해가 중천에 뜨고야 눈을 떴다. 오늘은 올해의 마지막 날이고 소풍을 열고 가장 한가한 날이다. 전시 준비는 끝났고, 소풍이 다시 문 열기까지 이틀이 남았으며 오는 사람도, 만나러 갈 사람도 없다. 그러니 느긋하게 일어나 느지막이 밥을 지어 먹고 오랜만에 호숫가를 걸어볼 예정이다. 냉장고 문을 열어보니 김치밖에 없다. 간 고기를 사다 김치만두를 만들어 볼까?

혼자 살면서 만두까지 만드나 싶지만, 몸을 안 움직이면 생각이 많아지는 법. 생각을 덜할 요량으로 몸을 움직이기로 한다. 귀찮긴 해도 만들어 놓으면 오늘은 찐 만두로, 내일은 설날이니까 떡만둣국으로, 남은 건 냉동시켰다가 급할 때 먹으면 일주일도 커버할 수 있다. 당면 삶고 볶은 고기에 으깬 두부와 잘게 썬 김치를 섞어 만두피에 넣으면 완성.

151

막상 해보면 별것도 아니다.

귀가 달린 털모자를 뒤집어쓰고 두꺼운 목도리로 목을 칭칭 감은 다음 장바구니용 에코백을 롱패딩 주머니에 넣었다. 현관문을 열자마자 찬 바람에 코끝이 찡하니 정신이 번쩍 난다. 영하 십 도의 위력을 온몸으로 체감하며 계단을 내려가 그림들이 잘 있는지 힐끔 들여다본다. 블라인드 틈 사이로 가지런히 걸린 작품들이 보인다. 로또에 당첨되면 이런 기분일까. 든든하고 뿌듯하고 흐뭇하다. 대형마트까지 가려면 차를 끌고 가야 하는데, 살 게 많지 않으니 운동 삼아 근처 작은 마트를 향해 종종걸음으로 달리기 시작했다. 찬바람이 코를 타고 금세 폐로 들어오는 게 느껴졌다. 찬 공기는 온몸의 세포를 깨웠고 모든 감각이 피부를 뚫고 나오는 것 같더니, 춥다. 추워도 너무 춥다.

마트 안은 한결 포근했다. 몸을 녹일 요량으로 천천히 둘러보며 먼저 만두피를 담고 정육 판매대에서 간 돼지고기를 담았다. 청과 코너로 가서 과일을 살피는데 비싸다. 비싸도 너무 비싸다. 사과 한 봉지를 들었다가 가격을 보고 그대로 내려놨다. 외국 포도도, 키위도 그림의 떡이다. 불과 얼마 전만 해도 먹고 싶은 과일이 비싸서 내려놓는 일은 없었지만, 사정이 달라진 지금은 최대한 아껴야 살 수 있다. 과일 못 먹는 게 아쉽진 않았지만 내려놓은 마음은 씁쓸했다. 춥고 비싼 겨울, 더 둘러봤자 더 살 것도 아니고 두부와 양파, 대파만 장바구니에 담아 마트를 빠져나왔다.

한낮인데도 어찌나 추운지 눈물이 찔끔 나왔다. 설상가상 장갑을 챙기지 않아 에코백을 든 손에 감각이 점점 무뎌졌다. 양파 한 망이 꽤 무게가 있어 오른손 왼손 바꿔 들어보지만, 양손 다 꽁꽁 얼어있어 잘 펴지지도 않았다. 굽은 손을 펴며 어제 이렇게 안 추운 게 천만다행이라는 생각이 들었다.

"소풍 사장님! 연재 씨!"

누군가 연재를 부른다. 돌아보니 강훈이 식당 앞에서 장갑을 끼며 물었다.

"무슨 생각을 하길래 불러도 그냥 가요?"

연재는 에코백을 들어 보이며 장 봐가는 길이라고 했다. 그리고 다시 팔을 내리는데, 에코백이 바닥으로 툭 떨어져 버린다. 꽁꽁 언 손가락에 감각이 사라져 사달이 난 거다. 강훈이 장갑을 벗으며 다가와 말했다.

"이거 끼고 가요."

또 신세 지고 싶지 않은 연재가 괜찮다며 에코백을 두 팔로 안았다. 에코백은 들렸지만, 꽁꽁 언 두 손은 고스란히 드러났다. 검붉은 고구마 같았다. 연재가 장갑을 받지 않자 강훈은 연재가 든 에코백을 가져가며 집까지 들어주겠다고 한다. 거절하기도 전에 강훈이 성큼성큼 앞장서 가며 물었다.

"뭐 하시려고 장 보셨어요?"

"만두요, 김치만두."

"와, 저 완전 김치만두 좋아하는데."

"돼지고기 안 드시잖아요. 만두에 돼지고기 들어가는데."

"고기만 빼면 되죠. 김치랑 두부만 들어가도 끝내주죠."

'뭐야, 나더러 만두 만들어달라는 거야?'

연재가 속으로 갈등하는데 강훈의 말이 이어졌다.

"저도 저녁엔 요리하려고 했거든요, 배추전이요."

연재는 배추전이 요리인가 싶었지만 예의상 말했다.

"그런 것도 할 줄 알아요?"

"배추에 부침가루 묻혀서 굽기만 하는데 그걸 왜 못해요, 근데 또 이게 디테일이 중요해요. 배추 대가리를 칼등으로 살살 두드려 펴주고, 부침가루 물을 아주 연하게 타서 묻히는 게 포인튼데 간단해도 맛이 기가 막히죠."

"네⋯⋯."

연재가 그냥 그렇게 답하자 강훈이 눈치를 살피며 말했다.

"배추전 안 좋아하시나 보다."

"아뇨, 좋아해요."

"진짜요?"

강훈은 무슨 골드바라도 선물 받은 듯 기쁜 얼굴이었다.

연재는 자기가 배추전 좋아하는 게 그렇게 좋을 일인지 의아했다.

그 사이 강훈의 핸드폰이 울리고, 강훈은 잠깐 나왔으니 금방 들어간다며 조금만 기다리라는 통화를 했다. 바쁜 강훈의 시간을 또 뺏었구나 싶은 연재가 장바구니를 들려는데, 강훈이 빠르게 앞으로 달려가 버린다. 어리둥절한 연재가 종종거리며 뒤따르며 보니 멀리 강훈이 장바구니를 소풍에 들여놓고 다시 되돌아 달려오고 있다. 그러고는 연재가 고맙다는 인사를 할 겨를도 없이 손을 흔들며 해맑은 얼굴로 연재를 스쳐 지나간다. 달려가는 그의 뒷모습을 보며 연재는 미안하기도 하고 불편하기도 했다.

거실에 들어서 장바구니를 싱크대에 올리고 포트에 물부터 끓였다.

언 몸을 먼저 녹여야겠다. 한파가 존재감을 확실히 하는 날이다. 물이 끓는 동안 편한 옷으로 갈아입고 나와 뜨거운 물을 마셨다. 머릿속으로 미리 김치만두 만들 시뮬레이션을 해본다. 돼지고기가 들어간 것과 안 들어간 것 두 가지 버전으로.

완성된 만두 맛을 보니 기가 막힌다. 하긴 벌써 세 시가 넘었고 이 정도면 타이어를 먹어도 맛있을 시간이다. 정신없이 한 접시를 비우고 나니 살 것 같다. 문제는 이 비건 만두를 강훈에게 가져다주는 일. 두 차례 도움을 받았기에 만두쯤 주는 건 어쩌면 당연지사, 문제는 이걸 시작으로 이렇게 저렇게 엮일까 봐 신경이 쓰인다. 은혜 갚는 심정으로 만두만 주고 더는 엮이지 말아야겠다고 생각하며 되돌려받을 필요 없는 동그란 일회용 쟁반 같은 용기에 만두를 올리고 종이 포일로 용기 전체를 감쌌다. 너무 정성껏 보이지 않게, 너무 성의 없어 보이지도 않게 적당히 예쁜 리본도 하나 둘렀다.

목공소에 도착하니 문은 열려있는데 강훈이 없다. 왠지 안도감이 들었다. 연재는 조용히 만두를 놓고 목공소를 나왔다. 할 도리를 한 홀가분한 마음이 들었다. 호숫가 산책을 위해 이번엔 장갑도 착용하고 핫팩을 배와 등에 붙이고 나왔기에 아까보단 덜 추웠다. 매서운 바람이 눈에 들어가니 찔끔찔끔 또 눈물이 났지만 머리는 더 맑아졌다.

춘하에 온 지 벌써 반년이 넘었다니, 지난 세월이 꿈만 같다. 연재가 좋아하던 버드(bird)나무는 앙상한 가지만 남은 채 새들의 분비물로 인해 하얗게 변했다. 얼핏 보면 나뭇가지가 눈에 덮인 것도 같다. 나무는 야위고 병들었는데, 새들은 그것도 집이라고 떠날 생각이 없는 모양이다. 검고 흰 무리의 새들이 앉아 있는 버드나무는 새들을 품느라 힘겨워 보였다. 자기 몸이 고사해 가는데도 새가 떠나지 않으면 보낼 방도가 없는 나무의 신세가 과거 자기 모습 같기도 했다.

나무를 살리라고 시청에 민원을 넣을까? 그럼, 강제로 쫓겨난 새들은 어디로 가야 하지? 나무도 새도 살릴 방법은 없을까?

그러다 내 코가 석 잔데 나무 걱정, 새 걱정하고 있다니 '오지랖도 풍년이다' 싶다. 먹구름이 끼면서 다섯 시도 안 됐는데 어두워졌다. 바람이 거세지면서 뭔가 쏟아질 것 같아 서둘러 집으로 돌아왔다.

텅 빈 집안엔 적막만 흘렀다. 음악을 켤까 하다가 티브이를 켰다. 이사 오고 한 번도 켜지 않았던 티브이다. 홈쇼핑과 관찰 예능, 드라마가 채널마다 나왔다. 어느 것에도 집중하지 못하고 채널만 돌리다가 결국 티브이를 껐다. 그저 의미 없는 소음일 뿐 적막을 달래진 못했다. 이번엔 음악을 켰다. 에디트 피아프 노래를 좋아하는데, 자칫 감성에 빠질 위험이 있기에 유튜브 검색창에 가요를 검색했다. 가요를 들은 지 하도 오랜만이라 무슨 가요가 있는지 생각조차 나지 않았다. 인형 같은 외모의 아이돌들이 팝송 같은 가요를 불렀다. 아이돌에서 7080 가수들까지 스크롤 해서 봤지만 딱히 플레이가 눌러지는 곡은 찾지 못해 결국 핸드폰을 접었다. 사실 그보단, 머릿속이 딴생각으로 가득 차 있어 어떤 것도 눈에 들어오지 않는다는 게 더 맞는 말이다.

연재는 핸드폰을 꼭 쥐고 창가에 섰다. 밖은 벌써 어두워져 가로등 근처만 존재를 드러내고 있었다. 쥐고 있던 핸드폰을 열어 연락처 즐겨찾기에 등록된 이름 두 개를 마침내 본다.

민준♡과 민재♡. 이름 끝에 각각 하트가 들어간 연재의 소중한 두 아들이다. 연재는 오래도록 두 이름을 손끝으로 어루만졌다.

*

날마다 뜨는 태양인데 새해 첫 해돋이를 보러 간다고 호들갑 떠는 사람들을 그동안 연재는 이해하지 못했다. 이해는커녕 유난하다고, 그런 호들갑도 여유가 있어야 가능하다고 생각했는데, 홀로서기 첫해를 맞아 연재도 해돋이를 볼 마음을 먹었다. 며칠 전 현과 페인트칠하던 날, 해돋이에 관한 이야기를 나누다가 춘하의 해돋이 명소가 대호산이란 정보를 얻었다. 한겨울에 산행 장비도 없는데 걸어서 등반이라면 꿈도 못 꿀 일이지만, 대호산은 정상 가까이 차로 올라갈 수 있고 전망대까지 조금만 걸으면 된다기에 결정했다.

그러면서 깨달은 건, 해돋이를 보러 가는 사람들은 여유가 있어서가 아니라 그만큼 간절한 기원이나 각오 같은 게 있을 수 있다는 거다. 지금 연재처럼. 그리고 그동안 연재는 해돋이 보러 갈 여유가 없었던 게 아니라 그만큼 간절한 뭔가가 없었다는 것까지 깨닫게 되니, 내가 이해하지 못한다고 '이런 사람들은 유난해'라고 함부로 단정 짓지 말아야겠다는 생각도 들었다. 겪어봐야 아는 상황도 있는 것이다.

추위에 대비해 완전무장하고 보온병에 뜨거운 물을 담아 집을 나섰다. 아직은 어두운 새벽, 차도 꽁꽁 얼었다. 시동을 켜고 잠시 예열하고 있는데 저만치에서 현이 달려온다. 해돋이에 관한 이야기를 나눌 땐 별말이 없다가 이 시간에 갑자기 온 거다. 미리 전화라도 하지, 자칫하면 엇갈릴 뻔했다고 하니 현은 그럴 일 없단다. 이미 삼십 분도 전에 와 있

었다며. 추운데 전화라도 하지 했더니 빨리 가자고 성화다. 적군을 물리
치러 가는 것도 아닌데 현은 왠지 결연해 보였다. 보온병에서 따뜻한 물
을 따라 건넸다. 현은 두 손으로 컵을 움켜쥐고 한 모금 마시더니 늦으
면 차 막힌다고 구시렁거린다.

어두컴컴한 산길을 오르는데 이 시간에도 나온 차들이 많아 산 중턱
부터 막힌다. 넌 왜 산에 가려고 해? 연재가 물었다. 현은 눈을 감은 채
새롭게 다짐할 게 있다고 했다. 뻔한 질문에 뻔한 답이라고 생각했다.
정상 주차장에 차를 세우고 전망대로 향했다. 머플러를 칭칭 감고 롱패
딩을 입었지만, 새벽바람이 매섭다. 현재 기온 영하 십이 도인데, 체감은
영하 이십 도는 되는 것 같다. 현은 눈만 나오는 니트 모자를 덮어쓰고
고글까지 썼기에 얼굴 한 조각도 보이지 않았다.
아직은 해가 뜨지 않았고, 사람들은 해보기 좋은 자리를 차지하기 위
해 전망대로 몰려왔다. 산악회 사람들을 간발의 차이로 앞질렀기에 연
재와 현도 운 좋게 전망대 앞자리를 차지할 수 있었다. 발이 얼지 않기
위해 좀비처럼 제자리 뛰기를 계속했다.
드디어 여명이 밝아오며 해가 뜨기 시작했다. 붉게 물든 하늘에 시뻘
건 해가 떠올랐다. 손을 꺼낼 엄두가 나지 않아 사진 찍는 것은 포기했
다. 평소 찍사인 현도 해를 바라보기만 했다. 너무 추워서인지, 주변이
산만해서인지 해를 보면서 하려고 했던 각오나 기원 같은 것이 떠오르
지 않았다. 대신 지금, 이 순간을 온전히 느끼기로 했다. 새벽 찬 바람,
새해맞이, 붉은 해, 대호산, 이 기분과 감정을.
해가 뜨는 것은 금방이었다.

계속 뜨는 해를 보고 있었더니 눈앞이 어른어른했다. 장갑 낀 손으로 두 눈을 꾹 누르는데 현이 말했다.

"저 양극성 정동장애예요. 조울증이요."

나는 특별하다는 환상, 나만 아프다는 착각

하필 연재 옆에서 단체로 온 산악회 사람들이 "해피 뉴 이어"라고 크게 외치는 바람에 주변이 어수선했다. 이어 그들 중 한 명이 샴페인을 마구 흔들더니 자기 일행을 피해 연재 쪽으로 몸을 돌려 뚜껑을 열었다. 뺑 소리와 함께 폭탄 같은 샴페인이 연재를 덮치는 바람에 그 잔재가 연재의 패딩에 주르륵 흘렀다. 그런데도 샴페인을 딴 남자는 크게 웃으며 닦아줄 생각도 없고, 미안하단 말도 없이 "아니, 왜 하필 거기 서있어서 샴페인을 맞아요?"라며 키득거린다.

현이 눈만 나오게 쓰고 있던 니트 모자를 벗어 연재의 옷을 닦으며 쏘아붙였다.

"여기서 샴페인을 터트리면 안 되죠! 그리고 터트릴 거면 그쪽으로 터트려야지, 왜 이쪽으로 터트립니까?"

이미 취해 얼굴이 시뻘게진 남자에게 현이 위협적으로 다가섰다.

"아니 그럴 수도 있지, 나이도 어린 게 어디 눈을 똑바로 뜨고 어른한 테. 넌 부모도 없냐?"

삿대질까지 하며 요즘 일일 연속극에도 나오지 않는 후진 대사를 쳤다.

"그럴 수도 있다뇨? 잘못하셨으면 사과하셔야죠!"

현이 물러서지 않자 남자는 귀찮은 표정으로 답했다.

"그래, 미안하다. 됐냐?"

어이없는 상황이었지만 연재는 현을 말렸다. 이미 만취한 그들과 말해봤자 통할 리 없었다. 그런데 그들 중 한 명이 얼굴 뻘건 남자 귀에 대고 무슨 말을 했다. 그러자 뻘건 남자는 "에이, 새해 첫날부터 재수 없게."라며 침을 퉤 뱉는다.

"뭐? 재수가 없어? 누가 재수 없는데?"

열받은 현이 발끈하자, 이 남자 검지로 현의 가슴을 툭툭 밀며 빈정거렸다.

"야! 너 조울증이라며. 미친 새끼가 병원에나 있을 것이지."

순간 연재가 이 남자의 뺨을 후려쳤다. 어찌나 세게 쳤는지 남자 얼굴이 옆으로 돌아갔다. 남자의 반격으로 해돋이 전망대는 순식간에 아수라장이 되었다. 결국 경찰차가 출동했고, 모두 경찰서로 연행되었다.

경찰서에 연재와 현이 나란히 앉아 조서를 꾸몄다. 연재는 입술이 찢어져 입가에 피가 말라붙었고 현은 연재를 온몸으로 막느라 패딩은 찢기고 얼굴과 손등엔 피멍이 들어 연재보다 더 만신창이가 되었다. 얼굴 뻘건 남자는 멀쩡한 얼굴로 연재가 먼저 때렸다고 입에 거품을 물었다.

경찰이 물었다.

"먼저 때린 것 맞아요? 왜 때렸습니까?"

"저분이 먼저 저희 직원에게 폭언을 했습니다."

"야, 내가 언제 폭언을 했어? 미친놈한테 미쳤다는데 폭언이야? 형사 양반! 저놈이 지 입으로 조현병이라고 했다니까요!"

"조현 아니고 조울입니다!"

연재가 낮고 정확한 목소리로 말했다.

"조현이나 조울이나 미친 건 마찬가지지! 안 그래요?"

경찰이 뻘건 남자를 향해 버럭 소릴 질렀다.

"거참, 말씀 가려 하십시오! 아실만 한 분이 새해 첫날부터 술 드시고 그러면 안 되죠."

'민중의 지팡이가 선량한 시민 편을 안 들고 대체 누구 편을 드는 거냐?'라고 소리치는 남자와 당신도 잘한 것 없다는 경찰이 실랑이하는 동안 연재는 그 남자의 언어에서 구린내를 느꼈다. 좀만 더 있으면 '당신 월급 내가 내는 세금에서 나온다는 말'이 나오겠구나 싶었는데, 아니나 다를까 한치의 빗나감 없이 정확하게 말을 꺼냈다. 다음은 설마 '내가 누군지 알아? 경찰서 서장 나오라고 해?'는 아니겠지 했는데 역시나다. 이건 교과서에 나오는 진상의 법칙인가 생각하며 경찰과 진상의 2차전이 끝나기를 기다렸다.

연재의 머릿속에 온갖 생각들이 앞을 다퉈 솟아올랐다. 현이 동아줄 같다고 생각했는데 썩은 동아줄이었던 걸까? 혹시라도 조증이 심해지면 소풍에서 난동을 부리는 건 아닐까? 만일 그런 상황이 발생한다면 내가 현이를 힘으로 제압할 수 있을까? 주중에는 현에게 문제가 생겨도 내가 커버할 수 있지만, 주말에 무슨 일이 벌어지면 내가 수습하기 어려울 수도 있으니 주말 장사는 접으라고 해야 할까? 아니면 아예 새로운 알바를 구해야 하나?

생각의 마라톤만으로도 숨이 차, 숨을 고르며 문득 현을 봤다.

현은 굳은 얼굴로 바닥만 보고 있었다. 정작 사건의 시발점인 남자는 고개를 쳐들고 자신의 순진무구함을 어필하느라 안 그래도 뻘건 얼굴이 숯덩이로 그러데이션 되는 데 반해 현의 얼굴은 창백했다. 그 순간 연재는 뜬금없이 강훈의 말이 떠올랐다. 땅만 보는 생명체는 어떤 해도 가하고 싶지 않다는 그의 개똥철학이. 땅만 보는 사람은 절망한 사람, 숨만 쉬기도 버거운 그에게는 어떤 해도 가하면 안 된다고 했던 말이. 갑자기 그 말이 떠오르면서 연재는 얼굴이 화끈해졌다. 대체 이 상황에 난 무엇을 걱정하고 있는 거지? 실체도 없는 두려움을 애써 미리 만들고 대책을 세우느라 피 흘리는 저 실체를 삶에서 배제할 궁리만 하고 있다니. 진상 남자와 자신이 다를 게 없다고 느껴지자, 연재는 부끄러웠다.

다치긴 연재 쪽이 더 많이 다쳤고, 쌍방 폭행이라 서로 합의를 보는 걸로 사건은 마무리됐다. 경찰서를 나와 택시를 잡았다. 전망대에 세워둔 차를 가지러 가기 위해서다. 택시에 오른 연재와 현은 각자 창밖만 바라볼 뿐 말이 없었다. 전망대 주차장에 도착하자 해는 서쪽을 향해 달려가고 있었다. 연재가 세워둔 차 쪽을 향해 가는데, 현은 홀로 전망대를 향해 걸었다. 주차장에서 멍하게 현을 바라보던 연재도 현의 뒤를 따랐다. 전망대에는 아침과 달리 아무도 없었다. 구름에 가려져 노을 없는 하늘은 온통 회색빛이었다. 허공을 응시하는 현의 눈동자에 공허함이 가득했다. 현이 애써 미소를 지으며 말했다.

"그동안 감사했습니다."

선생님께 혼나는 아이처럼 두 손을 모으고 만지작거린다.

연재가 지긋이 바라보자,

"진작에 말씀드리지 못해 죄송합니다."

하며 고개를 숙인다.

연재는 현이 무엇을 잘못했는지 곰곰이 생각했다. 미리 말 안 한 게 잘못인가? 그럼 난 지방간이 있다고, 혈압이 좀 낮다고 구직할 때 말할 것인지 생각해 보니 아니다. 그렇다면 미리 말하지 않은 건 무죄. 지금 현이 조울병으로 인해 소풍에 해를 끼치고 있는가? 이건 반반이다. 현이 덕에 잘 굴러가기도 하고, 현의 무단결근 때문에 애를 먹기도 했으니까. 아니, 더 솔직히 현이 덕이 더 크다. 적어도 지금까지는 말이다. 그렇다면 뭐가 문제인가? 앞으로 무단결근과 같은 일이 반복적으로 벌어진다면 일에 차질을 줄 수 있다는 것과 혹여라도 공격적인 성향이 나타나 사람들에게 해를 끼칠지 그게 문제인데 아직 일어나지도 않은 일을 미리 단죄한다는 것도 부당하다. 그럼 사과할 일도 고개를 숙일 일도 없다.

"난 네가 앞으로 어떻게 할지가 더 궁금해."

"네?"

예상치 못한 답을 들은 듯 현은 눈을 동그랗게 뜬다.

"미리 말 안 한 건 나라도 그랬을 거 같고, 네가 앞으로 소풍에서 어떻게 하고 싶은지가 더 궁금하다고."

현의 공허한 눈에 순간 빛이 돌았다.

"그러니까 저는 소풍에서…… 잘하고 싶은데……."

"그럼, 우리 새해 계획 세운 거다! 잘하기로!"

"네! 제가 진짜 잘할게요. 앞으로 나노 단위로 시간을 쪼개 프로그램을 만들고 어쩌고저쩌고……."

현의 목소리가 하늘 높이 날아갔다. 현을 보며 연재는 생각했다. 현은 충분히 능력 있고 성실하니까 일단 치료부터 받게 하고 치료가 끝나면 언제라도 받아줘야겠다고. 받아주는 게 아니라 회복하면 꼭 다시 와달라고 부탁할 참이었다. 부지런히 계획을 세우는 현을 향해 연재가 말했다.

"세부 계획은 내려가서 세우면 안 될까? 춥고 배고프다."

현은 눈동자를 굴리더니 기가 막힌 두부 요리 집을 안다고 했다. 삼대째 손두부 집이란다. 새해 첫날 해돋이 보러 갔다가 '경찰서'에 '두부'라니, 이런 기막힌 전개에 연재는 맛도 보기 전에 기가 찼다.

새해 첫날, 다들 경찰서를 다녀왔을 리는 없을 텐데, 삼대째 손두부 집엔 손님이 바글바글했다. 두부전골을 주문했고 현은 손을 씻고 오겠다며 화장실에 갔다. 연재는 물수건으로 대충 손을 닦았고 그사이 밑반찬으로 모두부 두 점이 나왔다. 손 씻고 온 현이 한 개를 집어 연재의 앞접시에 놓아주며 "새해 복 많이 받으세요, 매니저님!" 한다. 무슨 날벼락 같은 하루인가 싶으니 피식 웃음이 나왔고 그 바람에 피가 말라붙었던 입술이 벌어지며 날카로운 통증이 왔다. "그래, 부매니저도 새해 복 많이 받아!" 미소를 보내는데, 현이 냅킨을 건네며 입가에 피난다고 한다. 냅킨을 건네는 현의 손에도 피멍이 가득했다. 연재는 냅킨을 받으며 생각했다.

'액땜한 거라고. 이제 너도, 나도 더는 나쁜 일이 없을 거라고.'

숟가락을 입에 넣을 때마다 입술에서 피가 새어 나오고 아팠지만, 종일 물 한 모금도 마시지 못한 터라 피가 나든 말든 일단 부지런히 숟가락을 움직였다. 입가 통증 때문인지 맛은 그리 느껴지지 않았지만, 허기 때문에 전골을 순식간에 흡입했다. 현은 연재를 보며 피식 웃음을 터트렸다.

"웃지 마, 웃으면 입가 더 찢어진단 말이야."

식사를 마치고 현의 집까지 연재가 태워주었다. 운전하던 연재가 슬쩍 옆을 보니 현은 핸드폰에 뭔가 메모하고 있었다. 새로운 프로그램에 관한 떠오르는 아이디어들을 적는다고 했다. 연재가 나지막이 물었다.

"그 손목 말야, 어떻게 된 건지 물어도 돼?"

식당에서 현이 연재에게 냅킨을 건네줄 때 연재는 봤다. 현의 손목에 그어진 몇 가닥의 실금을. 현이 늘 긴팔로 손목을 가리고 있어 그동안 보지 못했는데, 손을 씻느라 살짝 소매를 걷었기에 손목이 드러나 있었다. 현은 덤덤하게 그동안 몇 차례 자살 시도가 있었다고 했다. 연재는 분위기가 너무 무거워지지 않게 일상의 대화처럼 뭐가 제일 힘들었는지 물었고, 현은 고립이라고 했다. 모두 앞으로 나아가는데 혼자만 섬에 갇힌 것 같았다고. 일하다가 자기 병에 대해 알게 되면 업주들은 하나같이 낫고 오라고 했다고. 병 다 낫고 오면 다시 받아 주겠다며. 그러나 한 번 업장을 나오면 끝이라고도 했다. 다 낫는 건 불가능한 일이니까. 평생을 조절하며 살아야 하는 사람에게 다 낫고 오란 말은 오지 말란 말과 똑같은 거라고 했다.

메모하던 현이 손을 멈추고 물었다.

"혹시 사장님도 그런 생각이에요?"

"……!"

허를 찌르는 현의 기습 질문에 어떻게 답을 해야 할지 순간 머릿속이 까맣게 엉켰다. 하지만 시간이 길어지면 얕은 속내가 드러날까 봐, 아니 그것보다는 현의 마음이 다칠까 봐 서둘러 아니라고 했다. 연재는 현이 진심으로 자신의 대답을 받아들이는지 신경 쓰여 현의 눈치를 살폈다. 속내를 알 수 없는 표정이었다. 현의 집 앞에 도착할 때까지 침묵이 흘렀다. 안전벨트를 푸는 현을 보며 연재는 미안하다고 했다. 현이 무슨 뜻으로 하는 말인지 싶은 얼굴로 연재를 봤다.

"……나 보호하려고 많이 맞았잖아. 그리고 그 아저씨가 했던 말 신경 쓰지 마."

"사장님도 저 보호하려고 그 새끼 때렸잖아요. 진짜 멋있었어요. 든든하고. 그리고 모르는 사람들이 생각 없이 떠드는 소린 저한테 중요하지 않아요."

씩씩하게 차에서 내려 오피스텔로 들어가는 현의 뒷모습에서 깊은 서러움 같은 것이 보였다. 현의 패딩에 묻은 얼룩과 찢긴 자국이 서러웠는지도 모르겠다. 아직 어린 나이에 저런 무게의 돌덩이를 어깨에 올리고 사는 삶은 어떨지 짐작조차 되지 않았다. 현을 내려주고 오는 길, 연재는 현의 어깨에 올려진 돌덩이와 자기 어깨 위 돌덩이를 비교하다가 문득 깨달았다.

'내가 겪은 일은 특별하다는 환상, 아무도 나만큼 아픈 사람은 없다는 착각' 속에 빠져 내 상처를 키우고 확대하고 심지어 극진히 보관하며 살고 있다는 것을. 패딩에 묻은 흙처럼 털어버리거나 정 안되면 둘둘 말아 쓰레기통에 버리면 되는 것을 마음 깊은 곳에 고이 모셔 두었다는 것을. 그 무슨 대단한 보물이라고 끌어안고 끙끙대고 있었다는 것을.

갓길에 차를 세운 연재는 억지로 구역질했다. 단전 아래 꾹꾹 눌러놓은 쓰레기를 토해내려는데 되직한 밀가루 반죽 같은 그것은 올라오다 말고 목구멍에 꽉 막혀 캑캑대기만 했다. 토해내고 싶다. 토해내야 한다. 살라면 손가락을 입에 넣고라도 토해야 한다. 정작 나와야 하는 진득한 그것 대신 연재의 입에서 나온 것은 고라니의 울음 같은 참혹한 비명이었다.

꽃은 그냥 피지 않는다

집에 돌아온 연재는 일정표를 폈다. 현재 상황을 보면, 윤희 작가 전시, 지금까지 해오던 프로그램과 1월부터 새롭게 시작되는 프로그램, 작가 초청 강의, 카페, 주말 브런치까지 제법 빡빡하다. 현이 쉬는 날은 월, 화. 그때를 이용해 일주일에 한 번 정신과 상담하러 간다고 했으니, 알바가 더 필요하다. 현이 연재처럼 주말에 쉬면 좋겠지만 주말을 이용해 브런치 카페를 운영하고 있고, 그 일에 나름의 계획이 있는데 그걸 막고 싶진 않다. 당장 알바 구인 광고를 냈다. 그리고 포털에 조울증을 검색했다. 많은 정보가 있었고, 실제 겪는 사람들의 고충이 드러난 글도 많았다. 현과 함께하기로 마음먹은 이상 그 병에 관해 알아야 할 것 같아 정신과 의사가 써 놓은 글부터 읽기 시작했다. 연재가 생각했던 것과 크게 달랐던 점은 조증과 울증이 하루에도 여러 번 교차하는 것이 아니라 각각의 주기가 있다는 거였다. 대체 현에게 무슨 일이 있었던 걸까. 어떤 삶을 살았고, 지금 어느 지점을 통과하고 있는지, 연재가 도울 영역은 어떤 것일지, 당장 알 수 있는 건 아무것도 없었다. 병에 관해 이론적으로 안다고 해도 그 질병을 앓는 사람을 이해하는 것은 또 다른 영역이란 걸 느끼며 노트북을 덮었다. 새벽 세 시가 넘고 있었다.

아침부터 연재는 분주하다. 오늘은 전시가 시작되는 첫날, 터진 입술 자국에 연한 립스틱을 발랐다. 상처가 가려지지 않지만 안 바른 것보다는 낫다. 어제저녁에 먹은 밥이 아직도 그득한 느낌이라 아침은 거르고 서둘러 문을 나섰다. 외부 계단을 통해 1층으로 내려가던 연재는 깜짝 놀라 걸음을 멈췄다. 소풍 입구에 서 있는 벚나무에, (현이 크리스마스트리를 만든다고 전구를 달던 그 나무에) 정사각형 모양의 현수막이 걸려 있었다. 「괜찮아 너라서 더 괜찮아」라고 쓰인 현수막엔 메인으로 선정한 작품이 인쇄되어 있었다.

어젯밤 집에 들어올 때만 해도 없었는데, 누구지?

놀란 연재가 나머지 계단을 내려오는데, 호숫가에 산책 나온 사람들이 현수막을 배경으로 사진을 찍는다. 현수막은 원작보다 색감은 흐릿한데, 그래서인지 모네의 그림 느낌이 났다. 소풍은 이미 열려 있었고, 그 안에서 선글라스에 손가락이 나오는 장갑을 낀 현이 바닥을 닦고 있다.

"언제 이런 걸 다 준비했어?"

감격한 연재가 현에게 물었다.

"제가 한 거 아니에요."

"어? 그럼, 누구지?"

"강훈이 형이요."

"목공소 사장님?"

"네, 어젯밤에 형이 현수막 제작했다고 아침에 같이 걸자고 전화 왔었어요."

"이걸 아침에 걸었다고?"

"좀 전에 걸고 형은 바쁜 일 있다고 가셨어요."

연재는 이걸 어떻게 제작했을지 곰곰이 생각했다. 그런 연재의 생각을 읽은 듯 현이 말했다.

"작품 파일 작가님께 직접 받았다고 하던데요?"

또다시 연재의 난감한 표정을 읽은 현은 자기 때문에 강훈이 만들어준 거니 부담가질 필요 없다고 한다. 그동안 현은 퇴근하고 종종 강훈의 목공소에 들러 조수 역할을 했단다. 그것에 대한 보답이니 연재가 가질 부담은 아니라는 거다. 연재는 열심히 바닥을 닦는 현을 보며 물었다.

"근데 너 그 선글라스 계속 하고 있을 거야?"

현은 선글라스를 반쯤 내리며 괜찮냐고 물었다. 현의 눈가에 퍼런 멍이 번져 있었고, 이에 연재는 얼른 다시 끼라는 수신호를 보냈다. 실내에서 선글라스라니, 처음엔 자연스럽지 않게 보였는데 스타일 좋은 현이 저러고 있으니 나름대로 느낌 있다. 손가락장갑 사이 보이는 상처에도 미키마우스가 그려진 반창고를 붙였는데, 그것마저 패션으로 보였다.

현수막을 보니 사방은 겨울인데, 소풍에만 봄이 온 것 같다. 계단을 내려올 때까지만 해도 전시회장 배경 음악으로 비발디의 사계 중 봄을 틀어야겠다고 생각했는데, 현수막을 보니 모차르트의 가곡 「봄을 기다리며」가 떠오른다. 발랄하고 화려한 비발디의 곡보다 다소곳이 봄을 기다리는 느낌의 모차르트 곡이 「괜너괜」과는 더 잘 어울릴 것 같다. 현에게 두 곡을 들려주며 어떤 게 더 전시와 어울리는지 물었다. 심사숙고의 시간이 흐르고 현도 모차르트의 손을 들어줬다. 어차피 전시 날짜가 길어 날마다 바꿔가며 곡을 틀 예정이니 큰 상관은 없었지만, 느낌이 통한 것 같아 손을 들어 하이 파이브를 했다.

전시장에 「봄을 기다리며」를 조용히 무한 반복되게 틀어놓고 연재는 서둘러 2층 소풍 3실로 올라갔다. 그곳은 연재의 집과 나란한 곳으로 말하자면 카페 위는 연재의 집이고 전시실 위층이 소풍 3실로 각각의 입구가 따로 있는 별도의 공간이다. 소풍 3실은 그동안 수요가 없어 닫아 놓았는데, 전시로 인해 오늘부터 모든 수업은 이곳에서 이뤄질 예정이다. 연재는 미리 온풍기도 틀고 화장실 비품도 점검했다. 모든 준비는 완벽했다.

곧 퀼트 팀이 올 시간, 반응이 어떨지 궁금해 내심 떨린다. 그런데 예상치도 않게 난초 화분이 왔다. 보낸 사람은 혜진. 전시를 축하한다는 분홍 리본이 달린 서양란 화분이다. 한겨울인데도 온실에서 곱게 자랐는지 꽃이 만발한 이 난은 이름도 품격 있는 '엘레강스'다. 전시에 축하 화분까지 보내주다니.

전시장 입구 테이블에 '엘레강스'를 올려두었다. 동양의 야생화와 서양의 난이 이질감 없이 잘 어울렸다. 사람도 동서양을 가리지 않고 그냥 사람이면 되는 것을 동과 서, 흑과 백, 빈과 부, 자꾸 차별성을 강조하며 선을 긋는다. 인간은 타인을 소외시키면서 쾌감을 느끼는 본능이 있는 것 같다. 연재의 생각이 산으로 갈 무렵 혜진이 시우가 탄 유모차와 함께 도착했다. 열흘 남짓 안 봤을 뿐인데 몇 달 만에 만난 것처럼 반갑다. 연재는 시우를 번쩍 들어 안았다. 안 본 사이 시우는 더 똘망똘망해지고 몸이 꼿꼿해졌다. 순두부처럼 뭉글거리고 말랑거리던 몸에 들썩들썩 힘이 들어간다. 시우와 눈을 맞추고 혀 짧은 소리로 잘 있었는지, 맘마는 먹었는지 묻는 연재를 보며 시우는 대답 대신 침을 흘렸다. 손수건을 꺼내 침을 닦으려다 시우의 앞니가 올라온 게 보였다. 작고 하얀 보석 같은 이가 연한 잇몸을 뚫고 올라오고 있었다. 봄이 오면 새순이 돋는 것처럼 이가 날 때가 되어 이가 올라오는 게 당연한데 그 모습이 새삼스럽게 경이롭다.

어린 시절엔 매해 피는 꽃이 뭐 그리 대단한 일이라고 몇 시간씩 차를 타고 꽃구경 가는 어른들을 이해하지 못한다. 그러다 어느 순간, 꽃이 그냥 피는 게 아니라 한겨울을 견디고 피었다는 것을 알게 되면 그 꽃은 그냥 꽃이 아니라 경이로운 꽃이고, 그 꽃을 보기 위해 기꺼이 길을 떠나는 것이다. 그러니 어떤 것에 경이로움을 느낀다는 것은 험난한 과정을 지나온 사람이 가지는 특권이자 그런 삶을 견딘 사람에 대한 위로인지도 모른다.

시우와 근황 토크를 마친 연재가 그제야 혜진에게 화분 보내줘서 고맙다는 인사를 했다. 현이 시우의 유모차를 들고 밖으로 나갔다. 소풍 3실로 옮기기 위해서다. 혜진은 카페에 외투를 벗어놓고 전시장을 둘러봤다. 연재가 시우를 안고 혜진의 뒤에 섰다. 천천히 그림을 감상하던 혜진이 「괜너괜」 앞에 걸음을 멈췄다. 한참 그림을 보더니 연재를 돌아

보며 미소를 짓는다. 쓸쓸함을 담은 미소였다. 혜진의 눈가에 뭔가 맺힌 것 같았는데, 고개를 돌리는 바람에 정확하지는 않았다. 다만 혜진이 느끼는 감정에 집중하도록 두고 싶어 연재는 시우를 안고 조용히 카페로 자리를 옮겼다. 시우를 안고 창가에 서서 밖을 보니 나머지 퀼트 멤버들이 현수막 앞에서 사진을 찍고 있다.

잠시 후 트럭이 도착하더니 기사가 커다란 화환을 들고 안으로 들어온다. 이번엔 제하가 보낸 거다. 낯선 도시에 온 지 6개월 남짓 흘렀고, 그사이 연재가 한 거라곤 돈 받고 장소를 빌려주기만 했는데 두 여자에게 이런 다정함을 받다니, 시우를 안고 있어서인지 두 여자의 다정함 때문인지 가슴이 따뜻했다.

퀼트 팀이 전시 관람을 마치고 모두 3실로 올라가고 전시회를 찾는 첫 손님 둘이 등장했다. 중년의 여자분들은 입장료를 물었고 연재가 무료라는 답을 하려는데, 현이 먼저 전시 관람은 무료나 음료 주문은 1인 1잔이라고 답했다. 손님은 흔쾌히 아메리카노를 주문했고, 현은 전시 관람이 끝나면 준비해 주겠다며 계산부터 했다. 사람들 말마따나 땅 파서 장사하는 것 아니니까 정당한 대가를 요구하는 게 당연한데, 연재는 이 당연함이 어색해 괜히 얼굴이 붉어졌다. 이런 마인드로 사업하겠다고 덜컥 일을 벌였다니 연재는 자기가 생각해도 참으로 용기가 가상했다. 오후에는 더 많은 손님이 전시장을 찾았다. 전시를 본 사람들이 카페를 차지하니 금세 만석이 되었다. 카페 문을 열고 처음 있는 일이었다.

이때 또 다른 무리의 전시 손님이 들어왔고, 이제 더는 전시장에서 나온 손님들이 앉을 자리가 없다. 난감한 순간, 연재는 원하시는 분은 음료를 들고 전시장에 다시 들어가셔도 된다고 했다. 작품에 손상 가지 않게 주의를 주는 것도 잊지 않았다. 카페 손님 반이 마시던 음료를 들고 일어선다. 현이 놀란 눈으로 연재를 봤다. 연재가 이런 결정을 내린 것이 그저 임기응변만은 아니다. 전시에 갈 때마다 뜨거운 커피를 마시면서 전시를 볼 수 있었으면 좋겠다는 생각을 늘 품었기 때문이다. 하지만 그동안 그렇게 해온 관성에 의해 미처 실행하지 못했는데, 상황이 이렇게 되자 한번 해보고 싶어졌다. 만일을 대비해 보험도 들어 두었으니 지레 겁먹을 필요는 없을 것 같다.

전시장에 온 손님들도 음료를 마시면서 느긋하게 전시를 볼 수 있어 더 좋다고 했다. 물론 작품이 오염되는 위험도 있지만, 누군가 작품을 훼손할 작정이 아니라면 그럴 위험은 낮은 데 반해 너무 엄격한 잣대를 가지고 있다는 게 평소 연재의 생각이다.

윤희 작가가 자신의 SNS에 올린 전시 홍보와 소풍 홈페이지, 소풍을 이용한 사람들의 각종 SNS 홍보로 꽤 많은 사람이 몰렸다. 연재가 주문받고 현이 음료를 만들고 눈에 보이는 대로 빈 컵을 설거지하고 틈틈이 전시장을 순찰하고 누군가 바닥에 쏟은 커피를 밀대로 닦고 테이블을 정리하느라 말 그대로 손이 열 개라도 부족했다. 아침에 분명 바짝 묶은 머리카락이 산발이 되도록 몰랐다.

테이크아웃 손님이 아니면 도자기 컵을 쓰자는 게 연재의 생활 철학이다. 그깟 종이컵 몇 개 아낀다고 지구를 구하진 못하겠지만, 몇 개 더 버림으로 자연이 파괴됨에 손을 보태고 싶지 않다. 고작 할 수 있는 일이라고 일회용품 덜 쓰는 것과 천연 세제나 천연 수세미를 쓰는 것뿐이지만 말이다. 밀린 컵을 씻고 있는데 수찬이 왔다. 오늘이 기타 수업이었나? 연재는 너무 바쁜 나머지 정신까지 혼미한데 수찬이 구직 사이트에서 알바 공고를 봤다며 일하고 싶단다. 그 말을 들은 현이 연재가 오케이 하기도 전에 말했다.

"형, 그럼 빨리 설거지부터 해줘. 매니저님은 여자 화장실 휴지 없대요, 빨리요."

연재는 휴지를 들고 달렸고 돌아오니 수찬이 설거지하고 있다. 연재는 3실로 단숨에 올라가 환기하고 책상을 정리하고 화장실을 청소했다. 얼추 정리가 끝날 무렵 캘리그래피 회원들이 반갑게 들어선다. 카페에 손님이 많아 음료 주문을 못 했단다. 연재는 음료 주문을 받아 카페로 내려왔다. 산더미 같은 설거지를 마친 수찬은 조심스레 선약이 있다며 알바는 내일부터 해도 되냐고 묻는다. 얼렁뚱땅 수찬이 단기 두 달 알바로 낙점되었고, 수찬은 앞치마를 두른 채 뛰어나갔다. 약속 시간에 많이 늦은 모양이었다.

6시가 되고 마지막 손님이 소풍을 나가자마자 연재와 현은 그대로 의자에 털썩 주저앉았다. 그 와중에도 현은 핸드폰을 꺼내 매출 전표를 부지런히 더하더니 음료 판매 금액이 98만 원이라고 했다. 이만 원 부족한 백만 원이라니, 연재는 웃음이 나왔다. 돈 버니까 좋았다. "어제 액땜을 제대로 했나 보다"라며 현도 웃는다. 마음은 좋은데 종일 물 한 모금 마시지 못하고 종종거렸더니 손끝 하나도 움직일 힘이 없다. 다행히 연재에겐 미리 만들어 두었던 비장의 무기, 만두가 있다. 설날 먹으려고 사두었던 떡도 있으니, 떡만둣국을 먹으면 되겠다. 혹시 현에게 어떠냐고 물었더니 대답보다 먼저 일어서며 만두 많이 넣어 달란다. 소풍 정리를 마치고 집으로 올라와 2인분의 육수를 끓이는데 통화하던 현이 제하 누나가 와도 되는지 묻는다. 당연히 되고말고. 연재는 얼른 육수를 더 부었다. 이십 분이 조금 지나고 제하가 도착했다. 현이 문을 열어주자, 실내에서 선글라스를 낀 현을 보며 물었다.

"그 몽타주 뭐냐?"

이에 지지 않고 현이 단발로 머릴 자른 제하를 보며 되받아쳤다.

"누난 안톤 쉬거야?"

"그게 뭔데?"

"「노인을 위한 나라는 없다」 주인공! 사진 들고 가서 똑같이 해달라고 했어?"

"이게 진짜 죽으려고, 관 짜 줄까?"

현실 남매의 다정한 대화를 들으며 연재는 냉장고에서 김치를 꺼냈다. 제하가 현에게 명령 같은 부탁을 했다.

"편의점 가서 맥주 좀 사 와."

"싫어, 힘들어."

현의 대답에 아랑곳하지 않은 제하가 카드를 내밀며 단호하게 말했다.

"기네스 두 개랑 아사히 두 개."

현이 어이없다는 표정으로 카드를 들고 나갔다. 거실 유리창으로 현이 나가는 것을 확인한 제하가 연재에게 다가와 정색하고 물었다.

"현이 얼굴이 왜 저래요? 무슨 일 있었어요?"

제하의 정색한 얼굴에 연재는 떡만둣국을 뜨려다 국자를 내려놓았다.

정색을 넘어 결연하기까지 한 제하의 눈빛은 마치 맞고 온 동생 혼내주러 온 싸움 잘하는 형 같았다.

떠나온 사람이 떠나가는 사람을 배웅하다

궁금한 건 연재도 많았다. 하지만 현이 맥주 사 올 시간에 다 물을 순 없었다. 일단 어제 일어난 일에 관해 브리핑하듯 요약했다. 굳었던 제하의 얼굴이 펴지며 고개를 숙였다. 제하는 아무 말도 하지 않았다. 대신 가늘고 긴 숨을 천천히 길게 내쉬었다. 마치 요가할 때 그런 것처럼. 때마침 현이 맥주를 사서 들어왔고 연재는 얼른 국자를 다시 집으며 화제를 돌렸다.

"반찬이 김치밖에 없어서 어떡해."

제하는 떡만둣국에 김치면 완벽하다며 손을 씻으러 화장실로 들어갔다. 현은 주방 싱크대에서 손을 씻고, 연재가 떠 놓은 국그릇을 식탁으로 날랐다. "전시 보고 싶다고 해서 불렀는데 괜히 불렀다"라며 투덜거린다. 제하가 손을 씻고 나와 현이 사 온 맥주를 냉장고에 넣었다. 이를 본 현이 어이없는 얼굴로 쏘아붙였다.

"뭐야? 맥주 마시고 싶다며?"

"추워 죽겠는데 무슨 맥주야?"

"소시오패스야? 마시지도 않을 걸 왜 사 오라고 난리야!"

"주말에 와서 마실 거야."

제하는 식탁에 앉아 현의 그릇과 자기 그릇을 번갈아 보더니 현이 그릇에 만두가 더 많은 것 같다며 바꾸자고 했다. 연재에게 기시감이 드는 장면이었다. 연재는 냄비에 만두 많으니 먹고 더 먹으라고 말하다가 느닷없이 목이 멨다. 그 말도 늘 연재가 두 아들에게 했던 말이기 때문이다. 제하도, 현이도 묻지도 않는데 연재는 물을 한 컵 마시고 성대가 말라서 그런 거라고 둘러댔다. 제하가 크게 한 입 만두를 베어 물더니 뜨거워서 말은 못 하고 양손으로 '엄지척!'을 한다. 현이 이런 제하를 보더니 앞접시를 가져다 제하 앞에 무심히 놓았다. 연재는 제하에게 화환 보내줘서 고맙다고 인사했다. 제하는 인테리어 하느라 전시 시간에 못 와서 아쉽다며 이달 말에 인테리어 끝나면 다음 달에 정식으로 오픈한다고 했다.

"요가원 이름은 뭐예요?"

연재가 물었다.

"디야나요, 힌디어로 명상이란 뜻이에요."

디야나, 뭔가 영어 느낌이 나는 힌디어라고 연재는 생각했다. 제하는 요가원 이름 후보로 아카샤, 타트샤, 디야나를 고민했고 최종적으로 외우기 쉽고 요가와 가장 밀접한 디야나를 골랐다며 각각의 뜻을 장황하게 설명했다.

저녁 식사를 마친 제하가 기어이 설거지했다. 공짜로 밥을 얻어먹었으니, 그거라도 해야 마음이 편하다는데 어쩔 수 없다. 연재가 피곤해 보였는지, 궁금한 게 해결이 되어서인지 설거지 끝낸 제하가 서둘러 가방을 들었고, 현은 제하에게 전시를 보여주고 퇴근하겠다며 함께 나갔다. 둘이 나가자 연재는 바로 양치를 마치고 침대에 누웠다. 전시실에 켜 놓은 불빛이 안방 창까지 올라와 불을 꺼도 깜깜하진 않았다. 피곤해 눈을 감았지만 쉬 잠들지 못했다. 한참 후 안방 창이 어두워졌다. 현과 제하가 이제야 가는 모양이다. 연재는 제하와 현이 어떤 관계인지 궁금해졌다. 분명 연재가 알지 못하는 세계가 두 사람 사이에 있었다.

수찬이 일찍 출근해 현을 따라다니며 일에 관해 설명을 들었다. 수찬도 소풍이 어떻게 돌아가는지 익히 알고 있기에 적응이랄 것도 없이 금세 손발이 척척 맞았다. 수찬이 쉬는 날은 목과 금. 기타 수업은 그날로 몰았다. 이로 월화는 현이, 목과 금은 수찬이, 주말엔 연재가 쉬기로 하고 소풍은 전시 기간 내내 돌아간다. 연재는 평소에도 하루 두 끼만 먹는 터라 점심시간이 필요치 않았고, 현과 수찬은 근처 식당에서 월로 계산하기로 하고 그곳에서 점심을 해결했다.

연재가 만든 레몬 생강청이 다 떨어졌다며 현이 자기가 주말 장사에 쓰던, 식자재 도매 마트에서 구매한 레몬청을 팔자고 했다. 아메리카노와 카페라테뿐인 카페에 카페인 음료를 마시지 않은 사람을 위해 뭔가는 필요했다. 연재는 청 대신 캐모마일 같은 차를 제안했다. 당이 부담스러운 사람들도 있기 때문인데, 그렇게 따지면 당이 필요한 사람도 있다며 과일청과 캐모마일을 추가하자는 현의 제안에 연재도 동의할 수밖에 없었다.

메뉴가 늘면 직원이 힘든 법인데 항상 현이 일을 늘리고 연재는 최대한 억제하는 역할을 하다 보니 누가 사장인지 모르겠다. 여하튼 메뉴는 네 개로 늘었고 가격도 오백 원씩 인상키로 했다. 가장 큰 이유는 사실 보험료다. 전시하면서 혹시라도 있을 작품 훼손이나 분실에 대해 보험 가입하는데, 이번 전시 보험료로 연재가 지급한 금액은 사백만 원. 나중에야 이 사실을 안 현이 음료 가격 인상을 적극적으로 추진했고, 인상해도 주변 카페에 비하면 저렴했다. 가격이 올랐다고 뭐라는 사람은 없었지만, 연재는 주문받는 동안 진땀이 났다.

전시장에 윤희가 왔다. '엘레강스' 화분 옆에 우아하게 서서 전시 보러 온 사람들과 인증사진을 찍었다. 사진사는 연재. 사진을 찍는 열에 아홉은 손으로 브이를 했다. 눈 감지는 않았는지 사진을 확인하고 핸드폰을 돌려주는데, 확실히 브이 한 사진이 안 한 사진보다 표정이 자연스럽다. 손가락 브이에는 안면근육까지 펴는 힘이 있는 모양이다.

윤희도 생각보다 많은 관람객에 놀랐다. 겨울 방학이라 엄마랑 온 학생들, 친구끼리 온 사람들, 실내 데이트가 필요한 젊은이들이 많았다. 윤희는 2년에 한 번은 춘하에서 전시회를 열었는데, 그때 지금처럼 손님이 많지 않았다. 아무래도 갤러리에서 하는 전시와 복합 문화 공간에서 하는 전시에 차이가 있는 것 같다. 갤러리라고 하면 그림을 잘 모르는 일반 사람들은 선뜻 들어서기 어려운 장벽을 느끼는 데 반해 소풍은 입구부터 카페고 장소도 호수 앞이다 보니 진짜 소풍 온 것처럼 가볍게 들르기 편한 거다. 윤희는 소가 뒷걸음치다가 쥐를 잡듯 이러다 그림까지 팔겠다고 생각했다. 하지만 그런 말이 연재에게 부담으로 작용할까 봐

입 밖으로 꺼내진 않았다.

그날 오후 아이들을 데리고 온 엄마와 관람객 사이 작은 소란이 일었다. 유치원 아이가 전시장을 뛰어다니다 다른 관람객과 부딪히는 바람에 들고 있던 음료를 쏟은 것이다. 전시장에 왜 아이를 데리고 왔냐는 질타가 이어졌고 노키즈존이란 팻말을 붙이라는 원성도 들렸다.

연재는 우선 손님께 사과하고 바닥의 음료를 닦은 다음 아이가 뛰지 않게 엄마에게 주의를 부탁했다. 아이 엄마도 당황한 얼굴로 "죄송합니다" 하며 연신 허리를 굽혔다. 손님께는 다시 음료를 제공하는 걸로 일은 마무리 지었지만 아이들을 위한 근본적인 대책이 필요했다.

윤희는 연재가 이 일을 어떻게 처리할지 궁금했다. 전시실에 음료를 들고 들어가게 만든 사람의 방안이 해결책이 된다면 윤희도 벤치마킹하고 싶기 때문이다.

연재는 아이를 키워본 입장에서 육아가 얼마나 고된 일인지 잘 안다. 진짜 위로와 힐링이 필요한 오직 한 집단만 고르라고 한다면 육아 중인 엄마가 1순위일 것이다. 하지만 육아만 힐링이 필요한 건 아니라는 것도 안다. 카페에서, 전시장에서, 어디서든 방해받지 않고 문화생활을 누릴 권리 또한 누구에게나 중요하기 때문이다.

연재는 안내문을 써 붙였다. 조용히 전시 관람을 마친 10세 이하 어린이는 비눗방울 기구를 나눠준다고. 정원에 나가 마음대로 비눗방울을 불며 놀아도 된다고. 하지만 소란을 일으키는 아이는 예외라는 규정을 달았다. 엄마를 따라온 아이들은 빨리 전시를 둘러보고 비눗방울 기구를 들고 정원으로 달려 나갔다. 전시장 안은 평온해졌고 비눗방울

기구 때문에 N차 관람하는 엄마들도 생겼다.

연재의 방안을 본 윤희는 연재에 대한 신뢰가 높아졌다. 사실 전시를 시작하면서 불안했던 마음이 없었던 건 아닌데 생각보다 훨씬 잘해 나가고 있다.

전시가 시작된 지 3주가 흘렀고 오늘 저녁은 특별 이벤트가 있는 날이다. 신년 맞이 김지영 작가 초청 북토크가 열리기 때문이다. 참가 신청을 올리자마자 50명 정원이 금방 찼다. 소풍에서 지역 작가가 진행하는 글쓰기 수업에 참여한 사람들이 이미 스무 자리 넘게 신청했고 대기자까지 줄을 섰는데, 최대한 대기 인원까지는 참여할 수 있게 의자 배열을 촘촘히 해 결국 60명이 자리를 메웠다.

북토크는 일곱 시 시작이고 여섯 시가 조금 넘은 시간 지영이 도착했다. 연재가 달려 나가 지영을 맞았다. 지영은 내리자마자 호수 전경을 둘러보더니 좀 더 빨리 올 걸 그랬다며 아쉬워했다. 겨울 저녁 여섯 시라 벌써 어둑어둑했다.

조명이 반짝이는 나무에 걸린 그림을 본 지영은 예쁘다고 감탄하며 핸드폰을 꺼내 사진을 찍었다. 현이 달려와 둘이 같이 현수막 앞에 서라고 한다. 이런 센스쟁이. 사실 연재도 지영과 사진 찍고 싶었는데 초면에 어색해 차마 나서지 못했는데 이렇게 자연스레 멍석을 깔아주다니. 지영이 연재의 팔짱을 꼈다. 좋아하는 작가 옆에 서니 십 대로 돌아간 듯 떨리고 설레었다. 이래서 나이 들어서도 '덕질'을 하나보다 싶다. 연재는 지영을 전시실로 안내했다. 지영은 소외된 사람, 사회적 약자들을 위한 글을 똑 부러지고 흡입력 있게 써 왔기에 투사의 이미지가 있었는데,

실제 지영은 웃음 많고 평범했다. 전시장에서 커피를 마실 수 있음을 특히 좋아했는데, 그림 앞에 설 때마다 감탄하는 모습이 소녀 같았다.

금세 북토크에 온 팬들로 둘러싸인 지영은 그들이 들고 온 책에 사인하고 이야기 나누느라 정신없었다. 그런 모습을 보는 것만으로도 연재는 행복했다. 이제 북토크를 시작할 시간, 군중들을 이끌고 연재와 지영은 3실로 올라갔다. 연재가 준비한 꽃다발을 선사하며 지영을 소개했고 지영이 마이크를 잡고 인사하자 큰 환호가 쏟아졌다. 팬들의 환대에 지영의 얼굴에 함박꽃이 피었다. 지영은 작가가 되기까지 긴 여정을 짧게 이야기하며 북토크를 시작했다.

누구나 들어가고 싶어 하는 대기업을 다닌 지 칠 년, 벚꽃이 만발한 어느 날 출근하던 지영은 버스에서 내렸다. 벚꽃이 눈처럼 흩날리는데 도저히 지나칠 수가 없었다. 다시 돌아오지 않을 그 순간을 느끼고 싶어 벚나무 아래 꽃비를 아니, 꽃눈을 맞으며 하염없이 서 있었다. 내면에서 온갖 소리가 올라왔다.

"빨리 택시 타고 지금이라도 회사에 가! 아직 늦지 않았어!"

내면의 소리와 반대로 몸은 벚나무를 따라 공원 안으로 깊이 더 깊이 들어갔다.

또다시 소리가 올라왔다.

"빨리 회사에 전화 걸어 몸이 아프다고 해. 병원에 들렀다가 간다고 한두 시간 늦겠다고 해! 그럼 아무 일도 일어나지 않아!"

지영은 내면의 소리대로 전화를 걸었고 그렇게 말했다. 정말 아무 일도 일어나지 않았고, 두 시간 늦게 회사에 도착했다. 사무실에 앉았는데 눈물이 나서 참을 수가 없었다. '이 삶이 내가 원하는 삶인가'에 대한 회의가 쓰나미처럼 덮쳐 대성통곡을 했다. 동료 직원들은 지영이 어디 많이 아픈 모양이라고 월차를 쓰고 들어가 쉬라고 했다. 다시 가방을 싸서 사무실을 나왔고 그것이 회사 생활의 끝이었다.

크게 슬픈 이야기는 아닌데, 관객 중 누군가 자기도 그런 적 있었다며 울먹였다. 먹고살아야 하니까 다시 회사에 들어가긴 했는데 현실은 퍽퍽하고 꿈은 멀기만 하다며 끝내 눈물을 터트렸다. 이룰 수 없는 꿈은 슬프다더니. 지영이 덩달아 가방에서 휴지를 꺼내 눈물을 닦으며, 누가 울면 덩달아 놓고 따라 우는 불치병을 앓고 있으니 울지 말라고 했다. 지영까지 우니까 여기저기서 눈물 닦는 사람이 속출했다. 슬픔이 전염되어 퍼지는 사이 공기가 달라졌다. 작가 한 사람에 대한 호기심으로 가득 찼던 공기는 서로의 슬픔을 공감하는, 그리고 여기까지 온 각자를 위로하는 쪽으로 포화도가 기울었다. 지영이 "여기 온다고 미용실 들러 머리하고 오랜만에 화장까지 했는데 망했다"라고 하자 모두 웃었다. 울다 웃으니 분위기가 따뜻해지면서 몰입도가 더 생겼다.

후회한 적 없냐는 누군가의 질문에 모아둔 돈 다 떨어지고 글 써서 먹고살기 힘들어 고깃집에서 설거지 알바 했는데, 그때 중학생 딸을 데리고 온 엄마가 지영을 보며 공부 안 하면 저렇게 된다고 했을 때 잠깐 후회했다고 했다. 안타까운 탄성이 나왔다. 그때 지영은 사십을 바라봤고 선크림 살 돈이 아까워 지인들이 버리는 샘플을 모아 썼다며 그러니 꼴이 엉망이었다고 했다. 처음부터 고상한 작가였을 것만 같았던 지영의 입에서 저런 이야기가 나오다니. 연재는 놀랐다. 그리곤 지영이 더 좋아졌다.

지영은 첫 책을 내기 위해 출판사 백여 곳에 원고를 보냈고 겨우 한 곳에서 출간 제의를 해와 겨우 천 권을 찍었지만 그나마 팔리지 않았다. 출간하기만 하면 무조건 십 쇄는 찍으리란 자신감이 있었는데 망상이었다. 두 번째, 세 번째 책까지 팔리지 않자 작가로서 재능이 없음을 깨달았다고 했다. 그 절망감을 끄적인 블로그 글이 어느 편집자 눈에 들어 출간 제의가 들어왔고, 지영은 마음대로 하라고 내던지듯 허락하고 다시 작은 회사에 들어갔다. 어차피 안 팔릴 것은 불 보듯 뻔한 일이었다. 역시나 이변은 없었다.

그런데 어느 날 갑자기 그 책이 팔리기 시작했다. 웬일인가 했더니 칸 영화제에서 상을 받은 어느 유명 배우가 그 책을 읽고 과거 자기가 힘들었을 때 꼭 자기 심정 같아서 울었다며 SNS에 올렸단다.

책은 삽시간에 팔려 진짜 십 쇄를 찍었다. 책 제목대로 된 것이다.

"이런 십 쇄!"

지영의 외침에 모두 폭소를 터트렸다.

재능이라는 게 꾸준함이고 그걸 세상이 알아봐 주는 건 운이라고도 했다. 사람들이 알아주니 더 좋은 글, 사회에 꼭 필요한 글감을 찾게 되고, 글감을 찾으면 글에 더 심혈을 기울이게 되고, 다행히 그렇게 쓴 책이 팔리니 다음에 또 그럴 수 있는 경제적인 여건이 만들어져 계속 선순환되었다고.

그놈의 운이라는 게 늘 절망 끝에 오는 게 문제라고 했다. 그러니 아직 운이 오지 않았다면 아직 절망은 아닐 수 있으니 더 절망하시라고 하자 여기저기서 원성 섞인 한숨이 새어 나왔다. 그 한숨에 또 웃다 보니 어느덧 끝낼 시간이 되었다. 아쉬움을 뒤로하고 단체 사진을 찍었다.

지영이 참가자들과 일일이 개별 사진을 찍는 동안 연재는 지영의 말을 생각했다. 운이라는 게 늘 절망 끝에 온다는 말. 지금 연재의 눈앞에 벌어지는 이 기가 막힌 이벤트가 연재의 절망 끝에서 시작되었으니 그 말이 정말 맞다 싶었다.

열 시 반 기차표를 끊었다는 지영을 춘하역까지 연재가 차로 바래다주었다. 지영은 어떻게 이런 공간을 만들었는지 물었다. 연재는 곰곰이 생각하다가 대답했다.

"저도 벚꽃 때문이었어요."

지영은 더 묻지 않았다. 신호 대기에 차가 멈추고 두 여자가 눈을 마주쳤다. 마치 블루투스를 연결한 것처럼 연재의 생각이 고스란히 지영의 가슴으로 이어지는 것 같았다. 순간 연재가 눈물을 글썽였다. 삶의 고통을 통과한 자들이 느끼는 공감이었을까? 지영은 또 불치병이 도졌다며 휴지로 눈물을 닦았다. 춘하역에 도착할 때까지 더는 대화가 없었지만 편안했다. 처음 느끼는 희한한 감정이었다.

기차에 오른 지영이 창가에 앉아 손을 흔들었다. 연재도 조심히 가시라고 손을 흔들었다. 기차가 플랫폼을 빠져나가 어둠 속으로 완전히 사라질 때까지 연재는 그대로 서 있었다. 떠나온 사람이 떠나는 사람을 배웅하는 풍경이 오래된 흑백영화처럼 아련하게 느껴졌다.

김치 손만두 그림과 도마

　제하의 요가원 '디야나'가 오픈하는 날이다. 연재는 오픈 선물로 무엇을 할까 고민하다가 액자 모양의 블루투스 스피커를 준비했다. 요가할 땐 음악이 필수이고 요가 동작이 그려진 액자이니 그곳에 잘 맞을 듯싶어서다. 오전 열한 시가 조금 넘은 시간 연재가 도착했다. 개업 기념 할인 행사가 진행 중이라 입구에 접수하려는 사람들이 줄을 서 있고 예쁜 요가 강사가 접수를 돕고 있었다. 연재는 사람들 사이를 비집고 안으로 들어섰다. 5층 건물의 3층에 있는 제법 넓은 공간이었다.

　제하는 벌써 수업을 시작해 십여 명의 요기니들과 수련하고 있었다. 연재는 끝나기를 기다리며 안을 둘러봤다. 수련실과 샤워실, 탈의실 그리고 접수대와 그 앞으로 간단히 차를 마실 수 있는 대기실 같은 공간이 정갈하게 준비되어 있었다. 특히 눈에 띄는 건 탈의실 한쪽 벽 크기에 맞춰 제작된 공동 화장대로, 이게 예사롭지 않다. 상판 바로 아래 몰딩 부위에 아쉬탕가 요가 동작이 새겨져 있는데 딱 봐도 많은 공이 들어간 듯 보였다. 그 위로 인도풍 소품들이 이국적이면서도 아기자기한 분위기를 자아냈다. 아마도 제하가 인도 여행 중에 사 모았다는 소품인가 보다.

수업을 마치고 나온 제하에게 연재가 선물을 내밀었다. 제하는 그 자리에서 액자를 수련실 벽에 걸고 블루투스를 연결해 음악을 켰다. 명상 음악인데 다행히 소리도 좋았다. 제하가 고맙다며 점심을 사겠다고 했지만 연재는 소풍을 오래 비워둘 수 없기에 가야 했다. 대신 제하가 사다 놓은 맥주가 그대로 냉장고에 있으니 언제라도 시간 되는 날 집으로 오란 말을 남겼다. 제하는 꼭 그러겠다고 했다.

배웅 나온 제하에게 공동 화장대가 근사하다고 했더니 현이 선물했다고 했다. 꽤 비싸 보여서 '현이 큰돈을 썼구나!' 싶었는데 강훈의 목공소에서 현이 만들었단다. 아쉬탕가 조각은 강훈의 작품이고 나머진 강훈의 도움을 받아 현이 만들었고 시공도 둘이 직접 와서 했단다. 현이 퇴근하면 매일 목공소에 간다더니 저걸 만드느라 그랬구나 싶었다. 제하가 현이 괜찮은지 무심히 물었고, 연재도 무심히 괜찮다고 답하고 계단을 내려왔다.

요가원 1층에 있는 피자집에서 피자를 주문하고 기다리는데 현이 괜찮냐는 제하의 말이 신경이 쓰였다. 무슨 일이 있나? 싶기도 하고, 그냥 안부를 묻는 말일 수도 있는데 내가 오버하나 싶기도 했다.

피자를 들고 소풍으로 돌아왔다. 수찬이 혼자 카페 자리를 지키고 있었다. 오전 캘리그래피 수업이 끝났기에 두 시까진 3실이 비고, 점심시간이라 카페도 전시실도 한가했다. 화장실 갔을 거라 생각했던 현이 나타

189

나지 않자, 연재가 밖으로 나가 현을 찾았다. 현은 3실 창가에 서서 호수를 바라보고 있었다. 3실로 올라간 연재가 창밖을 보고 서 있는 현을 향해 말했다.

"뭐 해?"

현의 손에는 책상을 닦은 물수건이 있었고, 대답 대신 수건을 들어 보였다.

"청소 다 했으면 피자 먹자."

현은 말없이 연재 뒤를 따랐다. 현의 태도나 표정이 평상시라면 신경 쓰지 않을 정도지만 제하의 질문 때문인지 현의 고요함이 신경 쓰였다.

"괜찮아?"

"네, 괜찮아요."

연재는 현이 안 괜찮아 보였다. 그렇다고 계속 물을 수도 없는 일이었다. 이럴 땐 무슨 말을 해야 할지 난감했다. 그래서 솔직해지기로 했다.

"안 괜찮으면 안 괜찮다고 말해줬으면 좋겠어. 그리고 만일 안 괜찮을 땐 내가 어떻게 도와주면 좋을지도 알려줄래? 그러면 우리가 함께 이겨나갈 수 있을 것 같은데."

"……."

하나 마나 한 소릴 한 것 같아 연재는 금세 후회했다. 안 괜찮다고 말할 수 있으면 그나마 괜찮은 것 아닌가? 카페로 돌아와 피자를 먹으며 연재는 부러 더 밝은 목소리로 다음 주엔 중국집에서 시켜 먹어보자고 했다. 수요일만 셋이 다 모일 수 있는 날이니 이날은 맨날 먹는 밥 대신 다른 걸 먹자고 너스레를 떨었다. 당장 배달 앱을 켜서 맛집을 알려주며 맞장구쳐 주는 수찬이 있어서 다행이었다. 어두워진 현이 신경 쓰였지만, 현은 차질 없이 일은 진행했다.

퇴근 시간, 수찬이 현과 함께 소풍을 나갔다. 잠시 후 수찬이 다시 들어와 놓고 간 핸드폰을 집으며 현의 기분이 가라앉아 보여서 술 한잔 사주려고 한다며 다시 서둘러 나갔다. 연재는 자기도 모르게 마음속으로 고맙다고 했다. 사람이 사람을 괴롭게도 하지만, 자기도 모르는 사이 주변 사람이 상대의 기분을 살피며 돕고 있다는 것을 직관하는 순간이었다.

연재가 잠긴 문을 확인하고 2층으로 올라가는데 등 뒤에서 자동차가 주차하는 소리가 들렸다. 돌아보니 혜진이다. 혜진 옆에 한 남자가 시우를 안고 있다. 혜진은 남편이 퇴근하고 서둘러 왔는데도 이 시간이라며 혹시 전시를 볼 수 있는지 물었다. 다른 사람도 아니고 혜진이 왔는데 안 된다고 할 이유가 없다. 연재는 다시 문을 열었고 혜진과 남편이 그림을 보는 동안 연재가 시우를 안았다. 혜진은 남편 손을 이끌고 빠르게 「팬너팬」 앞으로 갔다.

"이거야! 어때?"

남편은 그림을 보더니 "이쁘네, 얼만데?" 했다.

"이 그림 얼마예요?"

날아갈 듯 밝은 목소리로 혜진이 물었다.

연재는 갑작스러운 질문에 말문이 막혔다. 잠시 후 전시 파일을 열어 가격을 확인하니 그림 사이즈 30호로 육백만 원이다. 혜진의 남편은 그 자리에서 카드를 꺼냈다. 헉! 육백만 원짜리 그림을 10초 만에 구매 결정하다니. 놀람을 삼킨 연재가 그림을 지금 사도 전시가 끝날 때까지는 못 가져가니 전시가 끝날 때 결제하라고 했다. 대신 이미 팔렸음을 알리는 빨간딱지를 붙였다. 남편은 더 둘러보지 않고 나가겠다는 의미로 시우를 안았고 혜진이 그의 팔에 매달리듯 팔짱을 끼고 함께 전시실을 나갔다. 마치 백화점에서 명품 가방을 골라 놓고 남편을 데리고 와 결제하게 만드는, 사랑받는 아내의 전형처럼 느껴졌다. 주차해 둔 차를 향해 가는 혜진의 모습이 듬직한 아빠에게 매달린 아이 같았다. 잠깐 봤을 뿐이지만 혜진이 남편을 많이 사랑하고 있음이 느껴졌다. 그를 바라보는 혜진의 눈동자가 그랬다.

생각지도 못한 순간에 그림이 팔리자 연재는 묘한 기분이 들었다. 연재가 산 그림은 아니기에 뺏긴 느낌은 아닌데, 한 번 마음에 품었던 터라 뭔가 섭섭했다. 혜진을 보며 연재는 가끔 자신과 비슷하다고 느꼈는데 그림을 보는 안목까지 비슷하다니. 그 작품이 연재에게 위안이 된 것처럼 혜진에게도 그랬나 보다. 생각이 거기까지 미치자 연재는 궁금했다. 혜진은 어떤 이유로 위안이 필요했는지. 그러다 그런 생각하는 자신이 바보 같다. 세상천지에 위로가 필요하지 않은 사람이 어디 있다고. 남편과 같이 있는 혜진은 평소와 달리 그늘 없고 근심 없어 보였다.

작품이 팔렸다는 기쁜 소식을 윤희에게 알렸다. 윤희도 놀라는 눈치다. 연재는 괜히 목소리에 힘이 들어가고 대단한 일을 한 뒤 칭찬받는 아이가 된 심정이다. 전시를 기획하면서 '하나도 안 팔리면 어쩌지?' 하는 걱정과 만일 그런 일이 벌어지면 연재가 장기 할부로라도 「괜너괜」을 구매할 계획을 세웠는데, 하나라도 팔려서 (그게 하필 「괜너괜」이긴 해도) 아쉬운 마음보다 다행인 마음이 컸다. 큰 숙제를 마친 것 같다. 윤희와 통화를 마친 연재가 「괜너괜」 앞에 섰다.

전시를 시작한 지 한 달이 넘었는데 정작 전시를 시작하곤 일하느라 바빠서 제대로 이 앞에 선 적이 없다. 문득 작품을 걸 때가 떠올랐다. 강훈이 그림을 걸어주고 조명을 달아「괜너괜」에 빛을 불어넣어 준 때가 떠오르자 갑자기 그가 궁금하다. 작년 말, 만두를 준 게 마지막인데 그러고 보니 그 후로 연락이 없다. 딱히 연락할 사이도 아니고 연락이 있을 일이 없기도 했지만, 혹시 그때 두고 온 만두가 문제였는지 갑자기 신경이 쓰였다. 그렇다고 뜬금없이 전화를 걸기도 어색하다. 전시 첫날, 현수막을 받았을 때 고맙다고 말 한마디 안 한 게 후회됐다. 아무리 현이 그를 도와준 것 때문이라 해도 내 사업체에 아침 일찍 와서 수고를 해줬는데, 괜히 엮이기 싫다는 이유로 인간의 도리를 하지 않은 것 같다. 연재는 그림에 붙여놓은 빨간딱지를 다시 한번 손으로 꾹 누르고 전시실 불을 껐다.

연재는 에코백을 챙겨 마트로 향했다. 마트에서 어묵전골 밀키트를 사서 나오다 저만치 떨어진 강훈의 목공소를 봤다. 잠깐 목공소를 들를지 그냥 갈지 잠시 고민하다가 불이 켜진 목공소를 향해 걸음을 돌렸다. 창을 통해 안이 훤히 보이는데 강훈은 보이지 않는다. 연재가 목을 길게 빼고 안을 이리저리 둘러보는데 뒤에서 불쑥 강훈이 나타난다.

"연재 씨?"

"엄마야!"

어찌나 놀랐는지 연재는 어깨를 크게 들썩였다. 몰래 훔쳐보다 들킨 것 같은 민망한 마음과 느닷없는 소리에 놀란 마음이 뒤섞여 자기도 모르게 큰 소리가 나왔다.

"아니, 왜 사람을 그렇게 놀라게 해요?"

강훈이 더 놀라 눈을 동그랗게 떴다.

"제가요?"

"갑자기 부르면 사람이 놀라죠."

연재는 아직도 진정되지 않는지 눈을 질끈 감았다 떴다.

"여긴 제 작업실인데 입구를 막고 계셔서."

"아…… 죄송해요."

"근데 저 찾아오신 거예요?"

갑자기 말문이 막힌 연재가 그림이 팔린 이야기와 현수막, 그래서 그때 고마웠다는 이야기를 두서없이 늘어놓았다. 무슨 말인지 정리해서 알아듣느라 강훈의 눈동자가 왔다 갔다 했다.

말을 끝낸 연재가 "그럼 수고하세요"란 말을 남기고 돌아서려는데 강훈이 말했다.

"차 한잔하고 가실래요?"

묻는 강훈의 손에는 약국 봉투가 들려 있다.

강훈은 작업하다 손을 다쳤다며 약국에서 연고와 밴드를 사 오는 길이라고 했다. 다친 손으로 포트에 물을 붓는데 자세히 보니 손 곳곳이 상처투성이다. 연재는 자기가 와서 다친 사람 더 번거롭게 하는 건 아닌지 신경 쓰였다. 강훈은 과일 말린 조각으로 만든 차를 꺼내며 요즘 그 차에 꽂혀 있다고 했다. 향긋하고 인공적인 맛 없이 달콤한 게 취향 저격이라며 전시실 맞은편 문을 열고 들어갔다.

그가 시야에서 사라지자 작은 소품들을 구경하던 연재는 뭔가를 발견하고 자기 눈을 의심했다. 검은 플라스틱 동그란 쟁반, 중국집에서 탕

수육 시키면 오는 일회용 쟁반. 그건 연재가 강훈에게 두고 간, 돌려줄 필요 없는 만두가 담긴 그 그릇이었다. 거기에는 연재가 만들었던 형태의 만두가 놓였던 모양도 비슷하게 그려져 있다. 반투명한 만두피 아래 붉은색이 비치는 김치 손만두가 마치 그 순간을 영원히 간직하고 싶은 소중한 무엇인가라도 되는 것처럼 모셔져 있다. 세밀화처럼 정교한 그림은 아닌데 그래서 오히려 정감이 느껴지는 그림이다. 한참 만에 강훈이 김이 모락모락 나는 컵 두 개를 들고나왔다. 컵이 차가우면 차가 빨리 식는다며 컵을 삶았다고 했다.

연재는 쟁반을 들어 보이며 물었다.

"이거 제가 다시 가져도 될까요?"

"에이, 줬다 뺏는 게 어딨어요?"

강훈이 말린 과일 차를 뜨거운 컵 안에 우려 놓고 서랍에서 뭔가 꺼내더니 연재를 향해 내밀었다.

"이건 어때요? 불량 나서 못 파는 건데 버리긴 아깝고."

연재가 받아보니 타원형 모양의 나무에 노란 달과 보라색 코트를 입은 여자의 뒷모습이 그려져 있다. 손잡이까지 있어 쥐기도 편한 이 물건을 앞뒤로 돌려봐도 어디가 불량인지 모르겠다.

"이게 어디가 불량이에요?"

"그림이 마음에 안 들어요. 지우면 얼룩 남아서 안 되고요."

이리 보고 저리 봐도 완벽한데 이걸 버리다니 싫었다.

"이거 진짜 버리는 거 맞아요?"

"마음에 안 드시면 주세요, 장작으로 쓰죠, 뭐."

강훈이 화목 난로를 보며 말했다.

"아뇨, 마음에 들어요. 근데 이거 도마예요? 쟁반이에요?"

"거야 연재 씨 마음이죠, 뭐로 쓰건."

연재는 아무리 봐도 이쁘고 신기하다. 이런 모양의 도마도 쟁반도 본 적이 없었다. 연재가 물건에 심취해 있는 동안 강훈이 검은 플라스틱 쟁반을 도로 챙기며 말했다.

"만두 잘 먹었어요."

연재는 그제야 작품에서 눈을 떼고 강훈을 보며 물었다.

"먹을 만했어요? 아무 말씀 없어서 입에 안 맞았나 싶었는데."

"그런 거 같아서요."

대체 무슨 선문답인지 싶은 얼굴로 연재가 강훈을 봤다.

"저기에 담아준 뜻이요. 그릇 돌려준다고 또 만나고, 그러고 싶지 않은 거잖아요. 만두는 맛있었어요. 추운데 일부러 가져다준 것도 고맙고요."

연재는 얼굴이 화끈 달아올랐다. 무슨 말을 해야 할지 모르겠고 농담처럼 넘길 애드리브조차 생각나지 않았다. 민망함을 무마하기 위해 기껏 떠오른 말은 "아니, 저는 배추전을 기대하고 있었는데."였다.

"진짜요? 그럼 배추전 먹을래요? 당장 만들죠 뭐. 재료도 다 있는데."

연재는 아차 싶었고 강훈의 얼굴에는 화색이 돌았다.

"여기서요?"

설마 작업실에서 할까, 싶어 연재가 물었고 강훈은 방금 나온 전시실 반대편 문을 열었다. 거긴 싱크대며 전자레인지, 냉장고, 조리대까지 완벽한 주방이 있었다.

강훈이 말했다.

"저도 바쁠 땐 사 먹지만 웬만해선 직접 만들어 먹어요. 제 몸에 좋은 걸 먹이고 싶거든요."

생각지도 않은 상황에 연재가 강훈의 다친 손을 보며 말했다.

"손 다치셨잖아요."

"에이, 이 정도는 뭐."

강훈은 봉투에서 밴드를 꺼내 상처 두 군데에 척척 붙이며 말했다.

"이거 다쳤다고 밥을 못 해 먹었으면 진즉 굶어 죽었죠."

아뿔싸, 연재는 후회했다. 무엇보다도 둘이 배추전을 만들어 먹는 모습이 생각만으로도 어색하다. 이를 눈치챈 건지 강훈은 현에게 전화를 걸어 별일 없으면 오라고 했다. 주방으로 간 강훈이 냉장고에서 알배추를 꺼내 위생 장갑을 꼈다. 돌연 연재를 향해 미소를 짓더니 배춧잎을 하나하나 뜯어 두꺼운 부분을 칼등으로 살살 다지고 그 위로 소금을 뿌린다.

연재로서는 참 어정쩡한 상황이었다. 할 일 없이 어색한 연재는 달과 여인이 그려진 물건을 만지작거리다가 에코백에 넣었다. 에코백엔 저녁에 먹으려고 산 어묵전골 밀키트가 있었다. 연재는 마치 할 일을 찾은 듯 밀키트를 꺼내 강훈에게 어묵전골 어떠냐고 물었고 강훈은 좋다며 싱크대 아래서 휴대용 인덕션을 꺼냈다. 전골은 끓이면서 먹어야 제맛이라고 흥얼흥얼 콧노래까지 불렀다.

잠시 후 현과 수찬이 소주와 맥주를 사 들고 왔다. 인근에서 소맥하고 있었다는데 멀쩡한 현에 비해 수찬은 벌써 취기가 올라 있었고 이런 자리가 신나 보였다. 그런 그를 보며 연재는 생각했다. 위로주가 필요했던 사람은 수찬이었는지도 모른다고.

그러다 문득 그것보다는 무슨 이유에서인지 어두워진 현에게도, 일회용 그릇에 음식을 던져주고 간 사람을 위해 배추전을 만드는 저 남자에게도, 괜한 말실수로 일을 만들어 어정쩡하게 서 있는 연재 자신에게도, 각자의 허기짐을 채워줄 위로주가 필요했는지도 모른다.

저마다의 고달픔이 서로의 어깨를 넘나들고 있었다

제법 능숙한 솜씨로 강훈이 배추전을 굽는 동안 현이 골뱅이를 무치고 소면 사리도 만들었다. 현은 강훈의 주방이 익숙한 듯 묻지도 않고 주방용품들을 척척 꺼내 썼다. 수찬은 땅콩과 오징어, 굴과 사과를 깎아 접시에 담았고, 연재는 휴대용 인덕션을 작업대 위에 놓고 어묵전골을 끓였다. 말 한마디가 불러온 나비효과. 이럴 거면 식당에 갈걸. 순식간에 각자 만든 음식을 작업대 위에 올리고 둘러앉았다. 넷이 모여 있으니 무슨 어벤져스라도 되는 것 같다며 수찬이 웃는다.

연재가 앞접시에 어묵전골을 담아 각자에게 돌렸다. 골뱅이 소면을 배추전에 싸서 먹으면 맛있다고 현이 추천했다. 다들 그렇게 먹어보고 "음~" 소리와 함께 고개를 끄덕였다. 뜨끈한 국물까지 한 숟갈 뜨면 맛의 조화가 완벽했다. 수찬이 소맥을 말아 돌렸고, 다들 잔을 받아 "짠!" 도 한 번 했다. 그러다 갑자기 현이 물었다.

"근데 매니저님은 여기 웬일이세요?"

이제 와서 궁금했나 보다.

연재는 '이 복잡다단한 사건의 시발점을 어떻게 한마디로 요약할까?' 싶었는데 강훈이 만두가 그려진 검은 쟁반을 들며 연재 대신 설명했다.

"연재 씨가 여기에 만두를 주셨는데, 내가 그때 배추전을 부치겠다고 했거든."

"매니저님이 형한테 만두를 줬어요?"

의외라는 듯 현이 연재를 봤다.

"그때 그림 옮겨주시고 직접 설치까지 해주셨잖아. 돈은 절대 안 받으시겠다고 해서. 그리고 현수막도 만들어주셨잖아."

"아……."

현은 그제야 이해했다는 얼굴이다. 연재는 사실을 말했는데 변명을 한 것 같은 기분이 들었다. 이번엔 수찬이 쟁반을 들고 본다.

"와, 이걸 그리신 거예요? 왜요?"

강훈은 전시는 어떠냐며 말을 돌렸다. 수찬은 강훈의 의도에 완전히 낚였다. 수찬은 생각보다 많은 손님 덕에 소풍에 알바로 취직했다는 이야기를 먼저 꺼냈다. 그리고 음악 해서 먹고살기 어려워서 진심으로 음악을 그만둘까, 고민하고 있다고 속내를 털어났다. 그동안 말이 고팠는지, 주사가 수다인 건지 수찬은 계속 말을 쏟아냈다. 이전까지만 해도 돈은 못 벌어도 내가 좋아하는 일이고 낭만이 있어 견딜 만했는데, 서른 중반을 넘고 나니 계속 이렇게 살아도 되는지 걱정이란다. 연주해 오던 클럽에서도 젊은 피 수혈한다고 기존 연주자들을 모두 물갈이하는 바람에 연주할 곳도 사라져 지금이라도 기술을 배워야 하나 싶은데, 음악 말고는 해본 게 없어서 무슨 기술을 배울지도 모르겠다고 한탄했다.

여자 친구랑 현실적인 이유로 헤어진 이야기를 하다가 한때는 동료였던 지금은 잘 나가는 음악가들 이야기로 넘어갔고, 이어 일본에서 밴드로 활동했던 이야기를 장황하게 설명하느라 목에 핏대가 섰다. 이미 현과 전작이 있었기에 취기가 있었는데, 여기서도 말하는 동안 계속 소맥을 벌컥벌컥 들이켜더니 많이 취한 것 같았다. 모두 고개를 끄덕이며 수찬의 말에 위로와 공감을 보냈다. 취한 탓인지 그동안 너무 힘든 탓인지 수찬은 끝내 울음을 터트렸다. 그 나이에 알바자리 알아보려고 전전하는 자신이 비참하다고 했다. 한(恨) 민족이 맞다.

월급이 많지 않더라도 꼬박꼬박 일정한 금액이 들어오는 안정된 삶을 살고 싶은데 대체 어떻게 해야 그렇게 살 수 있는지 물었다. 강훈이 말없이 수찬의 어깨를 토닥였다. 강훈의 토닥임에 수찬은 코끝까지 빨개지며 말했다.

"저요, 진짜 열심히 살았거든요? 기타 친다고 하면 사람들은 제가 놀고먹는 베짱이인 줄 알아요. 근데 저 손에 굳은살 배도록 맨날 연습하고 작곡하고 편곡하고 레슨하고 그렇거든요? 그리고 베짱이는요, 한철 살아요! 겨울에는 다 죽어요! 그 동화가 잘못된 거예요!"

돌연 한철만 사는 베짱이가 불쌍하다고, 게으름뱅이로 오해받는 베짱이가 불쌍하다고 대성통곡을 했다. 베짱이와 수찬 중 누가 더 불쌍한지에 대해 연재는 생각했다.

"형, 취했어. 술만 먹지 말고 안주랑 국물도 먹어!"

현이 수찬의 입에 어묵을 넣어주며 말했다.

수찬은 현이 넣어준 어묵을 받아먹고 갑자기 행복한 얼굴로 현의 얼굴을 만졌다.

"내가 너처럼만 생겼어도 케이팝을 이끌었을 텐데, 나랑 얼굴 바꾸자."

그렇게 현의 얼굴을 만지더니 혀 꼬부라진 말투로 다정하게 속삭였다.

"지금도 훌륭해! 남자답게 잘생겼구먼!"

강훈이 수찬을 위로하는 동안 현이 혼잣말처럼 중얼거렸다.

"……나도 진짜 바꾸고 싶다."

신세 한탄하는 수찬과 그를 위로하는 강훈, 자신을 진짜 바꾸고 싶은 현까지 저마다의 고달픔이 서로의 어깨를 넘나들고 있었다. 현이 일어나 수찬을 일으켰다. 취한 수찬을 집까지 바래다준다며 강훈에게 택시를 불러달라고 했다. 택시가 도착했고 현과 강훈이 엿가락처럼 늘어진 수찬을 부축해 나갔다.

작업실이 엉망이 됐다. 여러 개의 앞접시, 술잔, 물잔, 전골냄비, 접시, 음식 흘린 자국들. 연재가 앞접시들을 정리하는데 강훈이 들어왔다. 괜히 일이 커진 것 같아 미안한데 강훈은 연재를 바래다준다며 외투를 집었다. 연재가 같이 정리하고 가겠다고 했지만 강훈은 나중에 천천히 치우겠다며 나가자고 한다.

많이 마시진 않았지만 오랜만에 마신 탓인지 취기가 올랐는데 차가운 밤바람에 정신이 났다. 아무 말도 하지 않고 걷기엔 어색해 무슨 말을 할까, 생각하고 있는데

"「괜너괜」 팔려서 아쉬워요?"

강훈이 먼저 말을 건넸다.

"음……. 그렇기도 하고 아니기도 해요."

"난 아쉽던데."

뜻밖의 대답에 연재가 강훈을 봤다.

"연재 씨가 좋아했잖아요, 그 그림."

"좋다고 다 가질 수 있나요?"

"……."

연재는 내가 좋아하는 걸 내가 갖지 못하는 게 왜 강훈이 아쉽냐고 물으려다 말았다. 그의 개똥철학 연장선에서 생각해 보면 갖고 싶은 걸 갖지 못하는 사람에 대한 연민 같은 것일 수 있으니까. 대신 들고 있는 에코백 속 물건을 보며 말했다.

"이거 고마워요, 잘 쓸게요. 너무 이뻐서 쓸 수 있을지 모르겠지만."

강훈은 미소를 지어 보였다. 그리고 문맥 없이 현은 괜찮을 거라고 했다. 연재는 그 행간에 숨겨진 의미를 파악하느라 필름을 되돌려 봤다. 현이 어두워 보였고 그런 현이 신경 쓰여 자꾸 눈치를 살폈는데, 이를 강훈이 봤던 것 같다. 강훈이 현에 관해 무엇을 알고 있는지 모르지만 제하의 공동 화장대를 같이 만든 걸 보면 꽤 오랜 시간을 함께 보냈을 것이고, 그러니 현이 뭔가를 말했을 수도 있겠다 싶었다. 수능 국어 킬러 문항을 푼 것 같아 씩 웃으며 고개를 끄덕였다. 연재는 국어 선생님이었기에 이 어려운 문제를 풀었다며 스스로를 대견해하고 있는데 강훈은 또 행간을 살펴야 하는 말을 던졌다. '좋은 사람인 줄은 알았지만, 대단한 사람인지는 몰랐다'라는 말. 술기운도 올라오는데 킬러 문항 두 개를 연속해서 풀려니 머리에 쥐가 났다. 그래서 아니라는 듯, 모르겠다는 듯 두 손을 내저었다.

그 순간 연재의 머릿속에 강훈이 삶아서 들고나온 '김이 모락모락 나는 컵'이 떠올랐다. 사실 누구에게 그렇게 극진한 대접을 받아본 적 없기에 순간 어색했다. 컵 하나 삶는 게 무슨 극진이냐고 할 수도 있지만, 포트의 끓는 물을 붓기만 해도 데워지는 컵을 일부러 삶기란 수고로운 일이다. 그건 단순히 컵을 데워주겠다는 것을 넘어 세균 하나 없는 말끔한 잔으로 주겠다는 뜻이니까 극진한 거다. 그러니 고맙다는 말을 해야 했는데 어색해서 타이밍을 놓쳐버렸다.

일회용 쟁반에 담아준 만두의 의미까지 알아챈 그가, 현을 보는 연재의 눈빛에서 걱정을 느낀 그가, 순간 연재의 어색함을 놓쳤을 리 없다. 그는 영민한 예술가니까. 머뭇거리는 사이 집 앞에 도착했다. 강훈은 조심히 들어가라며 먼저 돌아섰다. 연재가 그의 등에 대고 말한다.

"아까는 고마웠어요."

강훈이 돌아봤다.

"그 컵이요. 삶아주신 거. 배추전도 맛있었고요."

강훈은 대답 대신 미소 지었다. 강훈이 가는 모습을 지켜보다 연재도 소풍 안으로 들어섰다. 연재가 계단을 다 오를 무렵, 강훈이 크게 소리쳤다.

"나도 고마워요, 오늘 들러줘서. 연재 씨가 오지 않았다면 내가 연재 씨를 보러 오지는 못했을 테니까요. 그리고 얼결에 나온 말인 걸 알지만 배추전 얘기 꺼내준 것도 고맙고……. 잘 자요."

세상에……. '잘 자요'라니. 연재는 오글거리는 주먹을 꽉 쥐었다. 주변에 집이 없는 게 천만다행이었다. 욕실에서 씻고 나오는 동안까지도 잘 자란 말이 귓가에 맴돌았다. 사랑해도 아니고 잘 자란 말이 왜 그렇게 남사스러운지 모르겠다. 그러고 보니 잘 자란 말을 육성으로 들어본 적이 없다는 것을 깨달았다. 친구나 직장 동료들과 밤늦게 문자를 주고받다가 문자로 잘 자란 말은 흔하게 하는데 말로 들어본 적은 없었다.

그대로 침대로 들어가 뒤척이다 깜빡 잠이 들었다. 눈을 뜨니 새벽 네 시가 막 넘고 있었다. 이리 뒤척, 저리 뒤척이다가 결국 여섯 시가 다 가오자 벌떡 일어나 운동복을 입었다. 모처럼 새벽 조깅을 하고 싶어서다. 작년 늦가을까진 새벽 조깅을 자주 했었는데 겨울이 시작되고부터는 전혀 하지 않았다. 새해가 밝고 얼마 되지 않은 것 같은데, 벌써 2월 첫 주가 지나가니 이제라도 새롭게 시작하는 마음으로 운동화 끈을 질끈 묶었다.

아직 어둡고 무엇보다도 몹시 추웠다. 이 추운 새벽에도 뛰는 사람이 있었다. 잔뜩 움츠리고 종종걸음으로 뛰기 시작해 등에 열기가 느껴질 때쯤 등을 펴고 제대로 달렸다. 달리다 보니 콧등까지 올린 목 워머가 답답해 아래로 끌어내렸다. 안을 덥고 겉은 차고, 뜨거운 사우나에서 냉탕으로 옮겨갔을 때 느낌이 났다. 숨이 목까지 차올라 더는 달리기 힘들어 서서히 속도를 줄이고 걸었다.

숨을 고르며 호수를 반 정도 돌았을 때 뿌옇게 사방이 밝아오기 시작했다. 호흡이 정리되자 다시 달리려는데, 누군가 연재 앞을 확 스쳐 지나가더니 뒤돌아 연재를 보며 뛴다.

"매니저님?"

현이 뒤로 뛰며 반가운 얼굴로 물었다. 갑작스러운 현의 등장에 깜짝 놀란 연재도 다시 서서히 속도를 내며 반갑게 물었다.

"어? 웬일이야?"

어느새 현이 연재 옆으로 와 나란히 달리며 말했다.

"기분이 계속 가라앉는 것 같아서 일부러 나왔어요. 가만히 있으면 더 가라앉으니까요."

"잘했네. 듬직하다, 우리 부매니저!"

"매니저님이 다 알고도 받아 주셨는데 저도 노력해야죠. 저 그럼 먼저 갈 테니 천천히 뛰세요."

현이 긴 다리로 성큼성큼 달려가더니 뒤돌아보고 갑자기 이제야 뭔가 생각났다는 듯 "아하!" 하며 다시 달려간다. 이 동네 사람들은 왜 다들 이러는지 모르겠다. 기승전결 설명 없이 자기 할 말만 한다. 강훈이 그러한 것처럼.

엊그제 시작한 전시가 벌써 마지막 날을 남겨 두었다. 놀랍게도 작품 두 점이 더 팔렸고 수업에 참여하는 수강생도 늘고 새로운 수업 문의도 들어와 연재는 일에 대해 자신감이 붙었다. 그리고 윤희 전시가 끝나면 일주일 동안 사진전이 열릴 예정이다. 윤희 작가처럼 기획 전시는 아니고 지역 사진작가가 춘하시의 사계절을 찍은 작품을 전시하기 위해 대관한 대관 전시다. 윤희 작가의 작품을 돌려주고 다음 전시까지 준비기간으로 일주일을 뒀다.

오늘은 팔린 작품을 결제하는 날이다. 갤러리처럼 반반 수익을 나누는 계약이 아니므로 윤희가 핸드폰에 연결해 사용할 수 있는 개인 사업자 카드단말기를 가져왔고, 전시가 끝날 시간에 두 명의 구매자가 전시장을 방문해 결제를 마쳤다. 혜진과 남편은 조금 늦는대서 연재와 윤희가 작품 철거에 관한 이야기를 나누며 혜진을 기다리고 있었다. 윤희가 강훈에게 철거를 도와 달라고 요청해 전시가 끝나는 날 강훈이 그때처럼 트럭을 몰고 와 작품을 옮겨주기로 했다. 윤희는 생각지 않게 두 달 사이 세 점의 그림이 팔려 적잖은 수입이 생겼고, 연재에 대한 고마운 마음을 표현하기 위해 작은 소품 액자 하나를 챙겨 왔다. 화가들이 보통 예술 작품의 대중화를 위해 일 년에 한 번, 플리마켓 형식으로 십만 원 단위의 소품들을 내놓는데 그때 내놓으려고 그린 작품이라고 했다. 엽서보다 조금 큰, 작지만 매우 아름다운 안개꽃 그림이다. 연재가 진짜 받아도 되는지 묻자 윤희는 내년에도 전시하고 싶다고 했다. 확실히 연재에 대한 믿음이 생긴 거다.

좋아서 연재의 입이 찢어질 무렵 혜진이 남편과 나타났다. 혜진은 늦어서 미안하다며 입구에서부터 허릴 숙이고 들어왔다. 연달아 혜진 남편이 시우를 안고 들어왔다. 윤희도 자리에서 일어나 인사했고 남편은 신용카드를 내밀며 오늘 작품을 가져가도 되는지 물었다. 연재는 죄송하지만 내일까진 전시해야 하니 전시가 끝나면 집까지 작품을 가져다주겠다고 했다. 세 건의 계약을 연달아 한 윤희는 힘들었는지 피곤해 보였다. 결제를 마친 혜진과 남편이 다시 그림을 보겠다며 전시장으로 들어가고 윤희는 먼저 자릴 떴다.

연재는 윤희가 준 그림을 봤다. 크기가 작아도 그림 속 안개꽃은 충분히 아름답고 신비로웠다. 작품 감상을 마친 혜진과 남편이 전시실을 나왔다. 연재가 작품 배달을 위해 혜진의 집 주소를 다시 확인했고 혜진은 남편 퇴근하면 자기가 와서 가져가겠다고 했다. 혜진은 안개꽃 액자를 든 연재보다 훨씬 더 신나 보였다.

이제 연재가 결정해야 할 중요한 문제가 남았다. 두 달 단기 알바인 수찬의 문제다. 수찬은 지금처럼 계속 일하고 싶다는 의사를 밝혔고, 소풍도 일거리가 늘어 정식 직원이 필요했다. 문제는 수찬이 술만 마시면 늦거나 결근한다는 데 있었다. 사람이 나쁘거나 막상 일할 때 성실하지 않은 것은 아닌데, 두 달 새 세 번을 늦거나 안 나왔다. 자느라 통화도 안 되는 게 더 문제였다. 무슨 일이 생긴 건 아닌지 걱정하느라 연재도 일이 손에 안 잡히고 더구나 현이 쉬지도 못하고 나와야 하기 때문이다. 현은 자기가 감당할 수 있으니 괜찮다고 했지만 연재 생각은 다르다. 한두 달은 그렇다 해도 계속 참을 수는 없는 일이다.

드디어 전시의 마지막 날 아침, 아무 일 없이 전시를 마친다고 생각하니 지리산 천왕봉을 등반했을 때와 비슷한 자신감이 올라왔다. 25년 전, 그러니까 연재가 대학 1학년 때, 훗날 남편이 된 그와 여름 방학을 맞아 지리산에 갔다. 등산을 좋아하던 그를 따라 동네 뒷산도 가본 적 없는 연재는 슬슬 가면 된다는 그의 감언이설에 속아 등산화도 아닌 스니커즈를 신고 산에 올랐다. 백무동에서 출발해 한신 계곡에서 천왕봉까지 죽기 살기로 오른 후 이게 끝인 줄 알았다. 그런데 노고단으로 이어지는 등산 코스는 당시 연재로서는 미친 짓이었다.

천왕봉에서 프러포즈 반지를 내밀던 몹쓸 그를 무슨 개수작이냐고 내쳐야 했다. 심장이 두근거렸던 건 산에 오르느라 힘들어서 그런 건데 그를 향한 것인 줄 착각에 빠져 감동의 홍수 속에 눈물 콧물을 쏟았다. 내려가던 길, 거의 다 왔다는 그의 감언이설에 또 속아 도착한 곳이 노고단이었다. 평생 지리산 근처도 가본 적 없던 연재기에 천왕봉에서 내려가는 길이 길다고만 생각했는데, 거긴 내려가는 길이 아니라 지리산 종주 코스임을 첫 아이를 낳고야 알았다. 여하튼 그렇게 끝도 없는 길을 내려와 마침내 평지에 다다랐을 때의 감동이란. 노고단에서의 노고는 감쪽같이 잊은 채 세상에 나가면 무엇이든지 할 수 있을 것만 같은 자심감이 생겼다. 그렇게 스무 살 어린 나이에 결혼을 결심, 겨울 방학에 그와 결혼했다. 돌이켜 생각해 보면 남편에겐 지리산 산신령의 도움이 있었고, 연재 입장에선 지리산 지박령의 저주가 있었던 게 틀림없다.

연재는 이 순간 왜 하필 그 생각이 났는지 싶어 부정한 무엇을 떨치려는 듯 고개를 세차게 흔들었다. 소풍에 내려와 마지막 전시장을 순찰하고 3실 정도도 마쳤다. 점심시간 이후 잠깐 손님이 몰려 정신없었지만, 평소와 다름없이 정리되고 마칠 시간이 다가왔다. 오후 다섯 시 전시 마감이고 그 시간 즈음에 혜진이 그림을 찾아간다고 했으니, 이후 문을 닫고 수찬에게 그동안 수고하셨다고 말할 예정이다.

마감을 삼십 분쯤 앞두고, 중년의 여자가 왔다. 그녀는 커피 한 잔을 시켜 들고 전시실로 들어갔다. 다섯 시 전에 나오셔야 한다는 현의 말을 듣는 둥 마는 둥 하고 들어간다. 연재는 뭔가 싸한 느낌이 들어 그녀의 뒤를 따랐고, 그녀는 다른 그림은 쳐다도 보지 않고 「괜너괜」 앞에 섰다. 그리고 미동도 하지 않고 작품에 집중했다. 그러는 사이 혜진의 목소리가 들렸다. 현이 혜진과 인사하는 소리가 들리고 연재는 괜한 의심을 한 것 같아 미안한 마음으로 자리를 떴다.

　베이비시터를 구한 혜진은 시우를 두고 혼자 왔다고 했다. 연재가 마지막 손님만 가시면 작품을 가져가도 된다고 말하던 중 중년의 여자가 나왔다. 그녀는 창가 쪽 자리에 앉아 혜진을 응시했다. 연재가 작품을 포장하기 위해 전시실로 들어가고, 현은 카페 주문대에 서서 마감 금액을 맞추는데, 갑자기 안에서 연재의 날카로운 소리가 들렸다.

우리의 2월 마지막 밤

    연재의 비명에 현과 수찬, 혜진까지 달려왔다. 「팬너팬」에 누군가 커피를 뿌려 놓았다. 줄줄 아래로 흐르던 커피가 액자 끝에서 바닥으로 뚝뚝 검은 눈물을 흘리고 있었다. 범인은 한 사람, 그녀다. 모두 놀라 어쩔 줄 모르는 사이 연재가 작품을 들고 카페로 달려갔다. 그녀는 턱을 들고 도도하게 앉아 연재를 쏘아봤다. 연재는 떨리는 가슴을 최대한 진정시키며 물었다.

"이거 당신이 그랬습니까?"

"네, 제가 그랬습니다."

너무나 당당한 그녀의 태도에 정신이 아득해졌다.

"왜요? 왜 그러셨어요?"

그녀는 대답 대신 성큼성큼 걸어와 혜진의 뺨을 사정없이 날렸다.

휘청하며 쓰러지는 혜진을 연재가 껴안았다.

"왜 이래요?"

"너 나 누군지 알지?"

그녀는 혜진을 보며 분노의 눈알을 굴렸다.

"누구신데요?"

놀란 혜진이 벌벌 떨며 간신히 답했고 그사이 수찬이 경찰에 신고하는 소리가 들렸다. 연재는 현에게 혜진을 데리고 빨리 전시실로 피하라고 눈짓했고, 현이 혜진을 데리고 전시실로 들어가려는 순간 그녀가 혜진의 머리카락을 낚아챘다.

연재가 움켜쥔 그녀의 손을 펴기 위해 안간힘을 쓰며 말했다.

"대체 왜 이러시는 거예요? 사람 잘못 보신 거 아니에요?"

"당신도 한패야?"

"아니 말로 하세요, 이러지 마시고."

연재의 읍소가 통했는지 그녀는 돌연 손가락에 힘을 빼더니 또박또박 말했다.

"김. 동. 준!"

이름을 들은 혜진은 소스라치게 놀라며 기어들어 가는 목소리로 말했다.

"죄송합니다."

이틈을 타 연재가 혜진을 안전하게 뒤로 세우고 말했다.

"무슨 이유인지 몰라도 이러시면 영업 방해입니다. 그리고……"

말이 끝나기도 전에 그녀는 끝끝내 붙잡고 있던 이성의 끈을 놓아버리며 울부짖었다.

"저 여자가 내 남편이랑 살림을 차렸어요. 그것도 나 몰래 아이까지 낳았다고요! 나한텐 생활비 한 푼 안 보내고 저 여자한텐 비싼 그림을 사줬다잖아!"

적막이 흘렀다. 모두 누군가 '땡!' 해주길 기다리는 아이들처럼 '얼음'이 되어버렸다. 시계가 정각 다섯 시로 바뀌고 '땡' 해줄 술래, 윤희가 득달같이 뛰어 들어왔다.

수연은 윤희 화실에서 그림을 배우는 일반인 수강생이었다. 이 년 전쯤, 윤희는 백화점에서 쇼핑하던 중 수연을 만났다. 수연은 백화점 내 카페에서 책을 보는 남자를 가리켜 남편이라고 했다. 남편이 오래 기다리게 하면 짜증 낸다며 수연은 서둘러 매장을 향해 갔고, 마침 윤희는 잠깐 쉬려던 참이라 카페로 들어갔다. 백화점 안 카페는 주로 여자 손님들이거나 커플이었다. 사람들의 대화하는 소리, 매장 안 음악도 시끄러운 가운데 책을 읽는 남자가 신기해 윤희는 그를 눈여겨봤다. 그런데 그 남자, 고개 들어 주변을 살피더니 핸드폰을 꺼내 누군가와 통화했다.

'보고 싶다, 사랑한다, 지금 출장 중이라 못 가니 주말에 가겠다.'

심상치 않은 대화가 들렸다. 윤희는 뭔가 잘못되었음을 직감했다. 그렇다고 남의 부부 일에 섣불리 끼어들 수는 없었다. 한참 후 수연이 쇼핑백을 들고 카페로 들어오자 그는 손님이 왔다며 황급히 전화를 끊었다.

일주일에 한 번 화실에 오는 수연은 늘 밝고 상냥했다. 그 일이 있고 윤희가 '남편은 뭐 하시는 분이냐?'며 은근히 떠보았는데, 그는 사업하는 사람이라 늘 바쁘고 잦은 해외 출장에 자주 집을 비운다고 했다. 이걸 말해줘야 하나 말아야 하나 고민이 되었지만, 몰라서 오히려 잘살고 있는 것 같아 말하지 못했다. 그런데 6개월쯤 되었을 때 갑자기 수연이 화실에 나오지 않았다. 그리고 들려오는 소리, 수연의 남편이 집을 나갔단다. 결국 일이 그렇게 되었구나 싶었다.

수연이 화실에 도구들을 챙기러 왔다. 석 달 사이 수연의 몰골은 완전히 다른 사람이 되어 있었다. 피죽도 못 먹은 사람처럼 깡마르고 누렇게 뜬 수연의 얼굴에서 그동안 얼마나 부침이 심했는지 한눈에 보였다. 그런데 전시 마감을 하루 앞두고 소풍을 찾던 윤희는 혜진과 함께 들어오는 남자를 보고 경악했다. 그가 수연의 남편이기 때문이었다.

정원에서 현이 오인 신고라며 경찰을 돌려보냈다. 수찬은 한쪽 구석에 서서 누군가와 심각하게 통화하고 있다. 공구를 들고 온 강훈이 현과 현수막을 철거하고 나무에 감아 놓은 LED 전선을 풀기 시작했다. 차에서 내린 제하가 나무 위에 올라가 전선을 푸는 현의 사다리를 장난스럽게 치워버려 옥신각신하고 있었다. 창가에 선 연재는 표정 없는 얼굴로 이 모습을 보고 있다. 아니 눈은 이들을 응시하지만 전혀 인지하지 못한 채 깊은 상념에 잠겨 있다. 연재 등 뒤로 수연은 남편에게 여러 차례 전화해도 수신 거부 상태인지 받지 않자 윤희의 핸드폰을 빌려 전화했고 결국 통화가 되었다.

수연은 서슬 퍼런 목소리로 외쳤다.

"당신 꽃사슴 내가 드디어 만났네? 이제 고통 분담해야지? 그동안 나만 너무 억울했잖아, 안 그래?"

대답할 틈도 주지 않고 전화를 끊은 수연은 언제부터였는지 혜진을 족치기 시작했다. 창백해진 혜진은 동준을 처음 만났을 때 그가 이혼남인 줄 알았다고 했다. 그런데 병원에서 혜진이 혼자 시우를 낳는 동안 동준은 오지 않았다. 동준은 전처 사이에 딸이 있는데 하필 딸이 사고를 당했다고 했다. 뭔가 이상했지만 그를 믿었기에, 아니 믿고 싶었기에 하고 싶은 말을 참았다. 그런데 시우의 출생 신고를 위해 혼인신고 먼저 하자고 했더니 그제야 아직 전처와 혼인 관계가 정리되지 않았다고 털어놨다. 곧 정리하겠다는 그는 차일피일 시간을 미뤘고, 결국 혜진은 싱글맘인 채로 시우를 호적에 올렸다.

혜진의 고백이 끝나자 수연은 새빨간 거짓말이라며 흥분했다. 유부남인 줄 알면서도 만났고, 자신의 가정을 깼다며 절대 이혼해 주지 않을테니 평생 상간녀로 살라고 했다. 일을 이 지경으로 만든 사건의 주인공은 나타나지 않았고 상간녀 된 혜진은 눈물을 흘렸다. 이 와중에 윤희는 자기가 수연에게 사실을 말해 이 사달이 났다며 혜진에게 그림값을 환불해 주겠다고 했다. 연재는 유리에 비친 이들을 미동 없이 바라보기만 했다.

수연은 혜진의 부모를 만나야겠다며 당장 전화 걸라고 혜진을 협박했다. 혜진이 울기만 하자 수연은 혜진의 가방에서 핸드폰을 꺼내 켜더니, 혜진의 손을 잡고 지문으로 잠긴 액정을 풀려고 했다. 제발 그것만은 말아 달라고 울며 애원하는 혜진과 일을 강행하려는 수연의 몸싸움이 과격해질 무렵 주인공이 나타났다. 이 사건의 주인공 김동준.

그는 수연을 향해 소리를 질렀다.

"당신이 왜 여기 있어? 당신 제정신이야? 왜 엄한 데 와서 행패야?"

"뭐? 엄한 데? 그럼 내가 어딨어야 하는데? 집구석에 처박혀 당신이 마음 돌리기만 기다리고 있을 줄 알았지? 아니, 이젠 당신도 각오해! 내가 받은 고통의 천배 만배 더해서 당신 디엔에이 하나하나에 깊이 새겨 줄 테니까!"

동준은 자기가 드라마 파리의 연인 박신양이라도 되는 것처럼 혜진을 안아 세우고 속상한 얼굴로 화를 냈다.

"왜 이러고 당하고만 있어? 네가 잘못한 게 뭐가 있다고! 가자!"

"가긴 어딜 가?"

수연이 거칠게 남편에게서 혜진을 떼어놓았다.

이 틈을 탄 동진이 수연을 붙잡으며 혜진에게 외쳤다.

"여기서 빨리 나가! 빨리!"

혜진은 울기만 할 뿐 꼼짝도 하지 못했다.

유리창에 비친 이 모습은 진짜 사랑과 전쟁이 따로 없었다. 창에 비친 모습이어서인지 출연 배우 모두 메소드 연기에 빠진 재현 드라마를 보는 것 같았다. 동진이 발악하는 수연을 뿌리쳤다. 그 바람에 수연이 바닥으로 내동댕이쳐졌고 하필 테이블 모서리에 이마가 찍혀 피가 흘렀다. 놀란 윤희가 피 흘리는 수연의 이마를 냅킨으로 닦았다.

동진도 놀랐는지 말을 더듬었다.

"그러니까 왜 일을 이 지경으로 만들어?"

"하……. 일을 이 지경으로 만든 게 나라고?"

기가 찼는지 수연은 울음을 삼키며 눈을 질끈 감았다.

윤희가 수연의 이마를 지혈하는 동안 동준은 혜진을 데리고 나가려는 제스처를 보였다.

"왜 그랬어?"

연재의 독기 어린 목소리에 동진도 혜진도 나가려다 주춤했다.

"내가 묻잖아! 왜 그랬냐고!"

연재가 그를 향해 한 걸음 더 다가가 재차 물었다.

"이 여잔 뭐야?"

연재의 기세에 동준이 한걸음 뒤로 물러났다. 연재는 그를 쏘아보았다. 눈에서 눈물이 흐르도록 눈 한번 깜빡이지 않았다.

연재의 눈빛은 기어이 그 대답을 듣고 말겠다는 의지로 불타올랐다.

"그래서 행복했니? 어떻게 사람을 이십 년을 속여? 사과해! 미안하다고 사과해! 잘못했다고 사과하라고!"

언제 들어왔는지 문 앞에 현과 강훈, 제하, 수찬이 놀란 눈으로 서 있었다.

"그렇게 죽어버리는 건 아니지! 사과는 하고 죽었어야지! 당신은 바람을 피운 게 아니라 한 사람의 영혼을 파괴한 거야. 알아?"

동준은 어이없는 얼굴로 말했다.

"이 여자가 미쳤네! 비켜!"

연재의 눈에 이미 동준은 사라지고 그를 대신해 죽은 남편이 서 있었다.

"그럴 거면 끝까지 속였어야지! 죽음으로 커밍아웃하는 게 어딨어? 내가 그렇게 하찮았어? 속이는 대로 속아주니 쉬웠지? 어떻게 한 사람을 빈 껍데기로 이십 년을 살게 만들어! 그냥 이혼하자고 하지! 그랬으면 내가 이 정도로 망가지진 않았을 거 아냐!"

부들부들 떠는 연재의 팔을 혜진이 잡았다. 연재가 혜진의 팔을 세차게 뿌리치며 물었다.

"너 진짜 몰랐어? 이 남자 유부남인 거?"

혜진은 대답 대신 고개를 끄덕였다.

"그럼 너도 속은 거네, 이 남자한테. 그래?"

혜진은 울기만 했다.

"그래도 좋니? 이 남자랑 그렇게 살고 싶어? 평생 행복할 수 있을 거 같아?"

"그럼 시우는요? 우리 시우는 아빠도 없이 어떡해요!"

혜진이 오열했다.

"저라고 그 사실을 알았을 때 그런 생각 안 했겠어요? 저도 무서웠어요! 혼자 아이를 키우는 것도 무섭고 혼자 세상을 살아가야 한다는 게 두려웠어요! 아이 키우려면 돈이 필요한데 제가 시우를 두고 무슨 일을 하겠어요! 저도 일하고 싶어요! 저희 부모님도 유부남 아이 낳았다고 연을 끊었는데 시우를 어디에 맡기고 일하냐고요. 애 딸린 엄마를 누가 불러주냐고요!"

혜진도 그간 가슴에 쌓아두었던 한을 폭발시켰다.

연재와 혜진이 서로를 노려보며 눈물을 흘렸고, 그가 나가려고 아무리 혜진을 끌어당겨도 혜진은 꼼짝도 하지 않았다. 그도 답답했는지 혜진에게 애원했다.

"혜진아 가자! 대체 왜 저 여자한테 그런 말을 하는 거야?"

혜진은 그를 뿌리치며 울부짖었다.

"행복하냐고요? 아뇨, 불행했어요. 날마다 불행했어요. 이 남자가 이혼을 미룰 때마다 혹시 누가 내가 상간녀인 걸 알면 어쩌나. 맨날 전전긍긍했고 이런 내가 비참해 날마다 울었어요."

"그만해. 가자, 빨리."

거듭되는 동준의 재촉에도 혜진은 아랑곳하지 않았다.

"말해봐요! 제가 어떻게 해야 했는지 말해보라고요! 우리 시우……
우리 시우…… 아무것도 모르는 천사 같은 우리 시우 상처 없이 키우고
싶은데 제가 어떻게 해야 하냐고요!"

혜진은 시우 이름을 부를 때마다 목이 메어 말이 끊어졌다. 그러더니
성큼성큼 수연에게 다가가 무릎을 꿇었다.

"잘못했습니다. 제가 모르고 그랬지만 그래도 잘못했습니다. 나중에
라도 알았을 때 시우 아빠랑 헤어지지 못한 것도 죄송합니다."

혜진을 향한 수연의 분노는 어느 정도 꺾여 있었다. 동준이 다가와
혜진을 일으켰고 혜진은 그를 뿌리쳤다.

"나한테 왜 그랬어? 도대체 왜? 왜? 왜!"

미친 사람처럼 '왜'를 외치며 절규하던 혜진은 그 자리에서 쓰러져 버
렸다. 가장 극적인 장면에 '탁' 하고 끊어져 버린 수목 드라마를 보는 것
같았다.

주연 배우들과 관객 4인방이 모두 음소거된 채 크게 출렁거렸다. 거
센 파도에 침몰한 마음들이 방향을 잃고 부서지는 동안, 잔인한 2월의
마지막 밤이 속절없이 흘렀다.

인생이 B극인 줄 알았는데 B급이었다니

연재는 어떻게 집으로 돌아왔는지 생각나지 않았다. 수면제를 털어 넣었고 눈을 뜨니 다음 날 오후였다. 전시도 끝났고 삼일절 휴일이라 수업도 없다. 카페 문을 열었다는 현의 톡이 와 있었다. 어젯밤에 강훈과 작품들을 철거해 윤희의 작업실로 모두 옮겼다고 했다.

머릿속이 텅 빈 것 같았다. 간밤에 무슨 일이 있었는지 무슨 일을 해야 할지 아무것도 떠오르지 않았다. 그러다 어젯밤 흥미진진한 드라마에 출연했던 배우들 얼굴이 떠올랐다. 혜진, 수연, 그 둘의 남자 동준, 윤희, 그리고 관객으로 온 현과 강훈, 제하와 수찬.

지독했던 현실로부터 도피하기 위해 온 춘하에서 관계 맺은 사람이 모두 출연했다. 그동안 아무에게도 하지 못했던 이야기를 그 많은 관객 앞에서 내 입으로 하다니, 미쳤구나 싶었다. 허탈했다. 그동안 무엇을 그렇게나 숨기고 싶었던 것일까? 헛웃음이 나왔다. 자조적인 웃음이 되어 웃기지도 않은데 미친 듯이 웃었다. 그래서인지 슬프지도 않은데 눈물이 났다. 묵은 감정의 찌꺼기 같은 것이었다. 거머리처럼 달라붙어 있던 상처가 떨어진 자리에 피처럼 흐르는 눈물이었다. 인생이 B극인 줄 알았는데 B급이었다.

B급 블랙코미디. '비' 아닌 '삐' 말이다.

피 같은 눈물을 닦다가 언젠가 무심코 켜 놓은 티브이에서 어떤 강연자가 했던 말이 떠올랐다. 자기 상처에서 자유롭기 위한 몇 가지 방법에 관한 거였는데, 그중 하나가 대중 앞에서 까놓고 말하는 거라고 했다. 사람들 앞에서 말한다고 어떻게 자유로워진다는 건지, 오히려 알지도 못하는 사람들의 수군거림에 2차 가해까지 당할 수 있다는 생각에 공감은커녕 반감이 들었다. 마치 공자 왈 맹자 왈처럼 말은 그럴싸하지만, 뿌리 없는 말처럼 귓가에 떠돌기만 할 뿐 와닿지 않았었는데 지금은 정확히 그 의미를 알 것 같았다.

그동안 꼭꼭 숨겨두었던 이야기를 사람들 앞에서 부지불식간에 쏟아버리고 나니 상처로부터 한발 툭 떨어지는 느낌이 들었다. 알에서 깨어나는 느낌이었을까? 의외의 감정이었다. 후련했다. 그러다 둥근달처럼 어떤 생각 하나가 둥실 떠올랐다.

길을 가다 사고를 당하면 넘어진 채 그대로 기다려야 한다. 구급차가 오면 어떻게 다쳤는지 정황을 설명하고 병원에서 적절한 치료를 받아야 한다. 죽은 세포는 잘라내고 부러진 뼈는 붙이고, 다시 걸을 수 있도록 차근차근 물리치료도 받고, 상처가 아물 때까지 좋은 음식 먹으며 충분히 시간을 줘야 한다. 그러는 사이 가까운 사람들이 면회를 다녀가고, 날 걱정해 오는 사람에게 어떻게 사고당했는지 말하고, 말하면서 속상하고, 속상한 마음 위로받고 내 상처에 함께 울어주는 눈물로 치료받았어야 했다.

그런데 연재는 그러지 못했다. 그 일을 겪고 속에선 천불이 나는데도, 적극적인 치료는 고사하고 혹시나 누가 알까 봐 단단히 벽을 치고 속으로만 파고들었다. 현실로부터 도피하기 위해 마시지도 못하는 술을 마시고 잠시라도 고통을 잊기 위해 수면제를 털어 넣었다. 자기 잘못도 아닌데 스스로 자책하고 못난 자신을 혐오했다. 연재에게 혐오에서 벗어날 방법은 오직 하나. 너덜너덜해진 상처를 깊숙이 꾹꾹 눌러 놓는 일뿐이었다. 그 사실을 인지한 연재는 그동안 회피하느라 살피지 못한 마음을 그제야 들여다보았다.

억울하고 분하고 누군가 죽이고 싶도록 밉고 자신이 바보처럼 느껴지는 온갖 상처의 감정들이 단전 아래 억눌려 있었다. 그것들을 탄산음료 마시고 트림하듯 하나하나 길어 올렸다. 그리고 정성을 들여 토닥였다.

"그래, 힘들었지? 분할 만해! 누구라도 그럴 거야. 네 잘못이 아니야!"

처음 며칠은 냉장고 안 재료로 음식을 만들어 먹으며 꼼짝도 하지 않았다.

매일 아침 현의 보고 문자가 왔고, 현은 문자를 읽었다는 1이 사라지는 것으로 연재가 살아 있음을 확인했다. 일주일이 지나도록 연재가 두문불출하자 현이 보고 문자 끝에 덧붙였다.

"안 괜찮으면 안 괜찮다고 말해줬으면 좋겠어요. 그리고 제가 어떻게 도와주면 좋을지도 알려주실래요? 그러면 우리가 함께 이겨나갈 수 있을 것 같은데요."

연재는 픽하니 웃음이 났다. 저 말을 들었을 때 이런 느낌이었구나.

천군만마까지는 아니더라도 내 뒤에 누군가 버티고 있다는 말처럼 느껴져 든든했다.

"응, 안 괜찮아. 괜찮아질 때까지 시간이 필요해. 네가 그걸 해줬으면 좋겠어."

"넵! 괜찮아지실 때까지 제가 시간을 책임질게요!"

금세 현의 답이 왔다.

냉장고 안 재료가 모두 소진되자 돈 때문에 엄두도 내지 못했던 비싼 재료를 인터넷으로 주문해 공들여 음식을 만들어 먹었다. 새조개 샤부샤부, 채끝 스테이크, 대게찜, 성게알을 듬뿍 넣은 미역국, 다른 달에 비해 세 배가 넘는 식비가 들었지만 그래봤자 병원에서 MRI 한번 찍는 비용과 비슷했다. 오히려 원인도 알 수 없는 두통으로 검사받느라 쓴 돈에 비하면 검소했다. 세상에 나보다 중요한 게 뭐라고 먹고 싶은 거, 하고 싶은 거 못하고 늘 차선, 차차선으로 타협하고 살았다니. 그러니 삶이 억울할 수밖에.

그렇게 한동안 나에게 온전히 집중하며 시간을 보냈다. 지난날 연재가 상처를 대면할 때면 모든 감정이 분노에 잠식당해 어떤 생각도 할 수 없었는데, 지금은 달랐다. 연재를 무너뜨렸던 그 일이 하찮게는 아니지만 숨통을 조여오진 않았다. 시간이 약이 되기도 했거니와 연재가 발버둥질하며 일궈놓은 현재 삶이 주는 안정과 위안이 연재를 지탱해 줬다. 그렇다고 해도 여전히 연재의 가장 큰 숙제는 남편의 여자, 지현에 대한 감정을 어떻게 소화하느냐였다. 남편은 이미 죽어버렸으니까.

지현과는 오랜 시간 가까이 지낸 만큼 배신감도 컸고, 그렇게 오랫동안 속였다는 것도 용서할 수 없었다. 어떤 때는 용서할 수 있으면 그러고도 싶었다. 기, 승, 전, 분노로 이어지는 되돌이표로 인해 매번 극한 분노에 사로잡혀 버리는 자신이 괴로워서 그랬다. 그러나 마음에서 우러나오지 않았다. 더 정확히는 그러고 싶지 않았다. 용서의 궁극적 목표는 내 마음 편하고 싶어서인데, 그녀에게 면죄부를 줄까 봐 싫었다. 연재가 속으로 용서하든 안 하든 지현이 알 턱이 없을 텐데도 말이다. 그런데, 누굴 미워하는 일은 에너지 소모가 큰일이라서 내 에너지를 그쪽에 더는 쓰고 싶지도 않았다.

그래서……. 그래서 미워하지도 용서하지도 않기로 마음먹었다.

그냥 굿바이! 잘 가! 아니, 잘 가란 말에 '잘'도 아까우니 그냥 가!

굿 빼고 바이!

그런 사건이 이미 일어났고, 지나갔고, 그럼에도 난 내 인생을 살 거다! 당당하고 떳떳하게.

상처로부터 완전히 자유로워지기까지 아직 한참의 시간이 더 걸리겠지만, 점점 새살이 차오르고 있음이 느껴졌다. 그러는 사이 3월 한 달이 지나갔고 현과 수찬 둘이 소풍을 끌어갔다. 다행히 수찬은 연재의 부재에 책임감을 느꼈는지 하루도 빠지지 않고 출근했다.

날짜도 모를 어느 오후, 무심히 고개를 돌린 연재의 입에 짧은 탄성이 흘렀다. 창밖에 벚꽃이 피어나고 있었다. 홀린 듯 꽃을 바라봤다. 새살이 올라온 자리에 '벚꽃 테라피'까지 더해지니 마음이 한결 더 가벼워졌다.

저녁 식사를 마친 연재는 35일간의 긴 잠을 마치고 외투를 걸쳤다.

조명받은 벚꽃은 더 화려했고 호숫가 밤은 벚꽃이 펴도 살짝 추웠다. 상쾌함을 주는 추위였다. 많은 사람이 나와 벚꽃 아래를 거닐었고 연재도 사람들 사이 섞여 호숫가를 돌았다. 오랜만에 바깥에 나와보니 세상이 새삼 신기했다. 늘 걷던 길이, 늘 지나치던 사람들이 모두 새로웠다. 자연의 아름다움이 주는 치유와 위로는 생각보다 컸다. 자기도 모르게 미소가 지어졌다. 아주 오랜만에 지어보는 미소라 어색했다.

호수를 천천히 크게 한 바퀴 돌고 연재의 걸음이 향한 곳은 혜진의 아파트였다. 혜진을 처음 만났던 분리수거함 옆 전봇대, 그곳에 서서 불 꺼진 아파트를 바라봤다. 처음 혜진의 비밀을 알았을 때 연재는 혜진이 지현 같았다. 남의 가정을 깬 상간녀. 하지만 '팩트'는 혜진은 지현이 아니다. 오히려 그 몹쓸 남자의 피해자다. 하필 그런 남자에게 속아 사랑한 게 죄라면 죄일까.

연재는 가만히 서서 혜진의 마음을 헤아려 봤다. 한 남자를 사랑했고, 그와 결혼해 가정을 꾸리고 평범한 삶을 꿈꿨을 텐데, 그 평범한 일이 누군가를 파괴해야 가질 수 있는 재앙이 되어버렸을 때 혜진은 비참했을 것이다. 더 절망적인 건 그럼에도 다른 대안이 없다는 것. 혜진에겐 시우가 있으니까. 시우를 아빠 없는 아이로 키우고 싶지 않았을 테니까. 금방 정리한다는 그의 말을 철석같이 믿었을 테니까. 연재는 준비해 온 A4용지와 스카치테이프를 주머니에서 꺼내 전봇대에 붙였다.

"소풍에서 퀼트 선생님을 모십니다. 강의 시간에는 보육 지원도 해 드립니다."

긴 산책을 마치고 소풍에 들어서는데 정원에 누군가 서 있다. 제하다.

지난번에 맡겨 놓은 맥주를 마시러 왔단다. 연재가 집에 들어가 맥주를 꺼내 나왔다. 오늘 같은 날은 벚꽃 아래서 마셔야 제맛이지. 큰 벚나무 아래 놓인 테이블에 제하와 마주 앉았다. 제하는 인생 상담하러 왔다더니 말을 정정했다. 상담이 아닌 고백, 그러니 위로가 필요하다며 현과의 관계를 털어놨다.

제하의 긴 이야기를 들은 연재는 놀랐다. 제하가 현의 고등학교 선생님이었다니! 한때는 스승과 제자 사이가 현실 남매처럼 지낼 수 있다는 것도 놀라웠다. 현에게 어떤 아픔이 있었으리란 짐작은 했지만, 충격적이었다. 더 놀란 건 제하의 이혼 사유가 현과 연관 있었다니!

제하는 신혼여행 도중 현의 자해 소식을 들었다. 여행지는 발리였고 부랴부랴 짐을 싸서 귀국해 현의 병원을 찾았다. 처음에 남편은 제하를 이해하려고 노력했다. 하지만 밤이고 낮이고 현에게 무슨 일만 생기면 득달같이 달려가는 제하를 완전히 이해하기는 어려웠다. 그러던 중 시아버지 생신을 맞아 남편의 본가로 내려가던 중 현의 상태가 좋지 않다는 전화를 받고 현에게 가겠다는 게 발단이 됐다. 그동안 참고 참았던 남편은 지금 가면 끝이라고 했고, 제하는 결국 남편 차에서 내려 택시를 불러 타고 현에게 갔다. 이후 이혼 통보를 수락할 수밖에 없었다. 또 그런 일이 발생해도 제하는 또 그럴 것이기에.

그날 밤, 술에 취해 '난 그 사람을 지키고 싶은데 남편은 바람이라고 했다'라던 제하의 말이, 그때 제하가 썼던 유체 이탈 화법이 이제야 이해되었다. 그리고 지금까지 제하가 현에게 한 모든 행동의 퍼즐이 맞춰진 것 같았다. 대단하다는 말이 적합하진 않지만 더 적절한 말이 없기에, 어떻게 그렇게까지 할 수 있는지 물었다. 제하는 덤덤히 남편에 대한 사랑보다 현에 대한 연민이 더 컸다고 했다. 세상에서 가장 무서운 감정이 연민이란 건 연재도 알기에 더 묻진 않았다.

그런데 문제는 지금 남자 친구와도 똑같은 일을 겪고 있고, 그도 전 남편과 마찬가지로 둘 중 한 명을 택하란다. 같은 이유로 사랑하는 사람을 또 놓치고 싶지 않은데 해결 방법도 모르겠고, 현을 외면하자니 그건 도저히 못 할 짓이라고 했다. 현과는 여러 차례 생사를 넘나드는 깜깜한 터널을 함께 지났기에 말로 표현할 수 없는 유대감이 있다고도 했다. 무엇보다도 처음부터 현을 그렇게 만든 책임이 자신에게도 있다며 고개를 떨궜다.

그런 제하를 보며 연재는 생각했다. 한 사람이 한 사람을 구원하는 일은 가능한가? 물론 나를 이해해 줄 단 한 사람만 있어도 인생이 극단적으로 외로울 확률은 줄겠지만, 이해와 구원은 다를뿐더러 나 하나도 구제하기 힘든 세상에 타인을 구한다는 건 때때로 나를 버려야 가능하다. 그런데 세상에 나를 버려가며 지켜야 할 것은 없다. 나를 버리지 않고도 '함께' 할 수 있는 것이 최선이겠지만, 그런 방법은 현재로선 요원해 보였다. 연재는 제하의 깊은 눈 속에서 이러지도 저러지도 못하는 진한 고통을 느꼈다.

제하는 점점 지쳐가고 있었다고 했다. 도망가고 싶을 때도 있었고, 현을 지켜준다는 명목하에 현에게 심한 말을 지껄이는 자신을 보며 이중으로 괴로웠다고 했다. 그런데 그때 연재가 나타났고 연재 덕분에 쉴 틈이 생겼다고 했다. '솔직히 혼자 들고 있던 무거운 짐을 나눠진 기분'이었다는데 이 부분에서 연재가 고개를 가로저으며 그건 아닌 것 같다고 단호하게 말했다.

연재에게 현은 나눠 든 짐이 아니라 하늘에서 내려온 동아줄이다. 현에게 제하가 그런 것처럼 말이다. 그러니 우린 누군가에게 동아줄이 되기도 하고, 짐이 되기도 하는 복합적인 존재인 것 같다고 연재가 말했다. 제하도 고개를 끄덕이며, 자기에게도 현이 동아줄인 적이 많았다며 했던 말을 정정했다. 현에게 지금 필요한 건 개인의 돌봄이나 지지가 아닌 '받아들여지는 사회'인데 연재가 현의 사회라서 다행이란다. 그 말에 연재가 민망한 듯 손을 내저으며 딸랑 직원 두 명인 곳이 무슨 사회냐, 그렇게 거창한 곳은 아니라고 했다.

"정당하게 일 시키고 합당한 돈 주면 그게 사회죠! 대기업만 사회인가요?"

연재는 머리가 띵했다. 내가 누군가의 사회라니, 아니 내가 만든 이곳이 누군가의 사회라고 생각하니 묘한 감정이 들었다. 내가 먹고살기 위해 만든 공간이 누구에게 사회라는 이름의 터전이 된다는 건 미처 생각지 못한 부분이다. 제하는 현이 지금처럼 안정적인 모습을 보인 적이 없었다고, 그래서 고맙다고 했다. 자기 이야기는 여기까지 라며 제하가 조심스레 연재의 낯빛을 살폈다. 그러다 연재와 눈이 마주쳤다.

"매니저님 이야기도 듣고 싶은데 원치 않으시면 안 하셔도 되고요."

연재는 천천히 맥주를 마셨다. 제하는 다 마신 캔을 치우고 새 캔을 땄다. 무슨 얘기를 어떻게 시작할지 연재가 생각하는 동안 제하는 두 다리를 의자에 올려 두 팔로 감싸 안고 고개 들어 벚꽃을 감상했다. 긴 이야기의 시작에는 예열이 필요한 법이란 걸 제하는 잘 알고 있었다.

제하가 가고 테이블을 정리하던 연재는 다시 그 자리에 앉았다. 제하가 남겨 놓은 말들을 천천히 곱씹어 보았다. 현이 진짜 필요한 건 사회라는 말과 이곳이 현의 사회라는 말. 생각해 보니 이곳을 연재에게 사회로 만들어 준 이도 현이다. 현의 열정과 노력이 아니었다면 연재 혼자서는 불가능했다. 그리고 연재가 한 달이 넘게 소풍을 비웠는데 차질 없이 그 빈자릴 채워준 이도 현이다.

　현이 양극성 정동장애를 고백했을 때, 그리고 그런 현을 있는 그대로 받아들이겠다고 다짐했을 때 연재는 자기가 현을 끌어안는다고 생각했는데 돌아보니 서로가 서로를 돌보고 있었다. 내가 나이가 많아서, 내가 정상이라서, 내가 사장이라서 그를 거둔다고 생각했던 건 큰 착각이었다.

아름다운 것이 예술이라면 이게 바로 예술

　연재가 돌아온 소풍엔 활기가 넘쳤다. 연재의 부재를 채워준 수찬을 정식으로 고용해 부매니저로 임명했다. 현이는 매니저가 되었고 얼결에 연재는 대표가 되었다. 직원 세 명에 대표라니 낯간지럽긴 했지만, 현이 사장님보단 낫다며 대표로 부르자고 했다. 카페 한쪽 바닥에 얼룩으로 물든 「괜너괜」이 세워져 있었다. 조명을 받던 몸이 한순간 커피를 뒤집어쓰고 바닥에 놓인 신세가 되었다. 현의 말에 의하면 윤희가 카드 결제를 취소해 그림값을 되돌려 줬고, 다른 작품들 철거해 가면서 「괜너괜」 폐기를 부탁했다고 했다. 그리고 연재가 없는 동안 수입과 지출을 표로 만들어 보기 좋게 내밀었다.

　윤희와는 팔린 그림 금액의 20퍼센트를 공간 대여료로 받기로 했는데, 윤희가 지급한 금액을 보니 혜진의 그림값까지 포함되어 있었다. 환불했으니 팔린 건 아닌데 아마도 그 사달이 난 게 자기 때문이라고 생각했는지 팔린 금액을 포함해 대여료를 지급한 것 같다. 이 문제는 윤희와 만나서 풀어야 할 것 같아 일단 그대로 뒀다. 전시 기간에는 카페 매출이 급증했는데, 3월은 특별한 전시가 없어선지 평범한 달 수준으로 돌아왔고, 대신 종이공예, 프랑스자수 수업이 추가되어 전체 매출은 약간 늘었다.

연재는 작품을 어디에 걸까 고민하다가 카페 계산대 뒤 벽면에 걸었다. 얼룩진 그림도 괜찮냐는 현의 질문에 연재는 작품 이름으로 대답을 대신했다. 「괜찮아 너라서 더 괜찮아」. 비록 말끔한 상태는 아니지만 얼룩이 그림의 아름다움을 다 감추지는 못했다. 오히려 얼룩진 그림이 제목과도 더 찰떡같고, 연재 자신과 더 비슷하다는 생각도 들었다. 무릇 작품의 가치는 보는 사람의 시선에 있는 법, 연재 눈엔 얼룩진 꽃도 괜찮은 꽃이다. 혜진을 뺀 퀼트 팀은 여전히 소풍을 이용했지만 혜진에게서 연락은 오지 않았다. 퀼트 팀들도 혜진의 행방을 모르는 눈치였다.

연재는 화원에서 꽃모종을 사다가 정원에 심었다. 본격적으로 봄이 오기도 했고, 꽃 그림을 보는 것만으로도 큰 위로를 받고 보니 진짜 꽃을 들이고 싶어서다. 정원 모퉁이마다 다른 콘셉트의 꽃동산을 만들고 싶다. 그러기 위해 먼저 잡초를 제거해야 하는데 봄에 올라오는 풀은 잡초도 이뻐서 뽑아내기 쉽지 않다. 이름이 잡초라서 잡스러운 느낌이 있을 뿐 그 자체로는 연둣빛 싱그럽고 상큼하기까지 한 예쁜 풀이다. 여리여리 이쁘기만 한데 이름에 '잡'이 들어가니 부르기가 왠지 미안하다. 들풀이나 야생풀이라 칭하면 어떨까 싶었다.

꽃 심을 자리만 클로버와 들풀들을 골라내고 그 자리에 수선화와 튤

립을 심었다. 자연에 자연을 추가했는데도 생각만큼 조화롭지 않았다. 게다가 보는 사람마다 왜 잡초를 그냥 두느냐, 금낭화는 이쪽으로 수수꽃다리는 저쪽으로 심어라, 차라리 꽃잔디로 전체를 덮어라, 훈수가 많다. 연재는 사람들과 시시콜콜 이런 이야기 나누는 게 재미있다. 전 같았으면 이런 상황이 불편하고 남의 일에 '별꼴이다!' 싶었을 테지만, 이런 게 다 소소한 즐거움으로 다가오는 걸 보니 단절되고 뾰족했던 마음이 동그랗게 변한 모양이다.

이렇게도 해보고 저렇게도 해보는 사이 가닥이 잡혔다. 먼저 왼쪽 모퉁이엔 토끼풀은 적당히 골라내고 꽃잔디와 애기똥풀, 며느리밥풀꽃으로 꾸민 소박미가 있는 꽃밭을 만들었고, 오른편엔 수선화로 채우고 엉성해 보이는 곳에 키가 조금 더 큰 수수꽃다리와 황매화를 심으니 잘 가꾼 정원 느낌이 났다. 식물을 만지고 흙을 만지는 동안 마음도 식물처럼 순해지는 것 같았다. 뭐든 자기가 직접 만든 건 소중한 법, 연재도 틈만 나면 이 앞에 서서 꽃을 바라보고 말을 걸었다.

매니저가 된 현은 새로운 삶의 의지를 불태웠다. 현을 겪으며 연재도 깨달은 게 있다. 마음의 균형이 무너진 사람을 가족이나 한 사람이 품는 건 분명 한계가 있었다. 하루 이틀 아니고 평생을 살아가야 하는 존재기에 제하의 말처럼 사회가 품어주는 게 가장 좋은 치료다. 물론 연재는 안다. 현의 상태가 극심할 때 그를 만났다면 쉽지 않았다는 것을. 중요한 건 정신적인 질병이 있다고 무조건 배제하지 않고 사회의 일원으로 받아줘야 건강하게 사회가 굴러갈 수 있다는 사실이다. 또한 정상과 비정상은 유리처럼 연약한 것이어서 한 번 삐끗하면 누구나 그 경계를 넘어가기 쉽다. 지금 정상이라고 평생 정상이라고 장담할 수 없단 얘기다. 내가 쓰러질 때 손잡아 줄 누군가 필요하듯 지금 넘어진 누군가에게 손을 내밀어야 하는 이유다.

연재는 그동안 고생한 현과 수찬을 위해 회식을 준비했다. 밖에서 근사한 저녁을 사고 싶었는데 현과 수찬이 정원에서 바비큐를 하면 어떻겠냐고 제안해 그러기로 했다. 금요일 저녁, 소풍 문을 닫고 정원에 숯불을 피웠다. 연기가 닿지 않는 곳에 테이블을 놓고 하얀 테이블보를 깔았다. 약간 쌀쌀했지만 바비큐 하기 좋은 날이었다. 현이 강훈을 부르자고 했다. 전시 준비에서부터 현수막, 작품 철거까지 도와줬으니 한 번은 초대해야 하지 않느냐는 거다. 맞는 말이다. 연재가 강훈에게 직접 전화를 걸었다. 강훈은 갑작스러운 초대에 놀란 목소리였지만 빨리 일 끝내고 오겠다고 했다. 수찬이 3실에서 앰프를 가지고 내려와 정원에 음악까지 틀었다. 「플라이 미 투 더 문」 외국 여가수의 달콤한 목소리가 고막을 간지럽혔다. 재즈가 더해지니 봄밤의 분위기가 더욱 로맨틱했다.

연재는 강훈에게 받은 작품에 딸기와 청포도를 담았다. 선물로 받은 물건은 당사자 앞에서 잘 쓰고 있다는 것을 보여주는 것이 작은 예의 아니던가. 수찬이 마블링이 좋은 한우를 참나무 숯에 올렸다. 연재가 테이블에 쌈과 온갖 채소가 든 긴 접시를 양옆에 각각 올리고 정중앙에 과일을 놓았다. 현이 와인 잔을 세팅하다가 강훈이 준 작품을 보며 말했다.

"어? 그거 형이 만든 건데!"

"망쳐서 버릴 거라길래 가져왔어."

"망쳐요? 이걸요?"

현이 놀란 눈으로 연재를 봤다.

"어, 왜?"

현의 반응에 어리둥절한 연재가 손을 멈췄다.

"그거 형이 손도 못 대게 하던 건데. 주인 있는 거라고. 그거 주인이 대표님이셨어요?"

"……!"

하긴 연재가 아무리 봐도 망친 곳을 찾을 수 없긴 했다. 이 타이밍에 강훈이 왔다. 강훈은 불러줘서 고맙다는 인사부터 했다. 연재도 현이도 강훈을 추궁하진 않았다. 앞의 상황을 모르는 강훈은 중앙에 놓인 작품을 보며 흐뭇한 미소를 지었다. 그러다 현과 눈이 마주치자 티 나게 눈을 깜빡이며 버릴 물건이 잘 써지니 좋다고 했다. 현은 잠시 생각하는 듯하더니 싱긋 미소를 지었다. 때마침 구워진 고기를 들고 온 수찬은 버릴 물건 있으면 자기한테 버리라고 해서 모두 다른 이유로 웃었다.

적당히 구워진 고기는 부드러웠다. 고기 한 점을 먹은 연재가 수찬이 올려놓은 고기를 뒤집으러 가자 강훈이 자기가 굽겠다고 따라나섰다. 금세 수찬까지 합세해 오늘은 자기가 굽겠단다. 다들 이런 자리에서 편히 받아먹는 게 부담스러운지 자기가 굽겠다고 나서는 바람에 작은 혼란이 생겼다. 그렇다면 현이 돌림판을 돌리자고 했다. 걸리는 사람이 굽고 나머지는 올림픽 정신에 따라 결과에 승복하기로. 미안한 마음 없이 먹을 수 있으니 모두 찬성이다. 현이 핸드폰에 있는 돌림판을 눌렀고 이게 뭐라고 모두 긴장된 눈으로 결과를 기다렸다. 당첨금 없는 당첨은 연재가 되었다. 로또는 오천 원도 안 되더니 이건 당첨이란 연재의 장난에

234

강훈이 첫판은 무효라며 다시 돌리자고 했지만, 올림픽 정신을 거스르지 말자는 연재의 단호한 결정에 모두 테이블로 돌아갔다.

고기 굽는 숯불에서 테이블까지 다섯 걸음도 안 되는데, 한 명이 떨어져 있는 게 걸렸는지, 다들 젓가락만 들었다 놨다 하더니 결국 현이 숯불 판을 들어 테이블 옆으로 옮겼다. 연기를 맡더라도 이게 편하다고 했다. 모두 한시름 놓은 표정이다. 연재는 이 상황이 웃기기도 하고 결정적으로 다른 사람들 불편하게 만들고 싶지 않아 테이블로 다시 왔다. 왔다 갔다 하느라 그나마 구워 놓은 고기도 식어 다시 불판에 살짝 구워야 했다. 어수선했지만 서로를 챙기는 마음이 느껴져 연재는 괜히 혼자 뭉클했다.

연재가 만든 꽃밭을 본 강훈은 꽃밭 테두리에 나무로 낮게 경계를 만들면 꽃 보호도 되고 더 아늑하게 보일 것 같다며 싸게 해줄 테니 생각해 보라고 했다. 연재가 받을 만큼 받고 제대로 만들어 달라고 하자 현이 제대로 만들고 돈은 싸게 받으라고 손하트를 날렸다. 대신 자기가 인건비 안 받고 조수 하겠다고. 둘은 "딜!"을 외치며 악수를 했다.

어느 정도 배가 차자 강훈이 들고 온 가방에서 뭔가를 꺼내는데, 젠가다. 애들도 아니고 어른 네 명이 고스톱도 아닌 젠가라니 기가 찼다. 연재의 반응과 달리 두 남자는 곧바로 게임할 자리를 만들었고, 결국 두 팀으로 나눠서 하고 진 팀이 맥주를 사기로 했다. 팀은 손바닥과 손등을 동시에 내밀어 같은 쪽을 낸 사람끼리 짝인데, 연재와 강훈이 한 팀이 됐다.

처음엔 이게 무슨 유치한 게임인가 했는데 막상 해보니 장난 없다. 신중에 신중을 기울여야 한다. 아슬아슬 곧 쓰러질 무렵이 되자 손에 땀까지 났다. 승부욕이 있는 편은 아닌데 와르르 무너지는 건 두려웠다. 무너지는 것을 봐야 하는 근본적인 두려움과 나 때문에 우리 팀이 지면 어쩌나 하는 부담까지 생겼다. 제일 만만하게 생각한 연재였는데, 제일 집중하고 있었고 이 모습에 강훈이 웃었다. 첫 게임은 수찬의 차례에 무너졌고 기쁨도 잠시, 두 번째 게임은 연재의 실수로 내주고 말았다. 이제 남은 건 마지막 게임.

어느 정도 진행되어 구멍이 숭덩숭덩 보이기 시작하자 하나하나 뺄 때마다 심장이 쫄깃했다. 안정을 추구하는 연재는 가장 안전해 보이는 것들 위주로 막대를 빼는데, 강훈은 다음 수를 계산해 가장 위험한 곳만 찾아 뺐다. 그 말은 즉, 연재 팀이 질 수도 있다는 뜻이니 하이 리스크, 하이 리턴인 셈이다. 강훈이 뺄 때마다 연재는 머리털이 삐쭉 서고 손끝이 찌릿찌릿했다. 설상가상 연재 순서에 수찬과 현이 입으로 바람을 불었다. 가뜩이나 휘청거려 조마조마한데 두 사람의 입바람까지 더해지니 막대를 빼지 않아도 쓰러질 지경이었다. 입바람은 반칙 아니냐고 연재가 항변했고 수찬과 현은 만담 형제처럼 물리적으로 건드리지만 않으면 반칙 아니라고 느물거렸다. 고기 구울 때 보여줬던 훈훈한 풍경은 사라지고 냉혹한 승부의 세계만 남았다.

셋이 신경전을 벌이는 동안 강훈은 매의 눈으로 가장 안전한 곳을 포착해 연재에게 뺄 곳을 지정해 줬다. 전체적으로 흔들거려 위험한 상황, 지정 막대를 빼려고 손을 내미는 연재의 손끝이 달달 떨렸다. 연재는 뻗었던 손을 다시 철회하고 심호흡을 한 뒤 숨을 멈췄다. 숨도 쉬지 않고 초집중해 막대를 조심히 뺐는데, 구멍이 숭덩숭덩한 기둥이 맥없이 흔들거렸다. 무너질까 말까, 가슴이 조마조마하는 순간 가까스로 흔들림이 멈췄다. 안도의 한숨이 절로 나왔다. 이제 현이 차례, 현이 강훈의 책략에 도전하듯 같은 곳을 공략했고, 순간 와르르 무너졌다. 수찬은 안타까워 이를 악물며 주먹을 불끈 쥐었고 연재와 강훈은 활짝 웃으며 하이 파이브를 했다. 어린아이처럼 좋아하는 연재를 보며 현이 씁쓸한 표정을 지었다. 젠가가 이렇게 재밌는 게임이었다니.

수찬과 현이 편의점에 맥주와 간단한 마른안주를 사러 가고 나머지 정리는 연재와 강훈이 맡았다. 연재가 빈 그릇을 카페로 옮겨 닦는 동안 강훈은 숯불에 나무를 더 얹어 불멍 하기 좋은 화로를 만들고 주변으로 의자를 놓았다. 각자의 미션을 끝내고 모두 자리에 앉아 불을 바라봤다. 밤이 깊어지자 살짝 추웠는데 불이 있어 기온이 딱 좋았다. 수찬이 신곡을 만들었다며 들어보겠냐고 했다. 말이 나왔는데 안 듣겠다고 할 수는 없는 법, 수찬이 기타를 가져와 공기 반 소리 반으로 노래했다. 제목도 참신한 「자라투스트라의 노래」다. 내용은 역시나 형이상학적이고 철학적이라 무슨 말인지 모르겠다. 게다가 재즈도 아닌데 당김음이 많아 손뼉으로 박자를 맞추기도 어려웠다. 전체적으로 아방가르드했다. 서로 눈치 보며 손뼉 칠 타이밍이 아닌가 싶어 움찔했다가 에라 모르겠다 싶어 손뼉을 쳤다가 박자가 난리다. 이를 본 수찬이 일부러 기타 반주를 빨리했다가 느리게 했다가 박자를 맞추지 못하게 장난을 시작했고, 그 와중에도 나머지는 박자를 맞추겠다는 의지로 수찬과 치열하게 눈치 게임을 했다. 아무 일도 일어나지 않은 평화로운 봄밤이었다.

3월 한 달 내내 일한 수찬과 현에게 연재는 각각 일주일씩 휴가를 줬고 현이 사월 두 번째 주에, 수찬이 세 번째 주에 휴가를 가기로 했다. 현은 연재가 다시 받아줬을 때부터 생각한 프로젝트가 있었다. 자기처럼 정신적인 문제가 있는 사람들을 위한 공동체 만들기이다. 이 계획엔 현의 두 가지 마음이 들어 있다. 자신과 같은 문제를 가진 사람들에게 도움이 되고 싶은 마음과 자기 상처를 직면하고 싶은 마음.

이 일의 실행을 위해선 지자체의 도움이 필요하고, 그러려면 사회복지과를 찾아가야 했다. 문제는 사회복지과 과장이 하필 희수 엄마다. 그래서 망설였다. 희수 엄마를 직면하는 일은 곧 자기의 상처를 직면하는 일과도 같았으니까. 시시때때로 그를 옥죄는 불안, 죄책감에서 벗어나려면 이 장벽을 넘어야 했다. 이 장벽을 넘지 않으면 앞으로도 계속 낮은 턱에서조차 걸려 넘어질 거란 생각을 떨칠 수 없었다. 그러니 이건 현이 언젠가는 풀어야 할 숙제 같은 거다.

대망의 아침, 만든 자료를 잘 챙겨 가방에 담고 비장한 마음으로 거울 앞에 섰다. 말끔한 현이 긴장한 현을 바라보고 있었다.

"잘할 수 있어!"

현은 양손으로 입꼬리를 올리며 스스로에게 용기를 불어넣었다.

현을 본 희수 엄마, 한 과장은 당황한 표정이었다. 그 표정에 현은 말문이 막혔지만, 다시 한번 마음을 굳게 먹고 인사부터 했다.

"안녕하세요, 드릴 말씀이 있어서 왔습니다."

한 과장은 대답 없이 현을 빤히 바라봤다.

한 과장의 시선이 현의 얼굴에 꽂히면서 목덜미에서 식은땀이 흐르기 시작했다. 잘못 찾아온 건가? 미리 연락하고 왔어야 했나? 지금이라도 그냥 돌아갈까? 많은 생각이 한꺼번에 엉키는 순간 한 과장이 빈방으로 현을 안내했다. 어색한 침묵을 깬 한 과장의 첫 마디는,

"몸은 괜찮니?"

예기치 못한 다정한 목소리였다. 순간 울컥하고 목이 멨다.

"네."

"그래, 무슨 얘긴데?"

한 과장이 물었고, 이에 현은 가방에서 파일을 꺼내 준비한 프로젝트를 조심스레 설명했다. 한 과장은 현이 브리핑하는 동안 어떤 질문도 없이 담담히 듣기만 했다. 한 과장의 묵묵부답에 현의 목소리는 점점 작아졌다. 간신히 브리핑이 끝나고 한 과장은 한동안 침묵 속에 잠겨 있었다. 이 침묵이 현에게 형벌처럼 느껴졌다. 복도에서 들리는 슬리퍼 끄는 소리, 남자의 웃음소리, 여자의 전화 통화하는 소리가 방 안의 시계 초침 소리와 섞여 백색 소음을 만들어 냈다. 형벌과 백색 소음 아래 숨이 막힐 무렵 한 과장이 입을 뗐다.

"오후에 시간 되니?"

어리둥절한 현이 "네"라고 답하자 한 과장은 누군가에게 전화 걸어 오후에 반차를 쓰겠다고 말하고 전화를 끊었다.

한 과장의 차를 타고 현이 도착한 곳은, 희수의 봉안당이었다.

희수가 그렇게 죽고 한 번도 간 적 없었는데, 한 과장 손에 이끌려 희수를 만난 것이다.

갑자기 아무런 마음의 준비도 없이, 이렇게…….

한 과장은 희수에게 하고 싶은 말을 하라며 자리를 비켜줬다. 아마도

희수가 가장 기다린 사람은 현이었을 거리면서. 그곳에서 희수는 세상 환하게 웃고 있었다. 사라진 희수가 다시 나타난 것 같았다. 현은 눈을 감았다. 희수와 함께했던 모든 시간이 긴 장편영화처럼 재생되었다. 눈물이 흘렀다. 희수의 우울을 알아채지 못했던 미안함과 그렇게 가버린 원망과 다시는 볼 수 없는 그리움에 몸부림쳤던 시간이 눈물과 함께 녹아내렸다. 다시 만난 희수는 현에게 이제 그만 슬픔을 떨쳐버리고 앞으로 나아가라고, 이제 네 인생을 살라고 어깨를 토닥여 주는 것 같았다. 현은 지갑에 넣어 둔 인생 네 컷을 꺼내 희수의 사진 옆에 놓았다. 오랜 시간 지갑에 넣어두어 색이 바랬지만, 분명 싱그러운 두 청춘이 거기 있었다. 현은 너무 늦게 와서 미안하다고, 절대 잊지 않겠다고 사진을 어루만지며 속삭였다.

한 과장이 다가왔다. 한 과장은 현의 얼굴을 잡고 뽀뽀하는 딸의 천진한 모습을 보니 다시 눈물이 핑 돌았다. 손수건으로 눈물을 감춘 한 과장은 '그날, 현이 무너졌던 날'에 관해 얘기를 꺼냈다. 현과 마주쳤을 때 한 과장은 현에게 미안하다고 말하고 싶었는데 현이 황급히 도망치는 바람에 말을 꺼내지 못했고, 현의 어두운 표정이 걱정되어 제하에게 연락했다고 했다. 현은 한 과장이 자기를 원망한다고 생각해서 괴로웠는데, 그게 아니라 외려 나를 걱정했다니! 그 말을 들은 현은 자리에 주저앉아 오열했다. 두 손으로 얼굴을 감싸고 어깨를 들썩이며 꺼이꺼이 우는 현을 한 과장이 토닥였다.

"내가 그때 너한테 모진 말을 퍼부었던 것 미안해! 내 상처가 너무 커서 너한테 해선 안 될 말을 했어. 미안하다 현아! 미안해!"

현의 깊은 상처가 이제야 씻겨나가는 것 같았다. 오열하는 현을 달래는 한 과장의 눈에도 뜨거운 눈물이 흘렀다.

이틀 후, 현은 정장을 차려입었다. 시청 회의실에서 현이 구상한 프로젝트에 관해 브리핑하기로 했기 때문이다. 발표를 위해 PPT도 다시 만들고 관련 다큐멘터리도 첨부했으며 인사말에서부터 끝인사까지 입에 절로 붙을 때까지 달달 외웠다. 완벽하게 준비했는데도 많은 관계자 앞에서 발표할 걸 생각하니 떨렸다. 현은 눈을 감고 천천히 심호흡했다. 숨을 들이마시고 내쉬고, 계속해서 숨에 집중하다 보니 떨리던 마음이 차차 가라앉았다. 제하에게서 전수한 비법이 효과가 있었다. 현은 희수를 떠올리며 중얼거렸다.

"다녀올게. 잘하고 올 테니 지켜봐 줘!"

한 과장은 회의실에 사회복지과 국장님과 주무관들을 모아 놓고 현이 보내준 문서를 프린트해 모두에게 나눠준 후, 현을 소개했다. 현이 마이크를 잡고 스크린 오른쪽에 섰다. 모두의 시선이 집중되는 긴장된 순간이었다. 한 과장이 걱정하지 말라는 듯 고개를 끄덕이며 응원의 눈빛을 보냈다. 현은 그 눈빛에 힘입어 말했다.

"안녕하십니까? 김현입니다! 이 자리에 서니까 무척 떨리네요."

현의 목소리에 잔뜩 긴장이 묻어났다. 현의 말에 누군가 떨지 말라며 손뼉을 쳤고, 수더분해 보이는 국장님이 큰 소리로

"나도 앞에 서면 떨려!" 하는 바람에 모두 웃었다.

한바탕 웃고 나니 마음이 편안해졌다. 현은 준비했던 말을 차분히 꺼냈다.

"저는 고2 때부터 조울증을 앓았습니다. 이후 여러 차례 입원과 퇴원을 반복하면서 지금은 많은 분의 지지와 도움으로 조금씩 회복되고 있습니다. 지금 회복되고 있다는 말이 곧 완치된다는 뜻은 아닙니다. 아마 평생 이 병과 함께 살아가야 할지도 모릅니다. 다만 제가 오랜 시간 이 병을 겪으면서 병과 함께 살아가기 위해 꼭 필요한 것들에 관해 이야기하고자 합니다."

한번 말이 떨어지니 이후론 입에서 술술 나왔다. 그동안 얼마나 하고 싶었던 말인지 모른다. 현의 프로젝트 제목은 '정신적인 문제가 있는 사람도 사회에서 함께 살아가기'였다. 이를 위해 공동체가 필요한데, 그 공동체를 효율적으로 운영하기 위해서는 아픈 사람뿐 아니라 이들을 지지해 줄 심리 상담사들과 장차 이들을 고용할 사업주들이 참여해야 하고, 이를 위해 지자체의 체계적인 도움이 필요하다는 게 요지였다. 현이 그랬듯이 정신이 아픈 이들도 결과적으로 사회에서 받아들여져야 병과 함께 살아갈 힘을 얻기 때문이다. 이어 유럽 국가들이 이 문제를 어떻게 해결하고 있는지에 관한 다큐멘터리도 함께 나눴다.

다큐멘터리에서는 심리 상담사들뿐 아니라 공감 능력이 좋은 할머니들을 정신적인 문제가 있는 사람들이 모인 공동체에 참가하게 했더니 훨씬 그 공동체가 잘 돌아갔고, 환자들의 증상도 완화되면서 일자리도 얻게 되었다고 했다. 이들이 재발하지 않도록 꾸준히 모임에 나와 서로를 확인했는데, 병원이 처방 위주의 치료라면 공동체에서는 심리적 지지와 아픔에 대한 공감으로 치료를 유지해 나간다는 차이점이 있었다. 또한 병원은 심리적 문턱이 높지만 공동체는 언제라도 편안히 출입할 수 있다는 장점이 있었다. 결과적으로 병원과 공동체가 유기적으로 협조해야 효과가 크다는 말이다. 이 부분에선 모두가 고개를 끄덕였다.

회의가 끝나고 한 과장이 현을 배웅했다. 결과는 내부 회의를 통해 결정되는 대로 알려주겠다고 했다. 그제야 긴장이 풀린 현이 제대로 했는지 물었고 한 과장은 대답 대신 미소만 지었다. 뭔가 부족했구나 싶은 마음에 머리를 긁적이며 나오는데 한 과장의 목소리가 뒤통수에 와닿았다.

"오늘 참 잘했어! 멋있다, 김현!"

현은 세상 어떤 칭찬보다 기뻤고 가슴이 뜨거워졌다. 또 눈물이 날 것 같았다.

금방 답이 올 줄 알았는데 한 달이 다 되도록 한 과장에게선 연락이 없었다. 현은 초조해지기 시작했다. 하루가 한 달 같았다. 한 과장에게 먼저 전화를 걸어볼까 싶다가도 부담을 주는 것 같아 그러지 못했다. 몸은 소풍에 있지만 정신은 온통 그 결과에 쏠려 있었다. 오디션에 참가하고 결과를 기다리는 참가자가 된 심정이었다. 딱 오늘까지만 기다리고 내일부터는 마음 접으리라는 결심도 했다 말기를 되풀이했다. 며칠 전에는 마음이 콩밭에 가 있는 현을 보며 연재가 어디가 아픈지 물어오기도 했다. 일이 진행되지 않을 수도 있기에 연재에게 미리 말하진 않았고, 이렇게 자꾸 딴생각만 하다가는 연재를 걱정시킬 수 있기에 최대한 일에 집중하려 했다. 하지만 뇌에 되돌이표가 박힌 듯 생각이 자꾸 되돌아왔다.

한바탕 카페 손님이 빠져나가고 퇴근 시간이 다가왔다. 연재는 소풍에서 사용하는 각종 비품을 사기 위해 대형 마트에 갔고, 수찬도 친구

공연에 기타 반주를 해주기로 했다며 먼저 퇴근했다. 현은 오늘도 꽝이구나 싶었다. 혼자 남아 테이블을 정리하는데 문소리가 났다.

"오늘 영업 끝났습니다!"

테이블을 닦으며 문 쪽을 보니 한 과장이 서 있었다.

현은 차 두 잔을 만들어 한 과장과 마주 앉았다. 현의 표정엔 긴장감이 돌았다. 한 과장은 차를 한 모금 마시고 주변을 둘러봤다.

"이런 데서 일하는구나!"

현은 결과가 궁금해 마른침을 삼켰다. 이런 현을 본 한 과장은 본론부터 꺼냈다.

"네가 말한 프로젝트, 우리 시에서 지원하기로 했어!"

"진짜요? 언제부터, 어떻게요?"

현의 숨 가쁜 질문에 한 과장은 웃으며 다시 한 모금 차를 삼켰다.

"그런데 그 공동체는 여기에다 만들 거니?"

"네! 대표님께 여쭤봐야겠지만 전 그러고 싶어요."

한 과장은 진행 서류를 내밀며 그간 진행 상황을 꼼꼼히 설명했다. 한 과장의 설명을 듣는 내내 현은 심장이 쿵쾅거렸다. 누군가를 도울 수 있다는 자부심이 생기면서 진짜 중요한 사람이 된 것 같았다.

한 과장은 이 프로젝트를 위해 은퇴한 심리 상담사들을 자원봉사자로 활용하기로 했다고 전했다. 봉사 시간만큼 국가에서 운영하는 1365 자원봉사 포털에 봉사 시간이 인정되어 각종 혜택이 주어지기로 했단다. 현직에 있는 심리 상담사들은 생업 때문에 자원봉사 혜택만으로는 지원하기 어렵지만, 은퇴한 분들은 시간적, 경제적 여유가 있고 무엇보다도 삶의 풍부한 경험으로 진정한 상담이 가능하다는 논리였다. 듣고 보니 현도 수긍이 갔다. 이어 어떤 혜택이 있는지 1365 홈페이지를 펴서 보여주는데 봉사 시간에 따라 표창과 상금을 주고, 공영주차장 무료 이용, 가맹점 할인, 지역 체육센터나 각종 공연, 문화센터 수강 할인 등 혜택이 적지 않았다. 이 정도 혜택이면 은퇴한 심리 상담가들이 충분히 지원할 만했다.

마지막으로 이들을 고용할 사업주들 문제는 홈페이지에 관련 사항을 올리고, 5인 이상 사업주들에게 공문을 띄웠는데 얼마나 참여할지는 지켜봐야 한다고 했다. 공동체에 참가한 사람을 채용하면 시에서 일정 부분 경제적 지원을 해준다는 내용이었다. 현은 이 결과만으로도 행복했고, 한 과장과 같은 프로젝트를 진행한다는 사실만으로 천군만마를 얻은 것 같았다. 그동안 숨고 피하기만 했던 한 과장에게 인정받으니 구겨지고 눌렸던 마음이 다리미로 편 듯 펴지는 기분이었다.

한 과장과 헤어진 현은 본가로 향했다. 연락도 없이 갑자기 집에 온 현을 보며 지수는 서둘러 고기부터 볶았다.

"연락하고 오지, 엄마가 맛있는 거 해 놨을 텐데. 뭐 먹고 싶은 거 있어?"

현은 고기 볶으랴 찌개 끓이랴, 분주한 지수의 등을 물끄러미 바라봤다. 저 작은 몸으로 마트 계산대에서 계산하고, 틈틈이 물건을 진열하고, 급하면 배달도 다녔다고 생각하니 가슴에 통증이 느껴졌다. 현이 지수의 등을 껴안았다. 작고 마른 지수의 어깨에선 향수 대신 익숙한 파스 냄새가 났다. 지수는 현에게 또 무슨 일이 생긴 건 아닌지 가슴이 철렁했다.

"무슨 일 있어?"

"……."

" 왜 그래?"

"……미안해서."

"엄마가 미안하지. 우리 아들 마음도 몰라주고 자꾸 밀어붙이기만 했잖아. 엄마가 잘 몰라서 그랬어."

"아냐, 엄마가 내 엄마라서 얼마나 다행인지 몰라."

"얼른 식탁에 앉아. 엄마가 금방 밥 차려줄게."

"아빠는? 오늘도 늦는대?"

현은 애써 밝게 물었다. 호랑이도 제 말 하면 온다더니 때마침 도식이 문을 열고 들어왔다. 세 식구가 식탁에 동그랗게 앉았다. 썰렁했던 식탁에 온기가 돈 건 실로 오랜만의 일이었다. 소풍에서 자기가 무슨 일을 하는지 어떤 사람들이 모이는지 신나서 얘기하는 현을 보며 굳었던 도식의 얼굴에도 미소가 번졌다. 이런 현을 보며 지수는 이 순간이 꿈만 같았다. 현이 아프기 전으로 돌아간 꿈, 절대 깨고 싶지 않았다.

다음날, 출근한 현은 연재에게 그간의 일을 털어놓으며 소풍을 공동체가 이용할 공간으로 쓰고 싶다는 말을 조심스럽게 꺼냈다. 문제는 이 프로젝트가 복합문화공간과 무슨 상관이 있느냐는 건데, 만일 연재가 일주일에 한 번씩 공간을 쓸 수 있게 해준다면 주말 브런치 장사를 접고 그 시간에 이 프로젝트를 해보고 싶다고 했다. 현의 우려와 달리 연재는 일 초의 망설임도 없이 하자고 했다. 연재의 빠른 용단에 어안이벙벙해진 현이 눈을 껌벅거렸다.

연재에게 그 일이 왜 '소풍'에서 이뤄져야 하는지는 간단했다. 요약하면 여기에는 글쓰기 수업, 그림 수업, 악기 연주 등 다양한 예술 활동이 이뤄지는 곳이니 현이 구상한 그 모임에 상담뿐 아니라 다양한 예술 활동을 접목할 수 있고, 그런 총체적인 활동이야말로 진정한 예술이라고 생각한 것이다. 연재는 자기가 말해놓고 자기가 감동했다. 원고를 미리 작성한 것도 아닌데 어쩜 이렇게 술술 나오나 싶었다.

현은 난데없는 경례를 붙이더니 국기에 대해 맹세하듯 연재에게 맹세했다. 뭐든 최선을 다하겠노라고. 신이 나서 달려 나가는 현을 보며 연재는 생각했다.

아름다운 것이 예술이라면

감동을 주는 것이 예술이라면

고정관념을 깨부수고 새로운 것을 시도하는 것이 예술이라면

이렇게 어울려 사는 게 진정한 예술 아니겠냐고.

스텝이 엉키면 그게 바로 탱고

겨울에 기획했던 봄의 왈츠 음악회가 다가왔다. 현악 4중주 팀이 우리에게 익숙한 클래식뿐 아니라 친숙한 영화 음악까지 들려줄 예정이다. 소풍 야외 정원에서 공연되고, 입장료는 물론 없다. 대신 1인 1 음료로 아무나 와서 즐기는 공연이다. 초대권이 필요 없는 음악회지만 연재는 한 사람을 위한 초대권을 만들었다. 소풍의 대소사에 늘 신경 써준 강훈을 위해. 아마 「괜너괜」 커피 테러 사건 이전이었다면 강훈의 의도를 알자마자 그의 작품을 돌려줬을 테지만, 지금의 연재는 상대의 배려와 호의를 받을 만큼의 여유가 생겼다. 그렇다고 연재가 그를 남자로 받아들인다는 건 아니다. 인간 대 인간으로 보겠다는 뜻이다. 여자와 남자의 모든 관계가 남녀관계로 귀속되는 것은 아닐 테니까. 어떤 시간을 통과한 관계는 그 이상의 성숙한 단계에도 이를 수 있다고 연재는 생각했다. 예쁜 엽서에 정성껏 손으로 적었다.

"5월 25일 금요일 밤 7시, 현악 사중주 연주회에 초대합니다."

봉투에 담아 그의 작업실로 향했다. 불은 켜져 있지만, 문은 잠겨 있어 문틈에 엽서를 꽂았다. 그리고 사진을 찍어 전송했다. 돌아오는 길, 강훈에게 답이 왔다.

"네! 가고 말고요. 초대해 주셔서 감사합니다."

그대로 집에 들어가기 아쉬운 연재는 호수를 크게 한 바퀴 돌았다. 벚꽃은 지고 새잎이 올라와 호숫가 길은 연둣빛으로 물들었다. 초록으로 가기 전 단계인 연한 연두가 대책 없이 싱그럽다. 연두 길을 느리게 걸으며 저녁 바람과 햇살을 온몸으로 느껴보았다. 연재 옆으로 자전거를 타고 지나가는 젊은 남녀가 보였다. 자전거를 보니 떠오르는 얼굴이 있다. 그의 얼굴이 떠오르자 갑자기 사무치게 그리웠다. 지금 민준이 있는 그곳은 어디고, 몇 시일까?

핸드폰을 꺼내 무료 인터넷 전화를 눌렀다. 신호가 여러 번 울리도록 받지 않자 살짝 초조함이 올라왔다. 무슨 일이 생긴 건 아니겠지? 걱정하던 그때 연결음이 들렸다.

"엄마?"

"어, 엄마야. 지금 어디야? 잘 지내는 거지? 통화할 수 있어?"

그동안 어떻게 참은 건지 질문이 한꺼번에 쏟아졌다.

"방금 터키 국경 넘었어요. 잘 지냈는지는 모르겠고 어쨌든 살아있어요. 통화는 가능하고요."

민준의 목소리에 힘이 넘쳤다.

"엄마도 살아있다고, 생존 신고하려고 전화했어."

"다행이네요. 어제 민재하고 통화했는데 살아있더라고요. 우리 다 살아있네요."

"언제 와?"

"한 달 반은 있어야 갈 거 같아요. 달리면서 목표가 생겼거든요."

일 년이 넘게 모자가 헤어져 있었기에 할 말이 쌓여 있었다. 통화하면서 걷다 보니 버드(Bird)나무가 정면으로 보였다. 새들의 분비물로 고사하던 나무가 살아나고 있었다. 나무에 약을 뿌린 건지, 새들을 포획한 건지 알 수 없으나, 나무를 괴롭게 하던 새들은 모두 사라지고 없었다. 그 많던 새들이 어디로 갔을까? 걱정도 되었지만 살 곳을 찾아갔으리라 싶으니 나무가 살아나고 있음에 안도감이 들었다. 한 시간을 넘게 통화하다가 터키 국경을 넘은 동행이 기다린다며 민준이 전화를 끊었다. 앞으로 한 달 반이면 민준과 민재, 두 아들을 볼 생각을 하니 가슴이 벌써 뛰었다.

집에 돌아온 연재는 노트북을 열었다. 그리고 '연수에게' 폴더를 열었다. 윤희 작가의 전시를 앞두고 연수에게 편지를 썼으니까 실로 다섯 달이 다 되어갔다. 연재는 연수에게 두 번째 편지를 썼다.

연수에게.

우리가 어렸을 땐, 괜히 사계절이 있어 쓸데없이 낭비가 심하다고 했잖아.
여름만 있다면 여름옷만 있으면 되는데, 겨울까지 있어서 사계절 옷이 다 필요하다고 말야.

근데 지금은 돈이 좀 들더라도 사계절이 있는 게 얼마나 다행인지 몰라. 안 그랬다면 사계절의 아름다움을 몰랐을 테니까.

오랜만이다. 신연수! 잘 있었니?
사실 그동안 네게 하지 못한 이야기가 있어.
내게 너무 큰 상처라 한 번도 입 밖으로 꺼내지 못했는데, 이제부터 그 얘기를 하려고 해.

네가 전에 했던 말 "모멘트 오브 트루스" 말이야. 그 뜻을 이젠 알 것 같아. 내게 그게 찾아왔거든. 나도 모르게 내 입을 통과해 나와 버린 진실의 순간.
그날 아침, 왜 하필 그 사람이 떠올랐는지 몰라.
지리산 천왕봉에 올라 그가 청혼했던 일, 종주하고 내려와 느꼈던 그 '근자감'에 관해 말이야. 아마 그게 화근이었지 싶기도 해.
민준 아빠가 차 사고가 났다는 전화를 받고 달려간 병원에 나보다 먼저 달려온 사람이 있었어. 민준 아빠 회사 경리 지현.
지현은 민준 아빠가 처음 회사를 시작할 때부터 같이 일했잖아.
언니가 지현 씨 아니었으면 민준 아빠 사업 유지 못했을 거라고 말할 정도로 지현은 야무진 직원이었어.

민준 아빠가 죽었다는 말을 듣고 난 지현 품에 안겨 울었어.
얼마나 많이 울었는지 몰라. 다정한 지현은 나보다 더 많이 울어줬어. 내가 울면 지현이 울고, 지현이 울면 내가 울었지. 무슨 슬픈 돌림노래 같았어.

그런데 장례식장에 지현이 열 살 딸을 데리고 왔어. 그리고 말했지.

"아빠에게 작별 인사해."

난 무슨 말인지 내 귀를 의심했어.

지현은 눈물을 글썽이며 뻘쭘하게 서 있는 딸을 향해

"아빠한테 마지막으로 하고 싶은 말…… 해." 덤덤히 말했어.

그제야 알았어. 지현의 딸이 남편과 닮았다는 것을. 그리고 남편의 사고도 지현과 밀월여행 중 났다는 사실을. 지현은 나보다 먼저 온 게 아니라 사고 현장에서 같이 온 거였지.

꿈을 꾼 것 같았어. 지독한 악몽을. 그런데 악몽이 끝이 아니었어.

거듭되는 충격에 장례가 어떻게 끝났는지도 모르겠는데 집에 지현이 찾아왔어.

남편이 작성해 줬다는 유언장을 들고. 그건 재산의 반을 지현에게 넘긴다는 공증 문서였어. 혹시 모를 일에 대비해 지현이 딸을 낳았을 때 만들어 준 거라고 했어.

남편 사망에 대한 슬픔은 분노와 증오로 덮여버렸어.

내 삶이 통째로 부정당하고 농락당한 처참함에 미칠 것 같았거든.

갈기갈기 찢어진 마음은 너덜너덜해져서 자식이고 친구고 다 필요 없다고 느껴지. 죽어야 끝나는 고통이었지만 이런 이유로 죽는 건 죽기보다 싫었어.

아이들도 나만큼 큰 충격을 받았을 텐데, 그걸 포용할 무엇도 내게 남지 않았어.

지현에게 재산을 나눠줘야 했기에 집을 팔아야 했어. 내가 지현을 상대로 상간녀 소송을 한다 해도 내가 받을 수 있는 돈은 최대 삼천만 원밖에 안 돼. 그게 법이고 현실이더라.

지급 명령이 떨어지고 빨리 지급하지 않으면 고금리 이자까지 붙는대. 대체 법은 누구 편인 거니?

그래서 결국 집을 팔았어.

지현도 딸하고 살려면 돈이 필요했겠지. 근데 그 사정까지 알고 싶지 않았어.

집이 팔리고 제일 먼저 행동을 취한 건 둘째 민재야.

그때 고등학교를 막 졸업한 민재가 대학 원서도 쓰지 않고 군대에 지원했어. 평소 제일 게으르고 태평했던 민재가 속으로 얼마나 부대꼈으면…….

서울역에서 기차를 탄 민재를 향해 난 허수아비처럼 영혼 없이 손을 흔들었어. 민재와 함께 훈련소까지 동행해 준 건 군에서 말년 휴가 나왔던 민준이야. 이럴 땐 민준이 나보다 낫지?

분해 떨다가, 울다가, 술에 취해 겨우 잠이 들길 반복하면서 점점 더 무너졌어. 집을 비워줘야 할 때가 다가왔는데도 난 이사 갈 집도 구하지 않았어.

제대해 집에 머물던 민준이 돌연 자전거를 하나 사서 집을 나갔어. 민재도 민준이도 집을 나가버리자 이대로 가만히 있으면 진짜 죽을 것 같더라고. 그래서 찾은 곳이 여기 춘하야. 매매로 나온 펜션을 덜컥 사버린 거야.

서울에선 주변 사람들 보기 창피해 도저히 살 수 없었거든.

내 잘못은 아닌데 일이 그 지경이 되도록 눈치 못 챈 내가 미련퉁이 같아서 자책했어.

그렇게 자기혐오에 빠져 서울에서 멀리 떨어진 춘하에 왔는데, 막상 정신을 차리니까 내가 여기서 살 수 있을지 겁이 나더라.

태어나 한 번도 혼자 살아본 적도, 서울을 떠난 적도 없었으니까.

여기서 뭘 할 수 있을까, 고민 끝에 네가 입에 침이 마르도록 말했던 게 떠올랐어. 복합 문화 공간 만들자고 했던 말, 네 옆에서 문화 예술 관련 기획을 하도 많이 들어서였는지 가장 익숙했고, 또 잘할 수 있을 것도 같았어.

못다 이룬 네 꿈을 내가 이룬다는 명분까지 생기니까 다시 살아갈 힘이 생기더라. 펜션을 사서 수리하는 동안 결심했어. 오직 사는 것에만 집중하겠다고. 사실 망하면 대안이 없기도 했거든.

늘 두려웠지만 네가 옆에 있어 견딜 수 있었던 것 같아.

그리고 그날, 한바탕 난리를 겪고 내 마음이 평온해진 이유에 관해 생각해 봤어.

남편과 지현, 둘이 나만 빼고 행복했다고 생각했어.

나만 불행한 것 같아 더 억울했던 거야.

그런데 그날, 혜진이 했던 모든 말이 모두 지현의 말처럼 느껴지더라. 이십 년 가까운 시간을 난 껍데기로만 존재한 것 같아 미치도록 좌절했는데 혜진과 그 남자를 보니, 남편과 지현도 모두 껍데기로 살았다는 생각이 들었어. 혹시라도 들킬까 봐 불안에 떠는 인생이 속이 꽉 찬 행복한 인생일 수 없을 테니까.

모두 껍데기뿐이란 사실에 위로받는 인생이라니…….

진짜 헛웃음이 난다.

근데 연수야.

그걸 깨닫고 나니 이제부터 난, 진짜 내 인생을 다시 시작할 수 있을 거 같아. 물론 또 돌부리에 걸려 넘어지고 좌절하겠지만, 이런 일을 겪고도 다시 일어선 내가 겁날 게 뭐가 있겠니? 설사 더한 일을 겪는다 해도 내가 잘 이겨낼 수 있도록 네가 옆에서 응원해 줘. 알았지?

보고 싶다는 말은 하지 않을게. 그립다는 말도 생략.

그럼, 이 밤도 안녕!

편지를 끝내고 연재는 노트북을 닫았다. 빗소리에 문을 열어보니 소나기가 쏟아지고 있었다. 가로등으로 쏟아지는 비가 불빛에 반사되어 섬광 같은 빛을 내뿜다가 아래로 떨어지며 꺼져가는 모습이 흡사 불꽃놀이처럼 보였다. 연재의 새 출발을 응원하는 비가 불꽃이 되고 빗소리는 박수 소리로 연재의 세상에 울려 퍼졌다. 쏟아지는 우렁찬 불꽃 쇼가 끝날 때까지 연재는 한참을 그대로 서 있었다.

음악회가 열리는 저녁, 무대로 쓸 공간에 4인의 연주자가 앉을 의자를 놓고, 마당에도 관객을 위한 의자를 깔았다. 그 옆으로 특별히 초대한 사람들을 위한 테이블을 하나 놓았는데, 강훈과 윤희, 제하와 연재, 그리고 얼마 전 대관 사진전을 열었던 사진작가를 위한 자리다. 지난가을 수찬 씨의 공연 때처럼 뒤늦게 구경 온 사람들을 위해 빈 곳 여기저기에 매트도 깔았다.

가장 먼저 도착한 이는 윤희다. 연재가 공연 초대 메일을 보내긴 했지만, 전시가 끝나고 얼굴을 보는 건 처음이다. 윤희는 자기 때문에 마지막 날을 망쳤다며 미안하다고 했다. 연재도 작품 철거할 때 나타나지 못했던 것에 관해 사과했다. 윤희가 손을 내밀며 물었다.

"그럼 내년에도 제 전시 맡아주시는 거죠?"

연재는 영광이라며 윤희의 손을 잡았다. 윤희는 연재의 얼굴에서 빛을 봤다. 옥죄어 있던 어떤 것에서 풀려난 해방의 빛처럼 느껴졌다.

강훈은 무척 신경 쓴 듯 정장을 입고 왔는데, 그 모습이 어색하면서도 어울렸다. 관객들 자리를 배정하던 수찬이 딴 사람 같다고 추켜세우자 쑥스러운 미소를 지었다. 이어 연주자들도 도착해 각자 악기를 튜닝했다. 제하도 왔는데 혼자가 아니다. 남자 친구와 같이 왔다. 연재는 반갑게 맞았고, 연재가 앉으려고 했던 자리에 그를 제하와 나란히 앉게 했다. 인상 좋은 그는 자리에 앉더니 누군가를 찾는 듯 주변을 쓱 보았다. 연재는 테이블에 앉은 사람들의 주문을 받아 카페로 들어갔다.

현은 밀린 음료를 만드느라 눈코 뜰 새 없이 바빠 보였다. 연재가 다섯 잔의 음료를 만들어 현에게 테이블로 가져다 달라고 했다. 현은 만들던 음료를 연재에게 부탁하고 음료가 든 쟁반을 들고 정원으로 나갔다. 연재가 유리문을 통해 보니 제하의 남자 친구가 현과 인사를 나누고 있다. 그의 미소에서 왠지 모를 안도감이 느껴졌다. 금세 배달을 마친 현이 들어와 연재에게 제하가 남자 친구랑 왔다며 저 성깔에 남친이 있는 거 보면 남친이 보살이란다. 여전히 투덕거리는 모습에 연재의 입가에도 미소가 흘렀다. 그사이 연주 시간이 다가왔다. 수찬이 마이크를 잡고 큰소리로 공연 시작을 알리는 멘트를 날렸다.

"소풍 음악회에 오신 것을 환영합니다!"

현이 나머지는 자기가 만들 테니 연재에게 나가 있으라고 했다. 수찬이 마이크를 잡았으니, 이후 도착한 관객을 도와줄 진행요원이 적어도 한 명은 바깥에 있어야 했다. 서둘러 연재가 바깥으로 나왔다. 막 도착한 사진작가는 윤희와 아는 사이인지 자연스럽게 그 옆으로 가서 앉았다. 수찬은 무대에 많이 서 본 사람이라서 매끄럽게 사회를 잘 봤다. 아재 개그 퀴즈로 산만한 분위기를 금세 집중시켰고 주위가 조용해지자, 뒤로 물러났다.

연주자들이 서로 눈짓을 교환하더니 엘가의 「사랑의 인사」로 문을 열었다. 바이올린 두 대 비올라와 첼로 한 대씩으로 이뤄진 팀으로 '이무지치' 실내악단이 부럽지 않았다. 연주가 시작되고 뒤늦게 도착한 사람들은 연재가 착석을 도왔다. 이어지는 곡은 「쇼스타코비치 왈츠 2번」으로 첫 음부터 심장이 녹았다. 세상에서 가장 로맨틱한 왈츠가 아닐 수 없다.

연수에게 연재가 귀에 딱지가 앉도록 들은 얘기 중 하나가 국내 연주자들의 연주 실력이 상향 평준화되어 굳이 월드클래스가 아니더라도 엄청난 실력자들이 많다는 거였는데, 오늘 소풍에 초대된 팀이 딱 그랬다. 처음엔 연재도 클래식이라 섭외 비용에 부담을 느꼈는데 막상 그리 비싸지도 않았다. 무엇보다도 현이 시민들을 위한 공연 기획 신청서를 냈었는데 신청이 받아들여져 시의 지원도 받았다. 시에서 주는 지원금에 소정의 금액을 더해 멋진 공연을 같이 즐길 수 있어서 더 좋았다.

이어 피아졸라의 「리베르 탱고」, 김연아의 피겨 곡으로 유명한 「오블리

비언」 그리고 「여인의 향기」가 소풍에 울려 퍼졌다. 흥을 감추기가 어려웠는지 수찬이 앙상블과 잼(즉흥연주)을 제안했고, 연주곡은 「미션 임파서블」이었다. 아무리 전문 연주자들이지만 즉석에서 연주가 된다고? 걱정하는 사람은 연재뿐, 사람들의 눈동자는 호기심으로 반짝였다. 기타와 현악 4중주가 어떻게 가능할까 싶었는데, 수찬은 기타를 뒤집어 드럼처럼 사용했다. 서로 눈빛을 교환하면서 접신이라도 한 듯 수찬은 기타를 두드렸다. 사람들은 흥분하기 시작했고 수찬이 입 모양으로 따라 부르라고 수신호를 주자 관객들 모두 그 유명한 부분을 입으로 따라 불렀다.

빰빰 빠밤, 빰빰 빠밤. 빰빰 빠밤. 빰빰 빠밤. 빠라밤.

연주곡에 떼창은 상상도 못 했는데 소름이 돋았다. 저렇게 끼가 많은 사람이 먹고살기 위해 음악하고는 상관없는 일을 한다니 진심으로 안타까운 마음이 들기도 했다. 미션을 클리어한 연주자들이 가까스로 흥분을 가라앉히고 크라이슬러의 「사랑의 슬픔」을 연주했고, 마지막 곡으론 헨델의 「파사칼리아」까지 봄밤에 벚꽃처럼 흩날렸다. 헨델이 왜, 무엇 때문에 만들었는지 모르지만 십수 년 전 연재가 처음 이 곡을 들었을 때 소름이 돋았다. 격정적이고 비극적이고 뭔가 강렬한 서사를 품은 듯 느껴졌기 때문이다.

그런데 이 「파사칼리아」가 연재의 마음을 어루만졌다. 그동안 애썼다고, 인제 그만 길을 가라고, 아픔은 두고 가벼이 길을 떠나라고 등을 밀어주는 것 같다. 바이올린이 격정적으로 흐르는 마지막 지점에 이르자 뜨거운 뭔가가 솟구치듯 강렬하게 터졌다. 연재의 얼굴이 벌겋게 달아올랐다. 곡이 끝나고도 아무도 돌아갈 생각을 하지 않자, 연주자 리더는 마지막 앙코르곡을 고르라며, 대신 그 곡에 맞춰 모두 춤을 출 것을 제안했고, 모두 '콜!'을 외쳤다. 쇼스타코비치 왈츠와 여인의 향기 탱고의 격돌, 관객들은 탱고를 택했고 바로 바이올린이 음을 시작했다.

수찬이 현의 손을 잡고 탱고 같지 않은 탱고를 시작했고, 제하도 남자 친구와 손을 잡았다. 사진작가가 윤희에게 손을 내밀자, 홀로 남겨진 강훈이 어색하게 서서 춤추는 사람들을 바라보고 있었다. 연재가 강훈을 향해 다가가 손을 내밀었다. 강훈이 어색한 미소를 지었다.

"제가 다 잘하는데 춤은 영……."

연재는 다른 사람들을 보라는 손짓을 했고, 춤추는 사람들 모두 제멋대로 춤추며 즐거워하고 있다. 이에 강훈이 용기를 내 영화에서 본 것처럼 연재의 손을 잡고 앞으로 쭉 뻗으며 전투적으로 나아갔다. 따라가던 연재가 발을 삐끗했다.

"스텝이 엉키면 그게 바로 탱고!"

강훈은 어설픈 알파치노 흉내를 냈고, 말한 사람도 듣는 사람도 민망해 크게 웃고 말았다.

뺨을 스치는 바람에서 여름 향기가 났다.

창밖은 가을

6월이 시작되자마자 여름 장마가 시작되었다. 기후 위기라더니 장마도 빨라졌다. 며칠 쉼 없이 내리던 비가 멈추고 해가 쨍하게 뜨자 연재는 모든 문을 열고 눅눅해진 집 안을 말렸다. 장롱 속 겨울옷을 꺼내 바람이 드는 창가에 걸다가 멈칫했다. 보라색 겨울 코트를 거는데 창가 테이블에 세워둔 강훈의 작품 속 여인의 옷과 같은 느낌이 들었다. 작품을 들고 코트 뒷모습을 보니 영락없다.

연재는 이 코트를 언제 꺼내 입었는지 곰곰이 생각했다. 도무지 생각나지 않았다. 그러다 혹시나 해 주머니에 손을 넣었는데, 그 안에서 '퍼플레인' 영수증이 나왔다. 그제야 생각났다. 크리스마스이브, 연재가 외로움을 피해 퍼플레인에 갔고, 그곳에서 강훈을 만난 사실이. 밤늦게 집으로 걸어오는 길, 엉엉 울었고 계단을 올라가다가 강훈의 뒷모습을 본 듯했는데 그가 진짜 강훈이었구나. 여인과 달, 이 그림은 강훈이 그때 연재 모습을 보고 만든 것임을 이제야 알았다. 자기 뒷모습도 몰라보다니.

코트와 작품을 나란히 놓고 사진을 찍었다.

"작품의 비밀을 이제야 알았네요."

사진과 함께 문자까지 강훈에게 전송했다.

"영민하십니다!"

"근데 그날 밤 저를 따라오신 거예요?"

"밤늦은 시간이라 혹시라도 위험할까 봐 그랬습니다. 불쾌하셨다면 죄송합니다."

"불쾌라뇨, 고맙습니다. 늘 받기만 했네요."

"그럼, 갚을 기회 드릴까요?"

"네! 주세요!"

"주말에 저랑 영화 보실래요?"

"네, 제가 영화도 보여드리고 밥도 살게요!"

강훈은 춤추는 이모티콘을 보내왔다. 연재는 픽하니 웃음이 났다.

두 아들이 오는 날, 연재는 도착 두 시간 전부터 기차역에 나가 서성였다. 돌아보면 미안함투성이다. 그 사건을 겪고 새들이 떠나지 않으면 보낼 방도가 없는 나무처럼, 연재도 무기력하게 아이들이 먼저 떠나기를 기다렸던 것 같다. 자기 상처가 너무 커 품어주지 못했고 어떤 순간엔 두 아들의 존재가 부담스럽기까지 했다. 더 정확히는 아이들 얼굴 보기가 부끄러웠다. 당시 연재는 속인 남편에 대한 원망보다는 속고 산 자신을 더 혐오했으니까.

이런 부족한 엄마라도 만나러 와주는 아이들에게 미안하고 고마운 마음은 이미 한도 초과 상태다. 세 명의 가족이 같은 상처를 안고 그 상처를 이겨내기 위해 뿔뿔이 흩어져 2년을 떠돌았다. 이제 그 끝에서 어떤 얼굴로 마주하게 될지. 그동안 연재의 상처는 햇빛에 바라고 바람에 말라붙었다. 그 위에 비 내리고 눈 내려 다시 피 흘리길 여러 차례, 이제야 돋은 새살이 거북이 등껍질처럼 단단해짐을 느낀다.

기차가 도착하고 아이들이 내렸다. 씩씩하게 두 팔을 벌리며 다가오는 두 아들의 품에 연재가 안겼다. 품 안의 자식이 어느새 자라 부모를 품는 어른이 되어 있었다. 격정의 만남을 뒤로하고 아이들은 각자의 생활을 찾아갔다. 민준이는 복학해 기숙사로 들어가고, 민재는 컴퓨터 게임 스토리 개발자가 되고 싶다며 작은 회사에 들어갔다. 다행인 건 다들 연재보다 더 단단해져 있었다. 그 사건이 일어났을 땐 왜 나에게 이런 일이 일어나나 싶어 운명을 원망했는데, 아무리 나쁜 일도 지나고 나면 다 나쁜 것만 있지 않다는 말이 왜 있는지 알 것 같다. 그렇다고 그런 일을 또 겪고 싶지는 않지만 말이다.

여름의 한가운데를 지나 매미도 지쳐 나가떨어질 8월 말, 기다렸던 손님이 왔다. 혜진은 유모차를 정원에 세우고 아장아장 걷는 시우 손을 잡고 카페로 들어왔다. 갑작스러운 등장에 연재가 놀란 눈으로 서 있자 현이 먼저 반갑게 혜진을 맞았다.

"누나, 잘 지내셨어요?"

혜진은 어정쩡한 미소를 지으며 아이스 아메리카노를 주문했다. 연재의 눈은 시우를 향했다. 반년만에 이렇게 크다니, 연재는 시우를 번쩍 안았다. 시우의 이마에는 땀방울이 송알송알 맺혀있다. 연재는 시우의 이마를 닦으며 에어컨이 가장 시원한 자리로 혜진과 시우를 안내했다. 현이 아이스 아메리카노와 시원한 보리차를 가져왔다. 연재가 시우의 오종종한 입에 컵을 대고 보리차를 먹였다. 시원해서 좋은지 자꾸 마시더니 한 컵을 거의 다 마시고야 카페를 돌아다녔다. 카페 안은 한적해 시우가 돌아다녀도 문제 될 일은 없었다. 아마도 혜진이 한가한 시간을 맞춰 온 것 같았다.

어떻게 지냈냐는 연재의 말에 혜진은 그와 헤어지고 싱글맘으로 시우를 키우는 중이라고 했다. 동준은 그 사건 이후 그의 가정으로 돌아갔고, 그나마 다행인 건 양육비는 매달 보낸다고 했다. 연재도 다행이라며 혜진의 손을 잡았다. 그러다 문득 이율배반적인 자신을 발견했다. 지현이 재산 분할 소송을 해왔을 때 분노에 치를 떨었는데, 혜진의 일에 다행을 느끼다니. 하지만 분명 그 감정도, 이 감정도 진실했다.

가방만 만지작거리는 혜진도, 시우만 바라보던 연재도 다음에 무슨 말을 꺼내야 할지 몰라 잠시 침묵했다. 그러다 연재가 먼저 퀼트 팀원이 여섯으로 늘었다는 얘길 꺼냈다. 아이 데리고 취미활동 할 수 있다는 소식이 맘카페에 퍼지자 조금 멀리 떨어진 곳에 사는 아이 엄마 셋이 더 합류했다고 전했다. 혜진이 소풍에 첫 번째로 만든 활동인데 계속 성장하고 있어 혜진에게 고맙다고 했다. 그 말에 용기를 얻은 건지 혜진은 만지작거리던 가방에서 뭔가를 꺼내 내밀었다.

"이거 일 년 후에도 가능할까요?"

연재가 혜진의 아파트 전봇대에 붙인 퀼트 강사 구한다는 전단이었다. 당장은 시우가 너무 어리니까 그때처럼 취미반을 이끌고, 일 년 후

263

시우가 어린이집 갈 수 있을 정도가 되면 시작해 보고 싶다고 했다. 연재는 고개를 끄덕였다. 그리고 천방지축 돌아다니는 시우를 번쩍 안아 볼을 비볐다. 또 혀 짧은 소리가 나왔다.

"우리 시우 잘 이쩌쪄요?"

시우는 여전히 아기 냄새가 났다.

당장 그 주부터 혜진은 퀼트 팀에 합류했다. 자신의 우울한 감정이 시우에게 전염될까 봐 최대한 긍정적으로 생각하려고 노력한다고 했다. 연재는 혜진의 이 말을 듣고 애초에 왜 퀼트 자릴 만들었는지 이제야 알 것 같았다. 자신의 우울한 감정이 시우에게 전염되지 않도록 노력한 거였구나. 억지로라도 사람들과 어울리면서 자신의 우울한 감정에 매몰되지 않도록 환기하고 싶었던 거다. 혜진은 예전보다 밝아 보였다. 밝게 살려고 애쓰는 중인지도 모른다. 그런 혜진을 보며 연재는 생각했다. 어떤 날은 그렇게 살아질 것이고, 또 어떤 날은 무너지기도 하면서 점점 단단해질 거라고. 연재가 그런 것처럼.

벌써 소풍 1주년이 다가왔다. 다시 가을. 현이 기획했던 프로젝트도 10월부터 본격적으로 시작한다. 프로젝트 모임의 이름은 「괜너괜」이다. 아무런 이유 없이 존재를 긍정하는 이름 「괜찮아 너라서 더 괜찮아」가 어딜 가나 여러모로 딱 들어맞는다. 무엇보다도 명석한 현이 이리저리 머리를 굴려봐도 이보다 더 좋은 이름이 없단다.

1주년 이벤트는 세 사람이 머리를 맞대고 기획한 탱고 공연이다. 그때 현악 사중주 공연 피날레 무대에서 사람들이 춤을 추며 얼마나 즐거워 하는지 봤기에 본격적으로 춤 공연을 열고 싶었고, 여러 가지 여건이 잘 맞아 이번 탱고 공연을 추진할 수 있게 됐다. 이 공연에 연재는 오랜 베프 수영을 초대할 예정이다. 어느 날 갑자기 잠수타버린, 어이없고 못난 친구지만 수영은 분명 올 것이다. 한쪽 눈을 흘기면서 기꺼이. 공연을 위해 무대를 만들어야 하는데, 그건 강훈이 맡았다. 공사는 소풍이 문을 닫은 시간에 시작되었다. 강훈이 그러자고 했다. 여름 땡볕에 일하긴 힘들기도 하고 낮 동안은 방문객들이 편하게 이용해야 한다면서.

강훈과 현은 손발이 척척 맞았다. 바닥 평탄화 작업을 먼저 하고 현이 놓을 자리에 방부목 덱을 쭉 늘어놓으면 강훈이 수평을 맞추고 나사못으로 고정했다. 얼음물을 들고나온 연재가 한참 동안 이들을 바라봤다. 강훈은 역시나 능숙했고 현은 무척 안정되어 보였다. 현이 그럴 수 있도록 그를 돕는 강훈이 있고, 수찬이 있고, 제하가 있다. 제하 혼자 감당하기에는 한계가 있을 수밖에 없었던 현의 어둠을 모두 한 자락씩 나눠 잡으니 이 평온이 온 것 같았다. 연재가 살기 위해 발버둥칠 때 현이, 혜진이, 그리고 소풍에 왔던 모든 이들이 연재 삶의 한자락을 잡아준 것처럼. 땀을 비 오듯 흘리던 현이 얼음물을 보자 "아하!" 하며 다가와 벌컥벌컥 들이켜는데 갑자기 데자뷔가 느껴졌다. 아하! 하는 저 표정 어디서 봤더라, 생각해 보니 지난 2월 호숫가 조깅 나갔을 때 현이 짓던 표정이다. 연재가 말했다.

"그때 말야, 2월 초쯤 새벽에 조깅하고 있을 때 우리 만났잖아. 그때 그 표정 뭐야?"

현이 빈 컵을 내려놓고 씨익 웃었다.

"사장님, 기억 안 나요? 작년 가을인가? 아니, 늦여름인가? 그때 사장님 조깅하다가 제 뒤에 숨었잖아요. 저 그때 웬 여자가 제 뒤로 숨길래 봤더니 앞에 어떤 남자가 등산용 지팡이 들고 뒤로 파워워킹하면서 걸어오는 거예요. 저도 깜짝 놀랐는데 이분도 놀라셨구나 싶어 제가 몸으로 가려드렸는데."

연재는 번쩍 그때가 떠올랐다. 기억하고말고.

세상에⋯⋯. 넓고도 좁은 게 세상이라지만 그게 현이었다니.

여느 때와 다름없는 일요일 오전, 연재는 그동안 미뤄오기만 했던 그 일을 이제 시작하려 한다. 바로 소풍에서 일어난 일들을 주제로 글을 쓰는 것. 느긋하게 아침을 챙겨 먹고 커피를 내려 창가 테이블에 놓인 노트북을 열었다. 깜박이는 커서를 보며 커피 한 모금 입에 머금었다가 천천히 넘겼다. 코끝에 맴돌던 커피 향이 식도를 거쳐 위로 내려가는 느낌이 느껴졌다.

쓰는 일은 생각보다 만만치 않았다. 쓰고 지우기를 여러 차례, 두 시간 만에 A4 한 장을 간신히 채웠다. 쓰기 시작했다는 설렘인지, 한 장을 썼다는 안도인지 모를 긴 숨이 가늘게 떨리며 흘러나왔다. 다시 한번 꼼꼼히 읽어보며 오탈자를 잡고 비문을 정리했다. 그리고 맨 위에 소제목을 적었다.

'낯선 도시의 이방인'

연재는 노트북을 덮고 고개를 들어 창밖을 바라봤다.

가을 햇살을 받아 일렁이는 호수,

그 위를 스치듯 지나가는 바람,

그 바람에 흔들리는 코스모스,

호숫가를 걷는 사람들의 밝은 웃음소리 위로 선홍색 저고리를 갈아입은 나무들, 그 위를 점프하듯 날아다니는 작은 새들의 소란한 날갯짓과 시름없는 푸른 하늘.

검붉은 적색과 갈색으로 잠옷을 갈아입고 바닥에 누워버린 성질 급한 낙엽들이 저마다 햇살을 받아 찬란하게 반짝거리고 있었다.

에필로그

"정신적인 문제가 있는 사람도 사람들과 어울려 살 수 있는 이야기를
써 줘!"

3년 전 단풍이 무척 아름다웠던 가을날, 그 단풍 아래 앉은 친구가 한
숨처럼 내뱉은 말이다. 친구는 오랜 시간 정신병을 앓는 딸 때문에 힘들
어했다. 그냥 푸념처럼 했던 말일 수도 있었는데, 그 말은 내 가슴에 고
스란히 박혔다.

그때 나는 드라마 대본을 쓰면서 끝없는 수정과 편성을 위한 전쟁 통
에서 현타를 느끼고 있었다. 내가 아무리 발버둥 쳐도 앞으로 나아가지
못하고 한 걸음 나아갔나 싶으면 두 걸음 물러나는 기현상을 장시간 겪
다 보니 회의가 쓰나미처럼 덮쳐왔다. 누구의 간섭도 받지 않은 이야기를
쓰고 싶다는 생각이 처음 강렬하게 든 순간이었다. 이때부터 나의 소울
메이트 반려견 미나와 매일 산책하면서 어떤 이야기를 쓸지 생각했다.

그러다 어느 새벽, 친구가 내게 떨어뜨린 그 씨앗이 꿈틀거리더니 싹

을 틔웠다. 물론 친구의 개인적인 이야기는 1도 들어가지 않은 순수 창작물이다.

「명화로 소통하기」라는 프로그램에 1년 동안 보조강사로 참여했던 이력은 미술 치료가 뭔지 알게 된 계기가 되었고, 이때의 경험과 내가 쓴 책들은 (『다락방 미술관』과 『다락방 클래식』) 소설을 풍요롭게 만드는 자양분이 되어주었다. 소설의 배경이 복합 문화 공간이니 미술과 음악은 필수 불가결했고, 이를 적절히 배합하는 것은 내게 큰 즐거움이었다. 드라마건 소설이건 장편을 쓰는 건 자료조사가 반인데, 이 소설에 있어 난 반은 먹고 들어간 셈이다.

모험심이 강한 나는 그동안 여러 장르의 글을 썼다. 난데없이 뽑혀 2인 오페라를 쓰기도 했고 (세종문화회관에서 초연, 전국 예술의 전당에서 공연되었다) 의뢰가 들어오지도 않았는데 시나리오를 세 편이나 썼다. 언젠가 칸의 레드 카펫을 밟을 날은 기다리면서 말이다. (결국 그때 쓴 시나리오가 유명 영화사에 뽑혀 현재 작업중이다) 그 와중에 또 소설에 도전했다. 한 가지만 파도 될지 말지 모를 이 바닥에서 한 가지도 제대로 못하는 주제에 여기저기 기웃거린 셈이다. 굳이 변명하자면 수필, 오페라, 드라마, 시나리오, 소설 저마다의 매력이 날 가만두질 않는다고나 할까.

어느 날은 주인공 연재가 되어 고달팠고, 어느 날은 현이 되어 가슴 아팠다. 하지만 마냥 음울한 글이 되길 원치 않았기에 다른 등장인물에 잔잔한 유머를 심었다. 웃기기도 하고 슬프기도 해야 이야기에 리듬이 생기고 재미있다고 느끼기 때문이다. 이야기가 중반을 넘어서자 각자 인물들이 스스로 행동하면서 이야기는 자연스럽게 흘러갔다. 억지로 꾸며내지 않아도 살아있는 사람들처럼 움직여주니 난 그들의 감정을 따라가기만 하면 됐다.

퇴고를 끝내고 늦은 저녁, 미나의 손을 잡고 (현실은 미나의 목줄을 쥐고) 집 앞 공원을 산책하는데 이어폰을 통해 쇼스타코비치의 왈츠 2번이 흘러나왔다. 노을이 물든 하늘, 선선한 바람이 왈츠를 타고 출렁이자 왈칵 눈물이 쏟아졌다. 그제야 내 소설이 모두 끝이 났음을 인지했고, 나는 현실로 돌아왔다. 소설 속 주인공들과의 영원한 작별에 절절히 슬펐다. 수많은 불면의 밤과 물러서지 않던 고뇌와 소소한 행복도 이제 안녕.

밥하다 말고 글에 집중한 나머지 국 냄비를 태우는 것은 다반사였는데, 그때마다 탄 냄비를 빡빡 닦으며 '나 아니면 집안 꼴이 안 돌아간다'고 투덜거리면서도 묵묵히 나를 지지해 준 아들, 고마워. 방관형 요리해서 미안. 엄마가 성공해서 꼭 냄비 새로 살게.

이제 소풍 문 닫습니다. 저도 '소풍'에 놀러 와서 잘 놀다 갑니다.

문하연

복합문화공간
소풍을 빌려드립니다

초판 1쇄 발행 2025년 4월 25일

지은이 | 문하연
펴낸이 | 정광성
펴낸곳 | 알파미디어
편집 | 임은경
디자인 | 황하나

출판등록 | 제2018-000063호
주소 | 05387 서울시 강동구 천호옛12길 18, 한빛빌딩 2층(성내동)
전화 | 02 487 2041
팩스 | 02 488 2040
ISBN | 979-11-91122-91-6 (03810)